QUANDO HARU ESTAVA AQUI

DUSTIN THAO

QUANDO HARU ESTAVA AQUI

Tradução
João Pedroso

Copyright © 2024 by Dustin Thao
Copyright da tradução © 2024 by Editora Globo S.A.

Publicado originalmente por Wednesday Books, um selo da Saint Martin's Publishing Group

Direitos de tradução arranjado por Sandra Dijkstra Literary Agency e Sandra Bruna Agencia Literaria, SL

Os direitos morais do autor foram assegurados. Todos os direitos reservados. Nenhuma parte desta edição pode ser utilizada ou reproduzida — em qualquer meio ou forma, seja mecânico ou eletrônico, fotocópia, gravação etc. — nem apropriada ou estocada em sistema de banco de dados sem a expressa autorização da editora.

Título original: *When Haru Was Here*

Editora responsável **Paula Drummond**
Editora de produção **Agatha Machado**
Assistentes editoriais **Giselle Brito e Mariana Gonçalves**
Preparação de texto **Yonghui Qio**
Revisão **Paula Prata**
Diagramação e adaptação de capa **Guilherme Peres**
Projeto gráfico original **Laboratório Secreto**
Ilustração de capa **Zipcy**
Design de capa original **Kerri Resnick**

Texto fixado conforme as regras do Acordo Ortográfico da Língua Portuguesa (Decreto Legislativo nº 54, de 1995)

CIP-BRASIL. CATALOGAÇÃO NA PUBLICAÇÃO
SINDICATO NACIONAL DOS EDITORES DE LIVROS, RJ

T345q
    Thao, Dustin
        Quando Haru estava aqui / Dustin Thao ; tradução João Pedroso. - 1. ed. - Rio de Janeiro : Globo Alt, 2024.

        Tradução de: When Haru was here
        ISBN 978-65-5226-014-7

        1. Ficção americana. I. Pedroso, João. II. Título.

24-94572
                      CDD: 813
                      CDU: 82-3(73)

Gabriela Faray Ferreira Lopes - Bibliotecária - CRB-7/6643

1ª edição, 2024

Direitos de edição em língua portuguesa para o Brasil adquiridos por Editora Globo S.A.
R. Marquês de Pombal, 25
20.230-240 – Rio de Janeiro – RJ – Brasil
www.globolivros.com.br

Para o meu eu de dezesseis anos.
Você conseguiu.

OUTONO

ANTES

Às vezes, são as pequenas coisas que mais ficam na nossa memória. Como o jeitinho de Jasmine de nunca terminar um livro porque tem medo do final. Ou o costume de guardar aqueles papeizinhos da sorte que ela pega no restaurante quando quer que as previsões se tornem realidade. Ou a insistência dela de nunca levar um guarda-chuva mesmo sabendo que vai chover. Até mesmo a mania de pegar algo meu emprestado e sempre esquecer de devolver.

— Essa jaqueta aí não é minha?

Estou sentado no chão de seu quarto, vendo-a fazer as malas para a faculdade. É o começo do outono. Daqui a algumas horas, ela vai partir rumo à Universidade de Michigan para iniciar um novo capítulo em sua vida. De nossa casa em Skokie, Illinois, são cinco horas de carro até lá. Era para eu estar ajudando a levar as caixas para o carro. Mas, na verdade, estou é vasculhando tudo, curioso pelo que ela vai levar.

Jasmine vira a cabeça.

— Você falou que eu podia pegar emprestada.

— E de quanto tempo é esse *empréstimo*?

— Se quer de volta, é só pegar — responde ela, jogando o cabelo comprido em mim.

Como irmão mais novo, era de se esperar que minhas roupas estivessem a salvo. Mas Jasmine sempre acaba no meu guarda-roupa, pegando qualquer coisa de que goste.

O cheiro de capim-limão preenche a casa. Mamãe está fazendo o jantar na cozinha enquanto papai assiste televisão na sala de estar. Depois que tudo estiver pronto e embalado, os três vão dirigir até Ann Arbor para passar o fim de semana. Eu queria ir junto, conhecer o lugar em que minha irmã vai passar seus próximos quatro anos, mas não sobrou espaço no carro. Encaro o casaco por um instante. É uma jaqueta xadrez azul de botões que garimpei em um brechó alguns anos atrás. Sendo bem sincero, Jasmine a usa mais do que eu.

— Não, pode ficar — digo, devolvendo a peça.

Michigan é mais frio do que aqui, afinal de contas.

Abro outra caixa e acho uma foto nossa nos degraus da entrada de casa, vestidos de Lilo e Stitch para o Dia das Bruxas. Na imagem, Jasmine me envolve com os braços, estamos com as bochechas grudadas e a saia de folhas dela roça contra meu pelo azul. É difícil acreditar que a foto foi tirada sete anos atrás. Às vezes, eu queria que a gente pudesse ser criança de novo. A vida era muito mais simples naquela época. É difícil desviar os olhos do retrato, mas, quando consigo, vejo que Jasmine está ao meu lado no chão.

— Dei uma vasculhada nelas ontem — diz, sorrindo por sobre o meu ombro. Depois, enfia a mão na caixa e puxa outra foto. — Olha essa aqui…

A imagem está estourada por causa do flash. Sou eu dormindo em um lado do sofá enquanto Jasmine se aconchega com Gracie, nossa labradora preta que morreu três anos atrás. Com aqueles olhões castanhos, nossa cachorrinha encara a câmera.

— Ai, que saudade da Gracie — comento.

— Eu também.

Pensar nela sempre me arranca um sorriso. Ainda guardo sua bolinha de tênis favorita em cima da minha cômoda. Às vezes, quando me bate o desânimo, fico lançando-a na parede. Nunca consegui jogá-la fora.

— Olha outra aqui…

Minha irmã me entrega outra foto. Devemos ter mais ou menos nove e dez anos e, com pijamas combinando, estamos brincando no piano de brinquedo de Jasmine.

Ver o instrumento me traz lembranças.

— *Ai, meu deus!* — exclamo, arregalando os olhos. — Você me obrigava a passar horas sentado te ouvindo tocar aquele troço.

— Era um show de graça. Vê se demonstra um pouco de gratidão.

— Pelo quê? Pelo trauma?

A gente ri e Jasmine me dá um empurrão no ombro. A verdade é que ela é ótima no piano. Toca desde os sete anos de idade e até compõe algumas canções. Às vezes, eu me deito em seu quarto enquanto ela ensaia uma de suas músicas autorais.

— Como assim você não vai levar o teclado? — pergunto, enfim.

Minha irmã suspira.

— Falei pra mãe e pro pai que eu ia focar nas aulas.

— Pensei que você fosse estudar música.

Jasmine dá uma olhada na porta e leva um dedo até os lábios. Já sei que não é para perguntar mais nada. Nossos pais queriam que ela estudasse mais perto de casa, então esse deve ter sido um dos termos do combinado. Acontece que a Universidade de Michigan não fica tão longe assim, então tenho certeza de que a gente vai se ver o tempo inteiro. Enquanto pegamos outra foto, meu celular vibra. Segurando um sorriso, olho para a tela.

Jasmine se vira para mim.

— Quem é?

— É só o Daniel — respondo casualmente.

— Não me diz que você vai sair com ele mais tarde. É por isso que você não vem com a gente?

— Não tem espaço no carro.

Jasmine semicerra os olhos.

— Estamos falando de amanhã, eu juro.

— Beleza — responde ela, e dá de ombros.

Depois, confere a hora antes de se levantar.

Mando uma resposta rapidinha para Daniel e procuro por mais retratos. Escondido debaixo das fotos há um envelope branco com meu nome.

Para Eric.

— O que é isso?

Jasmine tenta tirá-lo de mim.

— Nada, devolv…

Puxo o envelope para longe.

— Está com o meu nome.

— Eu estava escrevendo uma carta pra você. — Minha irmã suspira. — Mas ainda não terminei. Então devolve aqui.

— Uma carta pra quê?

— Sei lá. Achei que seria uma boa, tá? — Jasmine coloca o cabelo atrás da orelha e arranca o envelope de mim. — Eu ia mandar pelo correio quando chegasse em Ann Arbor. Imaginei que eu fosse ter mais o que falar depois de ir embora.

— Você não está indo pro outro lado do país.

— Mesmo assim, ainda são cinco horas de carro daqui. Não dá pra ficar vindo pra cá o tempo inteiro.

Não digo nada. Por algum motivo, sempre deduzi que daria, sim. Que as coisas não mudariam tanto. Dou uma olhada pelo quarto de novo e, pela primeira vez, imagino o cômodo completamente vazio. Nossa casa vai ficar bem mais quieta quando minha irmã for embora. Com as melodias de seu piano que vivem preenchendo cada espaço, Jasmine é como a trilha sonora deste lugar. Ela deve ter percebido alguma coisa, já que se senta mais uma vez e diz:

— Eu vou voltar de vez em quando. E você pode sempre ir me visitar também.

— Não tenho carro — relembro.

— Você pode ir com o Kevin — sugere ela. — Ele vai no fim de semana que vem. A gente pode sair junto. — Kevin Park é o namorado de Jasmine já faz três anos. Só que os dois se conhecem há muito mais tempo do que isso, então, à essa altura, o cara meio que já faz parte da família. Ele vai estudar na Universidade de Illinois, aqui em Chicago. — Vou pedir pra ele te pegar no caminho.

— Com que frequência vocês vão se ver?

Ando curioso com essa história do relacionamento à distância dos dois.

Jasmine olha para a porta e depois para mim. Depois, sussurra:

— Ainda é segredo, mas o Kevin vai pedir transferência na primavera. A gente está procurando apartamento.

— *Vocês vão morar juntos?*

— Ainda estamos vendo como vai ser — responde ela, baixinho. — Mas não é pra contar pra ninguém, tá bom? Principalmente pra mãe e pro pai.

— Jaz…

— *Promete* — pede minha irmã, e estende o mindinho.

Eu a encaro mais uma vez e estendo o mindinho também.

— Beleza, prometo.

A gente vive guardando segredos um para o outro. Jasmine foi a primeira pessoa para quem me assumi alguns anos atrás, mesmo que eu tivesse a impressão de que ela sempre soube que eu gostava de meninos. Com sorte, vamos poder continuar compartilhando esse tipo de coisa, mesmo de longe. Depois de um tempinho, nosso pai aparece à porta para nos lembrar de terminar de fazer as malas. Jasmine e eu nos entreolhamos, e há uma possibilidade de que a gente esteja conversando telepaticamente.

Vou sentir saudade de você, acho que ela diz.

Eu também.

E então nos levantamos para pegar algumas caixas. Tomara que ela aproveite Michigan.

* * *

O carro grunhe na entrada de casa. Mamãe continua na cozinha, recolhendo pratos, enquanto todo mundo já espera lá fora. Ela deixou uma panela de comida no fogão e frutas picadas na geladeira para mim. Os dois vão passar apenas uma noite fora, mas minha mãe sempre acha que eu vou morrer de fome.

— Ăn xong còn lại nhớ cất vô tủ lạnh — diz.

Não se esqueça de guardar depois.

—Aham, pode deixar.

— Đừng mở cửa cho người lạ.

E não abra a porta pra desconhecidos.

— Não abro.

Mamãe me dá um beijinho de despedida e tranca a porta ao passar por ela. Vejo o carro sair da garagem antes de sumir rua abaixo. Então, me viro para a sala de estar e absorvo o silêncio. Pelo visto é algo com que vou ter que me acostumar. Depois de um instante, meu celular vibra de novo. Há diversas mensagens de Daniel.

oii
qual a boa de hoje?
para de me ignorar ☹

Dou um sorriso e respondo:

desculpa eu tava ocupado
pode vir aqui em casa!

Vinte minutos depois, ouço uma batida na porta. Daniel entra, com uma jaqueta jeans por cima de seu moletom vermelho, a mesma combinação que usa desde que nos tornamos amigos na palestra de boas-vindas ao ensino médio. Daniel me abraça com um braço enquanto tira a jaqueta com o outro. Ele a pendura no encosto da cadeira e vai direto para a cozinha.

— O que a sua mãe deixou de janta pra gente?

— Thịt kho.

— Amo.

— Você nunca nem experimentou.

— Eu adoro tudo o que ela faz.

Daniel levanta a tampa da panela e deixa um pouco do vapor sair. Me recosto no balcão e o observo se servir. Seu cabelo castanho parece mais claro sob a luz do fogão. Ele morde a panceta e, de boca cheia, se vira para mim

— E aí, qual é o plano pra hoje à noite?

Dou de ombros.

— Sei lá. A gente podia ver um filme.

— É sábado à noite. Vamos fazer alguma coisa legal.

— Tipo o quê?

Daniel pega o celular.

— O Zach me mandou mensagem faz uma hora. Chamou umas pessoas pra casa dele. A gente devia ir.

— Ele não mora no Rogers Park?

— Vamos de trem.

Encaro o balcão enquanto penso a respeito.

— Eu falei pros meus pais que não ia sair hoje. Eles provavelmente vão ligar pra confirmar.

— É só desligar o celular. Vão achar que a bateria acabou.

Olho para Daniel.

— Você acabou de me conhecer, por acaso? Vão achar é que eu *morri* e mandar uma equipe de busca.

Ele solta um grunhido.

— O que mais a gente tem pra fazer? Ficar no telhado de novo?

Não falo nada. Porque era bem isso que eu ia sugerir agora. De vez em quando a gente acaba indo lá para cima, e a sensação é de que somos as únicas pessoas do mundo. Mas parece que Daniel preferiria fazer qualquer outra coisa.

— Vai lá no Zach se quiser.

— Tipo, *sem você?*

— Não tem problema.

— A gente ficou a semana inteira sem se ver.

— Podemos fazer alguma coisa amanhã.

Eu estava empolgado para passarmos um tempinho juntos, mas não quero forçá-lo a ficar aqui. Ainda mais se ele tiver planos melhores.

O celular de Daniel vai à loucura. Ele dá uma olhada na tela e lê as mensagens.

— É *sério* que você não quer ir?

— Hoje não dá.

O telefone vibra de novo. Daniel olha para a porta e depois de volta para mim. Um instante de silêncio se passa enquanto ele avalia as opções. Por um segundo, acho que vou ouvir um tchau. Mas ele suspira e diz:

— *Tá bom*, você me convenceu. Vou ficar.

Uma brisa sopra pelo telhado e agita as árvores ao nosso redor. Faz horas que estamos aqui deitados, encarando o céu. Há uma caixa de pizza vazia entre a gente, assim como algumas besteirinhas que compramos mais cedo. Decidimos vir aqui para cima depois de uns episódios de *Twin Peaks*. O moletom vermelho de Daniel está dobrado sob sua cabeça como um travesseiro. Fico o encarando por um momento. Ele está mexendo os olhos, como se procurasse alguma coisa. Depois de um tempo, aponta para a direita e exclama:

— Tem outra! Me diz que você viu.

— Vi o quê?

— Sério, aquela estrela tá piscando.

Semicerro os olhos para o céu.

— Verdade. Que esquisito.

— Estou te falando, é uma *falha*.

— Como assim?

— Nunca assistiu a *Matrix?* É tudo uma simulação. Acabei de ver um vídeo sobre isso. — Daniel se senta e olha ao redor. — Está vendo aquele gato laranja do outro lado da rua? E as casas em volta da gente com todas as luzes ligadas? É tudo código.

Absorvo a informação.

— Então você está dizendo que *tudo* é uma simulação.

— Exato.

— E isso inclui a gente?

— *Claro que não.* Nós somos os protagonistas. — Ele se deita de novo e coloca as mãos atrás da cabeça. — Até onde sei, você e eu somos a única coisa real.

Essa resposta me arranca um sorriso. Voltamos a observar o céu, em busca de mais falhas no universo. Depois de um instante de silêncio, Daniel vira a cabeça mais uma vez e me encara.

— No que você está pensando?

Não falo nada.

— Na Jasmine?

— É, acho que sim.

— Está triste que ela foi embora?

Penso a respeito.

— Não, eu estou feliz pela minha irmã. É o que ela queria, sabe? Se mudar de Chicago e tal. Quer dizer, meus pais queriam que ela ficasse em casa. Foi muita conversa até convencer os dois — explico. — Mas as coisas vão mudar muito agora que ela não está mais por perto.

— Eu continuo aqui do seu lado.

Abro outro sorriso.

— Verdade.

— E a gente vai sair de Chicago também — acrescenta ele, e cruza os braços sobre a barriga. — Já que é *óbvio* que vamos ser colegas de quarto na faculdade.

— Pra onde a gente vai?

— Hum, isso é assunto pra depois. — Daniel suspira e afasta esse pensamento. — A gente ainda tem que passar pelo resto do terceiro ano. E tem a nossa viagem pro Japão, lembra?

Todo ano, o clube internacional da escola organiza uma viagem para lá. Minha irmã foi na última e adorou.

— A Jasmine fez uma lista de lugares pra gente visitar.

— Já quero provar a comida de lá — ele responde.

Quando mexo a mão, meus dedos roçam contra os de Daniel. Sou tomado por uma sensação quentinha, mas não falo nada.

— *Desculpa* — dizemos juntos.

Ficamos em silêncio de novo. E então Daniel confere o celular.

— Onze e onze. Hora de fazer um pedido.

Eu o encaro.

— Sério que você faz isso?

Ele dá de ombros.

— Às vezes. Você não?

— Nunca.

— Por que não?

— Sei lá — respondo. — Parece meio boba essa coisa de ficar fazendo um pedido toda noite no mesmo exato horário. Você realmente acha que vai se realizar?

— Pra mim é uma questão de estatística — responde Daniel, pensativo. — Quanto mais a gente jogar pro universo, maiores são as chances de algo acontecer. O desafio é pensar em pedidos bons, sabe?

— Não faria mais sentido pedir a mesma coisa toda vez?

— Depende se é algo que a gente quer *de verdade*. — Ele olha para mim de novo. — O que você pediria?

A pergunta me deixa imóvel. Me viro para Daniel e sei exatamente qual seria a minha resposta. Mas desvio o olhar e a guardo para mim.

— Não cheguei a pensar nisso.

— Pensou, sim. Só fala logo.

— Eu falei que não sei.

— Então também não te conto o meu.

Parecemos crianças discutindo no parquinho, o que arranca uma risada de nós dois. Ficamos mais um pouco no telhado, ouvindo os carros que passam por ali e os latidos do cachorro do vizinho. Para evitar um calafrio, cruzo os braços e fecho os olhos por um instante. Quando fico com a impressão de que Daniel caiu no sono, viro a cabeça e percebo que está ele me olhando. Em silêncio, nos encaramos. De alguma maneira, os olhos castanhos dele brilham mesmo em meio à escuridão. Não sei por que, mas meu amigo está ainda mais bonito hoje à noite. Queria poder passar as mãos pelo seu cabelo e puxá-lo para mais perto. Mas dispenso essa ideia. Tento não pensar nele desse jeito, porque não quero arruinar o que a gente tem. É então que Daniel me pega desprevenido com uma pergunta:

— *Posso... te dar um beijo?*

Engulo em seco. Por um segundo, acho que ouvi errado. Mas o jeito como ele me encara faz com que eu queira me aproximar. Então me inclino em sua direção e fecho os olhos. Quando percebo, seus lábios estão nos meus. O toque da pele de Daniel faz eu me tremer inteiro. Já imaginei esse momento um milhão de vezes. Meu coração acelera quando sua mão sobe pelo meu pescoço. O beijo dura apenas um instante. Mas a sensação não esvanece quando, ofegantes, nos afastamos. Ninguém diz mais nada. Só ficamos ali, deitados no telhado e vendo o céu pelo restante da noite.

Queria ter descoberto antes como nossa história iria terminar. Talvez assim não doesse tanto.

VERÃO

ANTES

Pétalas caem do céu enquanto as portas do trem se abrem para a plataforma. O calor do verão é insuportável. Dou meia-volta para absorver todas as placas em uma língua que não é a minha. Era para eu voltar ao hotel e encontrar Daniel, mas, pelo visto, eu me perdi pelo caminho de novo. Estamos na viagem anual que nossa escola faz para o Japão. É nosso último dia em Tóquio antes de partirmos para a próxima parada. Pensando no meu projeto do último ano, acordei mais cedo para fazer algumas filmagens da cidade. Jasmine falou de uma cafeteria às margens do rio que eu precisava conferir antes de ir embora. Devo ter entrado no trem errado na volta. Pego o celular mais uma vez para tentar entender onde estou.

Há uma nova mensagem de Daniel.

onde você foi?

Mando uma resposta rápida.

desculpa. saí rapidinho pra fazer
umas filmagens. já volto!

Ele planejou uma surpresa para mim mais tarde. O plano é pegarmos uma balsa para um lugar que Daniel ainda não me contou qual é. Mas tenho algumas horas até lá e ainda preciso voltar para me trocar no hotel. Faz quase um ano desde o beijo no telhado. Pensei que nossa amizade fosse florescer e se transformar em outra coisa. Pelo menos é o que eu queria. Mas, na realidade, nem tocamos no assunto desde então. Eu torci para que essa viagem aproximasse a gente. É meio romântica essa coisa toda de explorar uma nova cidade juntos.

Enxugo o suor da testa e saio da estação. As ruas estão lotadas. Confuso com o mapa, encaro o celular. Nenhum dos prédios me parece familiar. Quando viro a cabeça, uma pessoa na multidão me faz congelar. Ele é mais alto do que todo mundo, com um cabelo preto ondulado que vai até debaixo das orelhas. Seus ombros são largos e muito bem definidos sob uma esvoaçante camisa azul listrada. Enquanto absorvo a visão desse desconhecido, ele caminha em minha direção. Por um instante, esqueço que estou perdido.

O sinal deve ter aberto, porque as pessoas tornam a se mover. Volto à realidade quando o celular vibra na minha mão. É outra mensagem de Daniel, perguntando onde estou.

Talvez seja o brilho do céu que bloqueia minha visão. Ou o fato de que me distraí com as notificações no celular. Mas não vejo a bicicleta de entregas se aproximando. É um daqueles momentos que se desdobram em câmera lenta. Uma sineta buzina quando saio da calçada, alheio ao acidente iminente… e então alguém aparece e agarra o guidão. Ele deve ter apertado os freios com *tudo*, porque a bicicleta para abruptamente e o ciclista é arremessado para a frente, para fora do banco… mas o desconhecido o pega pelo capuz e o ajuda a parar de pé.

Meu cérebro leva um segundo para processar a cena. E então, piscando feito um doido, sou tomado por alívio quando olho em volta. O sino da bicicleta continua zunindo no meu ouvido enquanto o rosto dele vai entrando em foco. O cara de camisa azul listrada me encara de volta. É o sujeito que vi ainda há pouco; agora parado, com uns dez centímetros de altura a mais do que eu enquanto as mechas de seu cabelo sopram com a brisa do trânsito. Ele fala alguma coisa para o ciclista e gesticula na minha direção.

O ciclista assente para mim e diz:

— *Gomen nasai.*

Com o japonês que estudei no último semestre, dou conta de entender a palavra *desculpa*. Então, o moço pega a bicicleta e sai pedalando. Antes que eu possa soltar um ofegante *obrigado por me salvar*, o cara de camisa azul listrada se vira para mim e diz mais alguma coisa, que dessa vez não consigo entender.

— Como é? — pergunto.

— Você devia tomar cuidado com as bicicletas.

Suspiro e assinto com educação.

— Pois é. Quer dizer, *obrigado*. Desculpa, é que eu me perdi e não estava prestando atenção no…

— Pra onde você está indo?

— Ah… — Abro o endereço no celular. — Estou só voltando pro meu hotel. Era pra ser aqui por perto.

— Quer que eu dê uma olhada?

Ele estica a mão.

— Pode ser — respondo, e estendo o telefone.

O desconhecido olha para a tela.

— É o Hotel Asakusa, em Taitō?

— Aham.

— Você está perdido mesmo — comenta ele, e me devolve o aparelho. — É pro outro lado.

— Está falando sério?

O cara assente.

— Taitō fica a leste daqui. Você está em Asagaya.

— *Asagaya?* Nem sei que lugar é esse!

Encaro o mapa de novo enquanto me pergunto como foi que acabei aqui.

— Parece que você pegou o trem errado.

— E agora como eu faço pra voltar?

— Eu posso te levar.

Levanto a cabeça.

— Sério?

Ele abre um sorriso.

— Estou indo pra lá, na verdade.

— Que coincidência — digo, enquanto ajeito a mochila no ombro. — Seria ótimo.

— Só tenho que fazer umas paradas antes. Mas não vai levar muito tempo, acho. Pode vir comigo se quiser.

—Ah…

— A não ser que você tenha compromisso.

Dou uma olhada nele mais uma vez. A camisa é meio folgada nos ombros, e a luz do sol trespassa o tecido parcialmente. Sei que Daniel está me esperando no hotel, mas não quero sair por aí sozinho e me perder de novo.

— Não, estou com tempo — decido responder.

— Então vamos.

O sujeito se vira e coloca as mãos nos bolsos. Então, sai andando sem dizer mais nada. Hesito na calçada por um instante. Depois, guardo o celular e o sigo em meio à multidão. Enquanto atravessamos a rua, o desconhecido dá olhadinha para trás e diz:

— Aliás, meu nome é Haru.

— O meu é Eric.

— Você é de onde?

— Chicago.

— Tá há quanto tempo em Tóquio?

— Umas duas semanas.

— Seja bem-vindo.

Percorremos mais um quarteirão antes de Haru virar uma esquina e entrar em uma rua comercial. Há lanternas penduradas em marquises de lojas de família. Parece que há um festival acontecendo. As estrelas de papel amarradas nos postes se agitam no ar como carros alegóricos. Absorvo todas as decorações e pergunto:

— É feriado hoje?

— É o Festival das Estrelas.

— O que é isso?

Haru aponta para a direita, onde há um senhor sentado em uma banqueta de madeira, pintando no meio da rua, e sussurra:

— Viu o que ele está pintando? — É o desenho de um homem e uma mulher de túnicas longas flutuando em um céu estrelado, as mãos esticadas um para o outro e a lua cintilando logo atrás. — Aqueles são a Princesa Orihime e Hikoboshi, o marido dela. Eles foram separados pelas estrelas. Eram proibidos de se ver. Orihime ficou com o coração tão partido que seu pai, o deus dos céus, permitiu que eles se vissem uma vez por ano, sempre no sétimo dia do sétimo mês. O festival celebra o reencontro dos dois.

— Por que eles foram separados?

— Porque passavam tanto tempo juntos que esqueciam dos compromissos que tinham com o mundo. Então os deuses os distanciaram à força — explica Haru. — Mas é só uma história.

Encaro a pintura.

— Ah, mas que bom que puderam se reencontrar.

Haru sorri para mim enquanto continuamos a caminhar. Há uma porção de barraquinhas de jogos cercadas por uma multidão de crianças. Dou uma olhada por cima delas. Do que será que estão brincando? Bolas coloridas de plástico circulam dentro de um barril de água.

— É mais difícil do que parece — diz Haru, quando percebe que estou observando. — As redes são feitas de papel. O objetivo é pegar as bolas antes que rasguem.

— Parece divertido.

Em outra mesa, há uma roleta. A mulher responsável gesticula para nós e fala algo em japonês.

— Ela deixou a gente girar uma vez de graça — traduz Haru. — Vai lá.

— Por que eu?

— É o seu primeiro festival. E estou com a impressão de que você é sortudo.

Ergo uma sobrancelha.

— Tem certeza?

— Só tem um jeito de descobrir.

Me inclino e giro a roda. As cores rodopiam e se misturam antes de pararem no vermelho. A mulher atrás da mesa franze o cenho, o que me faz entender que não ganhei. Haru se aproxima, tira algumas moedas do bolso e as entrega para ela.

— Tenta de novo — pede ele, me encorajando.

Giro de novo. As cores rodam antes de pararem no vermelho mais uma vez. Suspiro, decepcionado. Haru mexe no outro bolso e fala:

— Essa não valeu.

Começo a reclamar, mas ele entrega mais uns trocados e insiste que eu vá de novo. Então giro a roleta mais uma vez. E agora para no amarelo.

Olho para Haru.

— O que o amarelo significa?

— Que você pode girar de novo.

Deve ser melhor do que perder. Giro mais uma vez. As cores rodopiam antes de, por fim, pararem no branco. A mulher bate palmas uma vez e então gesticula para a cesta de prêmios na mesa.

— Eu sabia que você era sortudo — comenta Haru, com uma piscadela.

Meneio a cabeça e seguro uma risada enquanto vasculhamos os brindes juntos. São basicamente chaveiros, borrachas e bonecos aleatórios. Encontro umas pulseiras entrelaçadas com miçangas de madeira.

— Essas são bem legais — digo.

— Ela falou que nós dois podemos pegar um prêmio cada — responde Haru, e se vira para mim. — Escolhe primeiro.

— Tá bom.

Pego a pulseira azul e Haru opta pela vermelha. Depois ele olha para mim e declara:

— Agora a gente troca.

Eu o encaro.

— Por quê?

— Porque assim a gente fica cada um com uma coisa do outro — explica ele, me oferecendo sua pulseira. — E eu acho que o vermelho combina mais com você.

Isso me arranca um sorriso.

— Tá bom.

Estendo o pulso e deixo Haru colocar a pulseira em mim. Depois amarro a minha nele também. É como um segredo nosso. Fico olhando para meu prêmio enquanto continuamos nossa caminhada juntos. As ruas estão repletas de barraquinhas de comida que enchem o ar com a fumaça das grelhas quentes. Tem tanta coisa que nunca experimentei. Uma mulher passa por nós segurando um espetinho de bolinhos redondos cobertos por uma calda escura. Haru percebe quando olho de novo.

— O nome é dango. Já comeu?

— Não. É doce?

— Espera bem aqui...

Ele vai até as barraquinhas. Um instante depois, volta com uma porção de dango, que entrega para mim e diz:

— É uma sobremesa bem conhecida. Acho que você vai gostar.

— Ah, brigado.

Dou uma mordida. A textura é parecida com mochi e, com o complemento da calda salgada, não fica doce demais.

— É bom pra *caramba* — comento.

Haru abre um sorriso.

— Quer experimentar mais alguma coisa?

— Hum...

Dou outra olhada em volta. Mais uma mulher passa por nós, essa segurando um crepe enroladinho. Quando me viro para Haru, ele já saiu rumo às barraquinhas. Eu o sigo e me ofereço para pagar dessa vez. Há uma dezena de acompanhamentos para escolher junto com os crepes. Nós dois pegamos sorvete de matchá com morangos frescos. Enquanto comemos sob a sombra parcial de uma marquise amarelada, ouço música. Uma procissão de homens com vestes cinza tocando flautas de bambu aparece da esquina. Curtindo a apresentação, ficamos assistindo ao grupo adentrar a multidão.

Terminamos os crepes e seguimos em frente. Há algumas butiques de portas abertas, exibindo os produtos na rua. Juntos, vamos caminhando por elas enquanto cheiramos as velas e olhamos para algumas das roupas. Há túnicas que vi pessoas usando durante a viagem. Passo os dedos em uma. O tecido, quase tão fino quanto papel, enruga ao toque. As mangas são esvoaçantes como as de um quimono.

— Você devia experimentar — sugere Haru.

Meneio a cabeça.

— Não, não precisa.

— O nome é jinbei — explica ele, e pega um da mesa. — A gente usa nos festivais de verão. Então cai bem direitinho pra hoje.

— Não vou ficar com cara de turista?

— Se estiver comigo, não.

Abro um sorrisinho.

— Tá bom, mas só porque você falou.

Olhamos as diferentes cores. Escolho um cinza-claro com estampa de ondas do mar e duas linhas vermelhas que descem pelos ombros.

— O vermelho combina com a sua pulseira — diz Haru, enquanto me ajuda a amarrar o jinbei.

— Com a *sua* pulseira, no caso, né? — eu o corrijo, para lembrar que trocamos as pulseiras mais cedo.

Ele abre um sorrisão.

— É.

QUANDO HARU ESTAVA AQUI **25**

Pago a mulher dentro da loja e já saio vestindo meu traje. Mesmo com o tempo úmido, a sensação do jinbei na pele é gostosa. Conforme continuamos rua abaixo, percebo que Haru ainda não comprou uma coisinha sequer. Quando estou prestes a perguntar onde está nos levando, ele para em frente a uma papelaria e se vira para mim.

— Espera aqui fora. Vou levar só um minuto.

— Beleza.

Vejo-o desaparecer lá dentro. Dou uma olhada na rua. Há ornamentos gigantes de papel pendurados, e as serpentinas debaixo deles esvoaçam como caudas de estrelas cadentes. Eu jamais descobriria esse lugar se não tivesse seguido Haru. É então que me lembro da minha câmera. Era para eu estar fazendo filmagens para meu projeto do último ano. Pego-a da mochila e a ligo para gravar algumas das lojas, as decorações do festival e o som das flautas à distância.

Um momento depois, Haru volta com uma pequena sacola de papel na mão direita. Guardo a câmera e enxugo a testa.

— Você está suando — diz ele, olhando para mim.

— Acho que é o jinbei. — Com o sol quente no meu pescoço, dou um suspiro. — Uma bebidinha agora não cairia nada mal.

Haru assente.

— Conheço o lugar perfeito.

Há um sebo mais para baixo na rua. Ele me guia até lá dentro, onde há um homem dormindo atrás do balcão. A princípio, acho que Haru veio pegar alguma coisa. Mas ele segue para os fundos e abre uma cortina, que revela uma escadaria estreita. Subimos até o segundo andar, onde outra cortina esconde uma cafeteria secreta. Um sopro de ar-condicionado me atinge no rosto enquanto olho o recinto. Telas de shoji separam mesas de madeira baixinhas. Absorvo o cheiro de incenso e vou seguindo Haru até um lugar vago. Não há cadeiras aqui. Nós sentamos de pernas cruzadas sobre as esteiras de palha trançada enquanto uma mulher vem anotar nosso pedido.

Assim que ela se afasta, dou uma espiada no restante do espaço.

— Qual o nome desse lugar?

— Não tem nome.

— Por que não?

Haru se inclina na minha direção.

— Pra afastar os turistas.

— Faz sentido — comento, assentindo. — Ainda bem que estou contigo, né?

Sorrimos um para o outro. Um instante depois, a garçonete aparece com um bule de chá. Com gentileza, Haru remove a tampa. São folhas soltas, polvilhadas sobre gelo.

— Isso aqui é koridashi — explica ele. — É feito com uma infusão de gelo, e não de água quente. A gente toma no verão.

Haru me serve uma xícara primeiro. O chá é doce, refrescante, e ajuda com o calor na mesma hora. Há um pergaminho pendurado na parede dos fundos, ao lado de um vaso de flores. Haru se recosta e beberica o chá. A bolsa de papel está no chão, entre nós. Estou curioso com a compra, então acabo perguntando:

— O que você comprou?

Ele pisca para a sacola, como se tivesse esquecido que ela estava ali. Haru empurra-a para mim e diz:

— Fica à vontade pra dar uma olhadinha.

Abro a bolsa e encontro um único pedaço de papel dentro de um envelope de plástico. Deve ter mais ou menos o tamanho da palma da minha mão. Não há mais nada.

— É só isso? Um pedaço de papel?

Haru assente.

— *Só um?*

— Eu só precisava de um.

Viro o papel.

— Tem alguma coisa de especial?

— É washi — responde ele, inclinando-se para a frente. — Está vendo as fibras dentro? É assim que a gente sabe que foi feito à mão. O processo é passado de geração em geração. Esse aqui foi feito nas montanhas de Echizen. — Haru toma um golinho de chá. — Minha família tem uma loja de papel em Osaka. Eu trabalho lá todo verão com a minha mãe. Ela diz que é importante ajudar lojas como a nossa. Então eu sempre faço questão de comprar alguma coisa, mesmo que seja só um pedaço de papel.

Passo os dedos sobre a folha e percebo a textura.

— Verdade, é diferente ao toque mesmo. Vocês fazem o próprio papel?

— Hoje em dia nem tanto. Eu fico mais ajudando pela loja. Mas meu pai me ensinou alguns truques. Deixa eu te mostrar.

Ele pega o papel das minhas mãos. Observo com curiosidade enquanto Haru dobra a folha intricadamente. Depois, ele a devolve para mim. É uma estrela de origami. Igual às penduradas lá fora.

Pego a estrela da mesa.

— Em homenagem ao Festival das Estrelas?

— Em homenagem a termos nos conhecido.

Olho para ele.

— Engraçado o jeito como a gente se conheceu, né? E agora estamos aqui, tomando chá juntos.

— Tomara que não seja a última vez — comenta Haru.

Trocamos outro sorriso. Ele passa a mão pelo cabelo comprido. Tomo mais um gole de chá enquanto ignoro o frio na barriga. A mulher volta para reabastecer nosso bule e sai de novo. Haru me serve mais uma vez e pergunta:

— Mas e aí… o que está achando de Tóquio até agora?

— Está sendo bem divertido — respondo. — Estou aqui por causa de uma viagem da escola, na verdade. Mas dei uma escapadinha hoje de manhã pra fazer umas filmagens sozinho.

— No que você está trabalhando?

— Ainda não sei — admito, e dou de ombros. — É pro meu projeto do último ano. Ainda estou aprendendo a editar, sabe? Mas fiz umas filmagens do rio Sumida. A maioria pela janela do trem, que eu acho que fica com uma estética bem legal. Tem um outro lugar que eu queria ir, mas não tinha me ligado de que era tão longe.

— Que lugar?

Pego o celular para mostrar.

— As Montanhas Shikisai. Minha irmã que falou desse lugar pra mim. Ela fez essa mesma viagem no verão passado e contou que as flores fizeram ela lembrar de um dos nossos filmes favoritos.

Haru dá uma olhada na tela.

— *O Castelo Animado* — afirma ele, quase imediatamente. — Quando ele mostra o jardim pra ela.

— Pois é, essa cena mesmo.

Haru assente com uma cara de quem sabe do que estou falando.

— Eu nunca fui lá, na verdade. Dizem que é lindo no verão. — Ele sorri para mim. — A gente devia ir junto.

Por um segundo, imagino nós dois atravessando o campo de flores e quase digo que sim. Mas não posso fugir dos planos que fiz com Daniel para hoje à noite. Solto um suspiro.

— Eu queria muito. Mas meu amigo está me esperando no hotel. — Dou uma olhada no celular e percebo quanto tempo já passou. — Acho que daqui a pouco eu já tenho que ir.

— Quando você vai embora?

— O voo é amanhã.

Haru arregala os olhos.

— *Amanhã?*

— Pois é — digo. — Queria ter mais uns diazinhos aqui.

— O que você vai fazer hoje à noite?

— Tenho compromisso com meu amigo. O que está me esperando. A gente provavelmente vai se encontrar com o resto do grupo também. Já que é nossa última noite juntos e tal.

Um momento de silêncio transcorre entre nós. Então, Haru assente e fala:

— Que pena. Eu ia amar ser seu guia. Mas que bom que a gente se conheceu, pelo menos.

— Também acho — concordo. — Eu devia tentar me perder mais vezes.

Haru se reclina e sorri. Ah, se a gente tivesse se conhecido antes. Queria poder passar mais tempo com ele, explorar o restante do festival juntos. É engraçado como tem gente que simplesmente vem entrando na nossa vida. Poucas horas atrás, nós nem nos conhecíamos. Quem sabe pegar o trem errado de vez em quando seja coisa do destino.

Terminamos o chá e voltamos para a rua. Quando pisamos do lado de fora, Haru se vira para mim e diz:

— Se ainda tiver um tempinho, tem mais uma coisa que eu queria te mostrar. Não vai demorar muito.

— Você falou isso umas duas horas atrás.

Haru abre um sorriso largo.

— Achei que você estivesse se divertindo.

— E estou, mas preciso mesmo voltar.

— A linha Chūō passa a cada dez minutos. Prometo que a gente vai voltar a tempo.

Penso em Daniel de novo, que deve estar se perguntando onde fui parar. Mas tenho certeza de que ele pode esperar mais alguns minutinhos.

— Tá bom, se você promete…

Haru sorri e gesticula para que eu o siga. Pegamos uma rua lateral e caminhamos pelo espaço estreito entre as lojas. Eu normalmente não sairia seguindo um estranho assim, ainda mais por vielas desconhecidas. Mas a sensação é de que nos conhecemos há mais tempo, talvez de vidas passadas ou algo assim. Não consigo explicar direito.

Haru nos guia através da rua e bosque adentro. Há uma trilha de pedra ladeada por lanternas vermelhas que parecem casinhas minúsculas. Fico olhando de um lado para o outro, curioso a respeito do nosso destino. É então que vejo os portões do templo. Todas as árvores estão decoradas com pedacinhos de papel, centenas deles, amarrados com barbante branco.

Há uma mesa de madeira ao fim da trilha. Haru caminha até lá e pega um papel.

— São os tanzaku — explica, e coloca o papel na palma da minha mão. — Durante o Festival das Estrelas, escrevemos nossos pedidos nessas folhinhas e penduramos nas árvores. Achei que você devia pendurar uma antes de ir embora.

— E que tipo de coisa se pede?

— O que você quiser.

Haru pega um papel para si mesmo. Então, se inclina e começa a escrever. Encaro a folhinha enquanto penso no que pedir. Leva um instante para algo me vir à cabeça. Pego uma caneta da mesa e escrevo. Haru deixa algumas moedas em uma caixa de madeira, em seguida avança até as arvores. Eu o observo amarrar seu pedido em um dos galhos. Depois, ele se vira para mim, esperando que eu faça o mesmo.

Enquanto fico olhando as árvores, uma brisa atravessa o bosque e sopra pétalas brancas sobre a trilha à frente. Me viro para ver. De onde será que estão vindo? Do outro lado do portão há um paredão de flores brancas que cobrem as pedras como uma cortina. Alguns pedidos foram amarrados lá também.

— É jasmim — diz Haru, atrás de mim.

Olho para ele e então de volta às flores.

—Aham, igual ao nome da minha irmã. É a flor favorita dela.

Encontro um espaço no paredão e amarro meu pedido com afinco em uma vinha. Algumas pétalas caem aos meus pés. Depois, me viro.

—Aí é ótimo — comenta Haru.

— Também achei.

Nos olhamos de novo. Percebo que ele está segurando alguma coisa.

— Que isso na sua mão?

— Nada.

Haru meneia a cabeça e guarda o objeto de volta no bolso de trás.

Eu o encaro com um olhar desconfiado. Então meu celular vibra no bolso. Há algumas mensagens de Daniel.

cadê você??
já era pra ter voltado
a essa hora
a gente vai perder a balsa

Confiro a hora de novo. Depois, me viro para Haru e deixo claro que é hora de ir. Ele assente e pega o próprio celular, mas, enquanto verifica o horário do trem, franze o cenho.

— Que estranho. Parece que teve um problema com a linha Chūō. O último trem chega daqui a seis minutos.

— É normal acontecer isso?

— Aqui? Nunca.

Por um segundo, fico com a impressão de que o universo está interferindo. De que talvez eu deva passar mais tempo com Haru para que a gente possa se conhecer melhor. Mas a lembrança do beijo com Daniel lá no telhado de casa me vem à cabeça e sinto uma pontada de culpa. Não posso fazê-lo esperar mais.

— Meu amigo vai me matar.

Haru guarda o celular.

— Ainda dá tempo.

— Como é que...

Perco o fio da meada quando Haru agarra minha mão e me puxa pela trilha. Quase tropeço conforme vamos abrindo espaço pela multidão, de volta às ruas.

— *Toma cuidado com as bicicletas* — ele me alerta enquanto corremos para a estação de trem.

Paramos só nas catracas. Me atrapalho vasculhando os bolsos em busca da minha carteira, mas Haru me põe para dentro com seu cartão antes de passar atrás de mim.

É tudo um borrão de cabeças e ombros, mas chegamos bem a tempo. O trem continua à espera na plataforma. Com pressa para embarcar, nos enfiamos na frente das outras pessoas. Assim que atravesso as portas, percebo que há algo de errado. Haru não vem comigo. Ele só fica lá, parado do lado de fora.

— *Anda* — chamo.

— Esse não é o meu trem.

Olho para ele.

— Você falou que a gente estava indo pro mesmo lugar.

— Eu menti.

— Que papo é esse?

— Eu queria te conhecer. Aí inventei essa história.

Eu o encaro, sem saber ao certo o que dizer. E então as portas começam a se fechar. Haru estica a mão e força a abertura de novo.

— *Não vai.*

— Quê?

— Você devia ficar — diz ele, segurando as portas. — É a sua última noite aqui. Eu te mostro Tóquio. Posso te levar no campo de flores.

Curiosos com o que está acontecendo, os outros passageiros nos encaram.

Hesito por um segundo. Parte de mim quer sair do trem. Passei a viagem inteira sem ter me divertido assim. E então meu celular vibra de novo, e o nome de Daniel aparece na tela. Não posso deixá-lo esperando. Ainda mais levando em consideração que esta pode ser a noite em que as coisas vão mudar entre a gente.

— *Fica* — insiste Haru.

Olho para o celular e de volta para ele. Meu coração martela enquanto penso. Não consigo ignorar a sensação de que, de alguma forma, há uma conexão entre nós. Mas suspiro e respondo:

— Desculpa, mas eu tenho que ir.

Uma campainha ressoa do teto, seguida imediatamente por uma voz que ecoa pela plataforma. Haru estica a mão para o bolso de trás e pega um pedaço de papel. O washi que comprou mais cedo.

— Eu estava esperando pra te dar isso aqui — explica ele rápido. — É o meu número, pra gente manter contato.

A campainha toca mais uma vez, seguida pela voz. Quando tento alcançar o papel, outro trem ruge atrás de nós e sopra uma lufada de vento nos trilhos. *A folha voa dos meus dedos.* Haru dá um giro e a pega no ar. Mas, antes que ele possa se virar para mim de novo, as portas se fecham entre a gente.

Meu coração para. Pressiono as mãos no vidro para tentar abrir o vagão de novo. Só que é tarde demais. O trem começa a se mover. Enquanto encaro a janela, me dou conta de que nunca mais vamos nos ver. Devagarinho, Haru vai sumindo ao longe. Tudo o que me resta é uma pulseira vermelha e a lembrança dele.

O trem desaparece túnel adentro.

Haru sumiu.

Queria ter saído do trem. Ou que o papel nunca tivesse voado da minha mão. Como a gente vai se encontrar de novo?

UM

CATORZE MESES DEPOIS

— Quer dançar comigo?

Uma televisão cintila no canto da cozinha. Da pia, estou assistindo *Diário de Uma Paixão* com o volume bem baixinho. É a cena em que o casal dança no meio da rua. Já vi esse filme umas dez vezes. Ele estende a mão para ajudá-la a descer da calçada. Não há mais ninguém em volta, apenas os dois dançando devagar ao som da música em suas próprias cabeças. Eu costumava morrer de vergonha alheia dessas coisas, mas, nos últimos tempos, gosto de fechar os olhos por um instante e me imaginar dentro do filme. É algo que me ajuda a escapar da monotonia de…

— Desliga isso aí.

Seu Antonio aparece do nada, gritando ordens para mim. Estou a trezentos metros de altura, lavando louças na cozinha de um hotel no centro de Chicago. Garçons entram pela porta vaivém e jogam pratos e colheres que se acumulam ao meu lado. Não é aqui que eu pensei que acabaria depois da formatura. Na minha imaginação, eu estaria estudando cinema na faculdade e saindo com amigos no fim de semana. Acontece que a vida tem esse jeitinho de se meter em tudo o que a gente planeja.

Outra hora passa, e meus dedos vão enrugando. Enquanto seco a louça, seu Antonio reaparece gritando na cozinha.

— Para de ficar aí enrolando e vem pra cá!

Ele é o dono do buffet em que estou trabalhando durante o verão. Sendo bem sincero, não é o pior serviço do mundo. Eu não fui lá muito exigente na minha busca por um emprego. Só precisava de alguma coisa para me tirar de casa, para me ajudar a juntar um dinheirinho a mais.

Pego uma bandeja de comida no caminho. Às vezes, quando o movimento aumenta à noite, seu Antonio me coloca de garçom. Sair da cozinha é um alívio. Mesmo que eu fique só reabastecendo o copo dos clientes, já me sinto mais sociável. Como se eu fizesse parte do enredo, nem que seja só como figurante. É a única saída agora que todo mundo que conheço se mudou para começar os novos capítulos da vida na faculdade. Enquanto isso, estou preso aqui, vivendo o mesmo episódio chato dia após dia. Ajeito o colarinho antes de passar pela cortina que nos separa do salão principal.

As luzes ofuscam minha visão por alguns segundos. E então tudo entra em foco. Paredes cobertas por cortinas, lustres baixos e uma imensidão de vestidos de festa. O som da banda de jazz preenche o ar conforme vou adentrando a multidão com uma bandeja no ombro, tomando cuidado para não esbarrar em ninguém. Estou cuidando das sobremesas, o que significa que preciso garantir que não falte nada e que tudo esteja apresentável. Fico parado ao lado da mesa, com as mãos nas costas enquanto vejo o tiramisu acabar rápido.

A clientela de hoje é mais velha, cheia de homens de terno bebendo casualmente em cada canto do salão. Mas também tem gente da minha idade. Há uma mesa de universitários à minha direita, com os blazers do uniforme pendurados sobre as cadeiras. Notei um deles mais cedo, o de cabelo loiro escuro com uma camisa risca de giz. As mangas foram enroladas até os cotovelos e há um relógio de prata reluzindo em seu punho. Enquanto o admiro, seu Antonio aparece de novo.

— Para de ficar enrolando.

— Mas foi o senhor que mandou eu…

— *Água.*

— Sim, senhor.

Me movo entre as mesas e vou reabastecendo copos com uma jarra. O cara loiro continua sentado com os amigos. Sem pressa, vou até lá. Ele parece um pouco mais velho do que eu, talvez esteja no último ano da faculdade. Seus colegas estão conversando enquanto bebem Stella Artois. Quando faço menção de pegar seu copo, ele vira a cabeça e diz algo que me pega desprevenido.

— *Nihonjin desu ka?*

Pisco e o encaro.

— *Como é?*

— Sua pulseira — responde o sujeito, apontando. — Dá pra ver que é do Japão.

Olho para meu punho. A pulseira vermelha do verão passado. A que Haru e eu trocamos durante o Festival das Estrelas. A que sempre me faz lembrar do dia que passamos juntos e me dá uma centelha de felicidade pela lembrança que ainda mantenho comigo. Às vezes, até esqueço que a estou usando.

— Um amigo me deu. Quando fui lá, no verão passado.

— Ah. Qual região?

— Tóquio.

Assentindo, o rapaz se recosta na cadeira.

— Fiz intercâmbio lá. Na Universidade de Tóquio, no caso.

— Ah, ouvi falar que é uma ótima universidade.

— Dizem que é a Harvard do Japão — acrescenta o cara, e dá de ombros como se não fosse nada. Então olha para mim de novo. — E você?

Normalmente, gosto de inventar uma história para essas situações. Do tipo "meu pai é dono do hotel e eu só quero ter uma experiência normal de adolescente antes de voltar para Paris". Mas decido dar uma resposta sincera.

— Não estou estudando no momento, na verdade — conto. — Tirei um tempinho pra pensar em umas coisas.

— Tipo o quê?

Estou prestes a responder quando percebo seu Antonio me observando como um falcão do outro lado do salão.

— Desculpa, tenho que ir.

Dou um sorriso antes de me afastar. Queria poder ter ficado ali, quem sabe perguntado o nome dele ou algo assim. Mas preciso encher a jarra e atender as outras mesas.

A noite segue. As luzes rodopiam ao longo do teto e mais garrafas de champanhe são abertas. Estou parado à mesa de sobremesas. Enquanto observo as pessoas na pista de dança, a música muda para um ritmo mais lento. E então as luzes esmaecem e o salão é engolido por um oceano azul-escuro. De algum jeito, quase que naturalmente, a multidão se harmoniza com o piano e vai se dividindo em casais, que logo ficam com as bochechas coladinhas enquanto dançam devagar. Parece quase coisa de filme.

No que diz respeito a música, minhas favoritas costumam ser as baladas. Mas aqui, parado rente à parede, vendo a cena se desenrolar, sou tomado por uma onda de solidão. É um sentimento que vai e vem, e faz eu me lembrar de que, mesmo em um lugar cheio, continuo sozinho. De que ninguém nem sabe que estou aqui. A sensação é de que há um paredão entre mim e o resto do mundo. De que estou sempre do lado de fora, vendo tudo por uma tela.

De repente, não quero mais ficar aqui parado. Deve ter alguns pratos para lavar na cozinha. Quando me viro para sair, alguém esbarra em mim e quase derrama a bebida.

— Desculpa — diz o sujeito, tocando meu braço.

É o loiro gatinho com quem falei mais cedo.

— Imagina.

Dou uma risada sem jeito.

O rapaz sorri para mim.

— Na verdade, eu estava torcendo pra gente se esbarrar.

Eu o encaro.

—Ah… Sério?

Ele toma um gole da bebida e abre um sorriso largo. Depois, se inclina na minha direção e sussurra:

— Percebi que você passou a noite inteira aí sozinho. Eu estava criando coragem pra te convidar pra dançar.

Por um instante, a impressão é de que é uma brincadeira. Ninguém nunca me chamou para dançar, ainda mais durante o trabalho.

— Desculpa, mas agora não posso.

— *Só uma musiquinha* — insiste ele, com a mão estendida.

— Eu tenho que trabalhar.

— Você não está me dando um fora, não, né?

O timbre de sua voz me faz hesitar. Se já não tivéssemos conversado, eu provavelmente nem consideraria a possibilidade. Mas há alguma coisa nesse cara que me faz avaliar o risco. Talvez, se nos misturarmos com a multidão, ninguém sequer perceba. Sei que não é certo. Mas é minha última noite neste emprego. Dou uma olhada ao redor, em busca de seu Antonio, e então aceito a mão do desconhecido e o deixo me guiar até o meio do salão.

Nunca dancei com outro cara. Ele é só um pouco mais alto do que eu, então não sei direito onde colocar as mãos. Com um sorriso para mim, o rapaz me segura pela cintura. Fico corado conforme suas mãos vão se movendo por mim. De início é meio esquisito dançar desse jeito com alguém de quem ainda nem sei o nome. Mas assim que relaxo um pouco e nos sincronizamos ao ritmo da música, nos mesclamos perfeitamente com o restante do grupo. De repente, me sinto o protagonista da história.

Torcendo para que a música não termine, descanso a cabeça em seu ombro. Depois de um instante, ele ergue meu queixo com o dedo e ficamos olhando um para o outro. Enquanto ele me olha nos olhos, com os lábios a poucos centímetros do meu, fico com a sensação de que talvez role um beijo. Então, o rapaz se aproxima ainda mais, leva a boca até meu ouvido e sussurra:

— *Tem nozes nisso aqui?*

Pisco para ele, confuso.

— Como é?

— Eu perguntei… se tem nozes nisso aqui.

A música para. Pisco de novo e estou de volta à mesa de sobremesas, recostado contra a parede na mesma posição de uma hora atrás. Olho pelo salão, desorientado por um instante. O cara com quem eu estava dançando agorinha mesmo na minha cabeça está apontando para um cannoli, uma sobrancelha arqueada para mim.

— Não me ouviu? Estou perguntando se tem nozes nisso aqui.

Engulo em seco e tento não gaguejar.

—Ah… acho que não.

Antes que eu possa dizer mais alguma coisa, uma loira lindíssima de vestido amarelo aparece ao lado do rapaz. Ela o agarra pelo braço e diz:

— *Eu amo essa música. Vem dançar comigo.*

E então o puxa para longe, rindo enquanto os dois desaparecem na multidão.

Sou tomado por uma aflição familiar. É uma sensação de fracasso na boca do estômago, que me faz querer sumir também. Passo mais alguns minutos ali parado. Então, pego algumas bandejas vazias e volto para a cozinha, onde fico pelo restante da noite.

Saio do serviço às onze em ponto. Seu Antonio costuma me segurar até o fim, para que eu o ajude a carregar as coisas para a van. Mas falei que hoje não posso ficar. Era só um emprego temporário, e o verão chegou oficialmente ao fim. O que não me deixa lá muito chateado. Acontece que, a partir de amanhã, vou ter que me sentar e definir quais serão os próximos passos para o resto da minha vida.

Enquanto deixo o hotel, um dos cozinheiros me convida para sair com o pessoal.

— É a sua última noite com a gente, menino — diz ele.

— Eu adoraria, mas é aniversário do meu amigo — respondo.

— Você não falou que era amanhã?

— Aham, mas é que a gente sempre fica acordado junto até a meia-noite.

É uma tradição que eu e Daniel começamos uns anos atrás, quando fizemos dezesseis anos. Somos sempre só nós dois, sentados em nossos quartos, dividindo uma pizza e esperando o relógio dar meia-noite como se fosse Réveillon. Só que já são 23h15, e preciso correr contra o tempo. A viagem de trem para casa é silenciosa. Fico vendo fotos da gente no celular para passar o tempo. Algumas das minhas favoritas são as que tiramos na viagem para o Japão.

Olho para minha pulseira de novo. *Haru*. Faz mais de um ano do nosso dia perfeito juntos. Ainda penso nele de vez em quando, e fico imaginando o que poderia ter acontecido se eu tivesse ficado. Me pergunto se ele pensa em mim também.

Chego em casa às 23h35. Daniel e eu vamos nos encontrar no telhado de novo. Não quero acordar meus pais, então uso a escada que guardamos na lateral de casa. Subo os degraus e o encontro já me esperando. Ele estendeu uma toalha para nós. Ao seu lado, há uma vela pequena dentro de um pote de vidro. Assim que me vê, Daniel me envolve com os braços e pergunta:

— Onde você estava?

— Saí assim que deu.

— Sorte sua que ainda não passou da meia-noite.

— Você sabe que eu não perderia por nada.

— *Comprou?*

Franzo o cenho. Ele está falando do cupcake da Lily's, uma confeitaria local que fica no centro de Chicago. Faço questão de comprar seu sabor favorito todo ano. Coco com chocolate e recheio de creme de caramelo.

— Desculpa, mas a loja fechou antes de eu conseguir chegar.

Os olhos de Daniel reluzem de decepção. Mas ele abre um sorriso mesmo assim e diz:

— Não tem problema. O importante é que você está aqui.

23h43.

Sentamos juntos na toalha e dividimos alguns aperitivos que surrupiei quando saí do serviço. É uma das poucas vantagens do trabalho que vão deixar saudade. Então Daniel se deita, descansa as mãos atrás da cabeça e fica olhando o céu. Me deito logo ao seu lado e coloco as mãos atrás da cabeça também. Não existe mais ninguém com quem eu gostaria de estar esta noite. Só que não consigo me livrar de uma sensação estranha no peito. Da impressão de que algo está fora do lugar.

Daniel vira a cabeça.

— Aconteceu alguma coisa?

— Não — digo.

— Tem certeza? Pode me contar.

Levo um minuto para responder.

— Acho que eu estava pensando em quando a gente veio aqui pra cima ano passado. Em algumas das coisas que a gente conversou.

— Tipo nossos planos pra dar o fora de Chicago?

Assinto.

— Aham. E olha nós aqui, deitados no mesmo lugar.

— Por que você só não foi sem mim?

As palavras me surpreendem.

— Eu é que não ia te deixar aqui.

Um silêncio se estende entre nós. Confiro a hora no celular. 23h54. Ergo o corpo e pego uma caixinha na minha mochila.

— Eu trouxe uma surpresa pra você.

Entrego o presente.

Desconfiado, Daniel encara a caixa. E então a abre. Ali está o cupcake da Lily's. Ele arregala os olhos.

— *Seu mentiroso.*

— Assim o bolo fica mais gostoso — falo, com uma piscadela.

— A *mentira* deixa o bolo mais gostoso, é isso?

Não conseguimos parar de rir. Coloco uma velinha em cima do cupcake e a acendo. Com um sorriso lindo no rosto, Daniel olha para mim. Por um instante, não há mais ninguém no mundo além de nós. Todo o restante é uma simulação. *Você e eu somos a única coisa real*, ele me falou uma vez. Confiro a hora de novo. 23h58.

— Dois minutos.

Deitamos de novo, agora um pouquinho mais perto um do outro. A vela de aniversário tremula entre nós e lança sombras sobre a toalha. Minha vontade é de parar o relógio para que a gente possa ficar aqui até não querer mais. Mas sei que é tarde demais para nós dois. Uma brisa sopra pelo telhado e me faz lembrar de que tudo isso logo vai chegar ao fim. Não quero perdê-lo de novo. Quero mantê-lo comigo para sempre.

— *Você faz falta* — sussurro.

— Você *faz falta pra mim também.*

— Queria poder te beijar mais uma vez.

— E o que te impede?

Engulho em seco enquanto olhamos um para o outro. Então, fechando os olhos, me inclino na direção de Daniel. Eu *sinto* ele vindo na minha direção também.

Mas nossos lábios nunca se tocam.

É aí que meu celular desperta, anunciando a meia-noite. Quando abro os olhos, estou sozinho no telhado de novo. Não há ninguém deitado perto de mim. Encaro o lado vazio da toalha enquanto outra brisa chega e agita as árvores. Sinto um calafrio dos pés à cabeça. Então, me inclino para a frente e sopro a vela.

— Feliz aniversário, Daniel.

Fico deitado pelo resto da noite, desejando que ele ainda estivesse aqui comigo.

DOIS

Você e eu *somos a única coisa real.*

As palavras dele ecoam na minha cabeça.

O que isso quer dizer agora que você não está mais aqui?

Às vezes, acordo sentindo o cheiro dele. Como se Daniel tivesse passado a noite inteira deitado ao meu lado. Como se, caso eu esticasse a mão, fosse sentir o calor de sua pele conforme entrelaçamos nossos dedos. É então que meu alarme dispara e me obriga a abrir os olhos de novo. Tateio o lençol em busca do celular. São oito e meia da manhã. Normalmente não acordo cedo assim, ainda mais agora que não estou estudando. Mas já estou cansado de passar os dias na cama vendo fotos antigas de nós dois.

Faz quase um ano que Daniel morreu. Ainda não me acostumei a viver em um mundo sem ele. Às vezes, quando dou por mim, estou de olho no telefone, à espera de uma mensagem. Ele sempre foi a primeira pessoa que eu ouvia ao acordar. Há momentos em que finjo que nada aconteceu. Em que imagino que Daniel se mudou para uma ilha remota, para algum lugar sem sinal que nos impossibilita de manter contato. Fingir que ele está vivo por aí facilita as coisas, mesmo que não estejamos juntos.

Outro alarme toca; um lembrete para começar o dia. Mandei dezenas de currículos alguns meses atrás e finalmente consegui uma entrevista. Preciso chegar lá a tempo e causar uma boa impressão. Daniel e eu sempre falávamos do futuro, então sei que isso é o que ele iria querer para mim. Nada de ficar desperdiçando o dia pensando nele. Tomo um banho e visto roupas formais (uma camisa social com uma gravata do guarda-roupa do meu pai). Minha mãe deixou café da manhã pronto para mim hoje. Acho que ela anda preocupada comigo, por eu não estar comendo direito nos últimos tempos. Dou umas mordidas por ela e tomo um pouco de café para despertar. Depois, volto para meu quarto para buscar uma coisa. Há um saco branco de papel sobre a mesa que passou os últimos dias ali, intocado. Eu o encaro por um momento. Será que o levo comigo? Pego o saco e o celular e saio de casa.

Os trens estão lotados nesta manhã. A entrevista é na Tribune Tower, um arranha-céu de 36 andares que se agiganta sobre o Rio Chicago. Passo pelas portas giratórias e vou ajeitando a gravata. O saguão com chão de mármore e candelabros pendurados no teto alto está tomado por um mar de ternos cinza indo de um lado para o outro. Releio o e-mail e me pergunto para onde devo ir. É uma vaga de assistente na CHI-23 Entretenimento, uma produtora independente com sede aqui em Chicago. Vi um filme deles em um festival alguns anos atrás. O estilo da produção inspirou a forma como penso a respeito da luz e das cores. Achei que não daria em nada, mas me inscrevi para a vaga do mesmo jeito. Trabalhar na indústria do cinema seria um sonho, mesmo que eu fique o dia inteiro separando correspondência e atendendo o telefone.

Aperto o botão do elevador e entro. Conforme começo a subir, imagino a cena: assistentes correndo para cima e para baixo com bandejas de café, executivos sentados ao redor de mesas compridas, apresentando ideias atrás de paredes de vidro. É então que as portas se abrem para uma pequena recepção sem ninguém. Há algumas caixas empilhadas contra uma parede toda branca. Dou uma olhada em volta. Será que estou no andar errado? Eu esperava algo empolgante, como nos filmes. Vago pelo escritório na esperança de encontrar alguém com uma vibe Stanley Tucci que me receba com gentileza e ofereça algumas palavras de sabedoria. Depois de poucas voltas, encontro uma mulher de cabelo preto curto sentada atrás de uma mesa. Me aproximo e digo meu nome.

— Você chegou meio cedo.

— Desculpa.

Recebo um sorriso em resposta.

— Deixa de besteira. O Leon, que vai te entrevistar, ainda não voltou do almoço. Pode sentar no escritório dele enquanto espera.

Ela se levanta e gesticula para que eu a siga. Há uma série de portas brancas ao longo de um corredor estreito. A moça destranca a segunda à direita e abre espaço para que eu entre.

— Daqui a pouco o Leon volta. Meu nome é Sonny. Quer deixar essa sacola comigo?

Olho para o saco branco em minha mão.

— Não precisa.

Sonny assente antes de se retirar. Me acomodo na cadeira preta e dou uma olhada pelo escritório. Cartazes de filmes forram as paredes, alguns com títulos em outros idiomas. Há uma placa de identificação de bronze na ponta da mesa. *Leon Nguyen.* Então ele é vietnamita também. Nessa hora, ouço passos no corredor. Ajeito a postura quando um homem de camiseta e calça jeans entra. Ele deve ter uns vinte e poucos, quase trinta anos; mais novo do que eu esperava. O sujeito solta as chaves em um prato de vidro e vai para o outro lado da mesa.

— Então você é o Eric.

Me levanto para cumprimentá-lo.

— Aham, eu mesmo.

— É um prazer te conhecer.

— Obrigado por me receber.

Entrego meu currículo e nos sentamos. Leon pisca para o papel e o coloca na mesa. Depois dá uma boa olhada em mim.

— Você se arrumou todo pra entrevista — diz ele, enquanto gira discretamente na cadeira. — As coisas são mais casuais por aqui, caso não tenha percebido. Tomara que você não tenha colocado essa gravata só por causa da gente.

Olho para minhas roupas e depois de volta para Leon.

— Ah, de jeito nenhum — respondo. — Na verdade, vou pra um casamento depois daqui.

Leon dá uma risadinha.

— Imagino que seja brincadeira.

— É sério, vou cantar na cerimônia.

— Bom, isso não estava na sua carta de apresentação — comenta, fingindo estar impressionado, o que arranca um sorriso de nós dois. Ele entrelaça os dedos sobre a mesa. — Mas enfim, como você ficou sabendo da vaga de estágio?

— Encontrei na internet — respondo, e ajeito a postura de novo. — Mas eu já conhecia a CHI-23 antes. Fiz um trabalho na escola sobre um dos filmes de vocês.

— Ah, qual matéria?

— Cinema digital. Foi ano passado.

Leon pega uma caneta e rabisca alguma coisa.

— Foi lá que você trabalhou no seu curta-metragem?

— Curta-metragem?

— Aquele sobre o Festival das Estrelas. Do link que você incluiu na inscrição. Mandei pra firma inteira. Todo mundo adorou.

— *Sério?* — Me recosto na cadeira, surpreso com a informação. O formulário digital dizia que era opcional. Mas, como achei que ninguém veria, mandei mesmo assim. — Obrigado. Significa muito pra mim.

— Eu sei que a vaga é basicamente pra cuidar da correspondência, mas o que a gente procura é alguém com habilidades para além de entregar café — explica Leon, enquanto se inclina em minha direção. — Não é um estágio padrão em que você vai passar o dia inteiro separando cartas. Estamos procurando talento. Então me fala mais do seu filme e da ideia por trás do curta.

Em um lampejo, minha mente volta ao verão passado: aos papéis com desejos tremulando ao vento, aos homens em roupas típicas tocando flautas de madeira, aos fogos de artifício iluminando o rio Sumida. Para meu projeto final, fui narrando a história da Princesa Orihime e de Hikoboshi por cima dos takes que fui encadeando, torcendo pelo reencontro desse casal malfadado. Levo um segundo para reunir as palavras.

— Eu visitei o Japão no verão passado — respondo. — Teve um dia em que me perdi e acabei sem querer nesse festival. Na época, eu não sabia o que era. Mas conheci alguém lá que me contou a história. — Paro por um instante enquanto penso em Haru. — O festival é uma homenagem a duas pessoas que foram separadas pelo tempo e espaço, mas que, de algum jeito, reencontraram o caminho um pro outro. Acho que nunca parei de pensar nisso. Uns meses depois, quando fui ver tudo o que eu tinha filmado, percebi que era essa a história que eu queria contar. Então foi meio que por acidente.

Lembro de ficar vendo e revendo os vídeos, na esperança de encontrá-lo no fundo de algum take, de ter um vislumbre do rosto de Haru. Toco a pulseira vermelha no meu punho. Queria ter mais do que uma memória daquele dia. Já está começando a parecer que foi um sonho ou algo do tipo. Óbvio que não menciono nada disso.

— Algumas das melhores ideias surgem por acidente — afirma Leon, assentindo. — Às vezes *o processo* é simples assim. Então não se desvalorize. — Ele olha para o computador e depois de volta para mim. — O que mais você anda produzindo?

Encaro minhas mãos.

— Por enquanto, nada. Tirei um tempinho sabático.

— Você está estudando cinema, pelo menos?

Meneio a cabeça.

— Na verdade, não estou estudando no momento.

Ele franze o cenho.

— Você não está na faculdade?

— Tomara que isso não seja um problema.

Leon fecha a cara enquanto se reclina no encosto da cadeira e tamborila a caneta sobre a mesa.

— Sinto muito, Eric, mas o estágio é pra alunos de nível superior. Você tem que estar matriculado para se inscrever.

Pisco, confuso.

— Tem certeza? Não lembro de ver essa informação na internet.

Deve ser algum mal-entendido.

— Infelizmente, sim. — Ele suspira. — É a universidade que financia o projeto. Então realmente não tem como fugir dessa exigência. Mas por que você não está na faculdade, afinal de contas?

Encaro minhas mãos de novo. O plano era irmos juntos, Daniel e eu.

— Eu só precisava de um tempo pra colocar as coisas em ordem — digo vagamente.

— Aconteceu alguma coisa?

— Não foi nada — tranquilizo-o. — Vou tentar de novo esse ano. Já comecei a fazer algumas inscrições.

Leon me encara do outro lado da mesa. Então, pega algo atrás dele.

— Olha, se você está planejando ir pra faculdade, por que não tenta isso aqui? — E me entrega uma folha dobrada. — É uma bolsa de estudos de cinema. Conheço vários aspirantes a cineasta que conseguiram ao longo dos anos. E acho que o seu material dá conta do recado. É algo que você pode colocar nos seus planos. Por que não entra em contato com a gente de novo no ano que vem, quando tiver colocado as coisas em ordem?

Leon me devolve meu currículo.

Olho para a mesa e volto a encará-lo. A entrevista mal começou. Não pode acabar assim do nada.

— Mas… — Minha voz vacila um pouco. — Quem sabe não tem outro serviço aqui para eu me candidatar. Vocês estão com alguma outra vaga em aberto?

— No momento, não.

— Tem certeza?

Leon coça o queixo, pensativo.

— Bom, pode ser que a gente tenha uma vaga de assistente. Mas, sendo bem sincero, acho que você não tem experiência o bastante.

— O que contaria como experiência?

— O estágio seria um bom começo — responde ele, sério. Um silêncio se estende enquanto fico aqui, sentado, sem saber direito o que dizer. — Sinto muito, Eric. Realmente não tem nada que eu possa fazer. Espero que você entenda.

Nesse instante, já ficou bem claro que acabou. Eu nem tive chance, para começo de conversa. Tudo porque não estou estudando. Pego a folha e me levanto.

— Obrigado pela oportunidade.

E então agarro a sacola do chão antes de partir.

— Boa sorte — fala Leon atrás de mim.

Assim que piso no corredor, paro abruptamente. Não sei ao certo de onde o ímpeto de coragem vem, mas a essa altura já não tenho mais nada a perder, né? Respiro fundo, volto para dentro da sala e encaro Leon de novo.

Olho bem nos olhos dele e digo:

— Olha, você está certo. Eu não tenho experiência. E não sou aluno de uma dessas faculdades caras que pagam pelo estágio. Mas sou esperto, aprendo rápido e vou me esforçar muito se você me der uma…

— *Esqueceu alguma coisa?* — Uma voz feminina me interrompe e me arranca do meu devaneio.

Pisco e percebo que continuo parado no corredor, fitando a porta do escritório. Dou meia-volta. Sonny está esperando por uma resposta.

— Desculpa... Eu já estava de saída.

Pego o elevador na esperança de que, até eu chegar lá embaixo, Leon se dê conta de que cometeu um erro. Penso na cena de *O Diabo Veste Prada* em que a assistente persegue Andy até o saguão de entrada depois que Miranda muda de ideia no fim da entrevista. Mas ninguém me segue para oferecer uma segunda chance. Queria estar em um dos meus filmes para poder controlar o enredo. Mas acontece que nada funciona como nos filmes.

Estou sentado no jardim do Instituto de Arte, vendo folhas caírem no chafariz. Eu realmente não sabia mais para onde ir. Encaro a tela apagada do meu celular por um bom tempo. É um daqueles momentos em que eu queria poder mandar uma mensagem para Daniel e contar da entrevista. Ele saberia o que dizer para melhorar meu humor. Só que pensar que ninguém vai responder faz meu peito doer de novo. Fecho os olhos e tento tirá-lo da cabeça. Eu não deveria deixar aquela entrevista idiota me abalar. Afinal de contas, eu sabia que as chances eram pequenas.

A sacola de papel está no meu colo. Ainda não sei direito por que a trouxe comigo. Estou pensando em abri-la quando meu telefone vibra. Uma ligação de Jasmine. Parece que faz décadas que não nos falamos. Cursando biologia e música ao mesmo tempo, ela anda ocupada demais com a faculdade. Atendo de imediato.

— E aí! Está fazendo o quê? — A voz de minha irmã me acalma na hora, como uma canção antiga que fiquei muito tempo sem ouvir.

— Só estou de bobeira. Por quê?

— Acabei de chegar.

— Espera aí, chegar em Chicago? Por que você não me contou que estava vindo pra cá?

— Foi de última hora. Peguei carona com uma amiga. E vamos ficar só algumas horas. Mas eu queria te ver antes de voltar. Tá em casa?

— Não, estou no centro — respondo.

— Perfeito. Não estou longe daí. A gente pode almoçar. Quer dizer, se você não estiver muito ocupado.

— Claro que não estou. Quer ir aonde?

Jasmine não tem vindo nos visitar nos últimos tempos. Então é uma alegria que tenha chegado de surpresa. Ainda mais quando estou assim, tão para baixo. Às vezes, a impressão é de que ela tem um sexto sentido. Depois de escolhermos o melhor lugar para comer, pego o trem para encontrá-la.

Uma campainha ressoa quando entro no Palácio do Tio Wong. É nosso restaurante de comida chinesa favorito na cidade. A gente vivia pedindo delivery daqui. As lanternas vermelhas que pendem do teto fornecem a iluminação necessária para os clientes discernirem os dragões bordados nas paredes. Passo pelo balcão e encontro Jasmine sentada à janela, vestindo uma jaqueta xadrez que pegou emprestada de mim. Ela tira os olhos do celular quando deslizo para o sofá em frente a ela.

— Eu estava te mandando uma mensagem neste exato momento — diz minha irmã, com os braços dobrados sobre a mesa. — Acabei de sentar. — Ela encara minhas roupas. — Olha ele, todo arrumadinho.

Solto um suspiro.

— Acabei de voltar de uma entrevista.

— Era hoje? Como foi?

— Não quero falar sobre isso, na verdade.

— Duvido que tenha sido tão ruim assim.

Me limito a ficar encarando a mesa.

— Hmm.

Jasmine empurra um cardápio para mim e pega outro para si mesma.

— Vamos pedir comida. Quer o quê?

Dou de ombros.

— Arroz frito com abacaxi me parece uma boa.

Ela me olha.

— Você odeia abacaxi.

— *Odiar* é muito forte — respondo, corrigindo-a. — É só que abacaxi deixa tudo tão doce.

Tipo pizza havaiana. Tá aí algo que eu não consigo aceitar.

— Então por que quer pedir logo esse?

— Porque você sempre pede isso.

É o prato de que Jasmine mais gosta deste restaurante. O que minha irmã pede toda vez.

— Bom, já que você *insiste* — diz ela, e solta o cardápio.

Isso me arranca um sorriso. Nós dois aqui, juntos. É só quando a gente reencontra alguém pessoalmente que nos damos conta do quanto estávamos com saudade. Jasmine coloca o cabelo comprido atrás da orelha enquanto dá uma olhada pelo restaurante.

— Esse lugar não mudou nada — comenta. — Parece quase parado no tempo, sabe?

— Eu gosto assim.

— Eu também.

Uma pequena vela tremula entre nós. Talvez seja a poeira na janela, mas a luz que entra pelo vidro deixa o recinto meio nebuloso. Há um instrumental de piano tocando ao fundo. Inclino a cabeça, tentando identificar a música. A garçonete chega para anotar nosso pedido e, alguns minutos depois, volta com um bule de chá. Jasmine nos serve e toma um gole. Me reclino um pouco e, com o olhar vazio, encaro minha xícara.

— Você está pensando na entrevista — diz ela.

— Só um pouquinho — admito.

— O que te falaram?

Meneio a cabeça enquanto penso na manhã de hoje.

— Acabou que a vaga era só para pessoas inscritas em alguma faculdade. Tem alguma coisa a ver com verbas pro estágio.

— Que coisa mais elitista.

— Pois é — concordo, e sopro meu chá. — O cara que me entrevistou foi um querido. Ele gostou de um dos meus filmes. Daquele sobre o Festival das Estrelas. Acho que eu teria sido contratado se não fosse pela questão da faculdade. Ou talvez seja coisa da minha cabeça.

— Claro que teria — afirma Jasmine. — Eu te falei que você é talentoso. Todo mundo ama os seus projetos. Não sei por que você parou.

Faz um tempinho desde a última vez em que toquei na minha câmera. Eu costumava levá-la para todo canto, sempre esperando um rompante de inspiração. Mas hoje em dia tem sido difícil encontrar ânimo.

— É que eu ando com muita dificuldade pra focar — respondo vagamente. — E também, né, você não está aqui pra me ajudar com o som.

— Eu não tenho culpa.

— Não estou te *culpando*. Só estou dizendo que você prometeu que ia ajudar e não ajudou.

Fizemos um monte de planos para criar algo juntos. Eu cuidaria do filme e ela acrescentaria a música.

— Você sabe como estou ocupada com a faculdade.

— E eu estou ocupado atrás de um emprego.

Minha irmã se debruça sobre a mesa.

— Pra que essa agonia toda? Não tem nada de errado em tirar um tempinho pra esfriar a cabeça. Ainda mais depois do…

— Não quero falar sobre isso — eu a interrompo.

Outro momento de silêncio. Pensativa, Jasmine me encara.

— Olha, se você quer mesmo achar um emprego, então devia mandar uma mensagem pro Kevin. Tenho certeza de que ele te ajudaria.

Eu a encaro.

— Não tem problema falar com ele?

— Por que teria?

— Porque vocês não estão mais juntos.

Os dois terminaram o relacionamento de quatro anos na primavera. Sempre pensei que fossem morar juntos, adotar um gato e enfim casar. Acho que Jasmine também acreditava nisso. É uma pena que nada aconteça de acordo com o planejado.

— A gente terminou de boa. Sei que o Kevin se importa contigo. Você devia falar com ele.

Há um nó de culpa no meu peito. Kevin me mandou algumas mensagens. Só que nunca respondi. Eu não sabia ao certo como Jasmine se sentiria a respeito disso.

— Tá bom. Vou mandar uma mensagem pra ele mais tarde.

A garçonete reaparece e entrega nossa comida. O arroz frito é servido dentro de uma metade de abacaxi e decorado com um guarda-chuva de palito de dente. Coloco uma colherada no meu prato e como um pouco. É melhor do que eu me lembrava. Enquanto almoçamos, minha irmã recebe uma notificação no celular, olha para a tela e coloca o aparelho virado para baixo sobre a mesa.

— Quem é? — pergunto.

— A amiga com quem eu vim. Tenho que encontrar com ela depois daqui.

— O que você veio fazer em Chicago mesmo?

— É uma longa história.

— Está matando aula?

Jasmine solta o garfo e não se apressa para responder.

— É bem disso que eu queria falar — diz, e ajeita levemente a postura antes de respirar fundo e desembuchar: — Não vou voltar pra faculdade.

— Como assim?

Com a voz calma enquanto apoia as mãos no colo, ela explica:

— Eu ando me dedicando mais à música. Já te contei da banda em que estou tocando. A gente está procurando um agente. A amiga que me trouxe está conversando com uma pessoa agora.

— Então você vai trancar o curso?

— Já tranquei.

— Para de brincade…

— Vai rolar uma turnê logo mais — anuncia ela, se debruçando na mesa. — De uma banda chamada Copper Tigers. O Michael, nosso guitarrista, é amigo dos caras, e o pessoal que ia abrir os shows pulou fora. Aí nos pediram pra entrar no lugar deles. Então pode ser que a gente vá embora daqui a pouco.

— Vá embora pra onde?

Jasmine hesita.

—Amsterdã.

— *Amsterdã?* — quase berro. — Pra ficar até quando?

— Por alguns meses, pelo menos. Talvez mais, se der tudo certo. Sei que é bastante tempo. Mas é uma chance incrível pra divulgar nossa música. Vai saber quando outra oportunidade assim pode aparecer de novo.

— Jaz, não dá pra simplesmente sair da faculdade.

— Eu já me decidi.

— Olha, e não foi uma boa escolha…

— Mas e você, hein? Também não está na faculdade — ela rapidamente me relembra. — Esqueceu, foi?

As palavras machucam. Aperto os lábios, sem saber direito como responder.

— Eu te falei que vou me inscrever de novo no outono. Praticamente já terminei todos os formulários — minto. — Me inscrevi até pra uma bolsa de cincma e fui pra segunda etapa.

Lembro do projeto que Leon mencionou.

— Uma bolsa de estudos? Você nunca falou nada.

— Bom, você também não me conta tudo.

Silêncio.

Jasmine encara o chá e, com um quê de culpa na voz, diz:

— Desculpa te contar só agora. Eu queria falar pessoalmente. E precisava de tempo pra tomar a decisão.

—A mãe e o pai sabem?

— Óbvio que não — responde ela baixinho. — É por isso que você precisa guardar segredo.

— *Jaz...* — começo a falar.

— Pelo menos por enquanto, tá bom? Promete que não vai falar nada.

Eu a encaro por um longo instante. E então suspiro.

— Você sabe que não vou contar. Só que eu é que não vou ficar no fogo cruzado se eles descobrirem. Você sabe como nossos pais se preocupam.

— Os dois estão sempre preocupados — comenta Jasmine, e volta a se reclinar no assento. — É o jeito deles, principalmente comigo. Fazia tempo que eu não me sentia tão bem quanto agora. Ficar mais perto de casa não vai magicamente me deixar saudável. E eu sei me cuidar.

Jasmine sofre de anemia crônica, o que é algo comum na família. A doença faz com que seu corpo armazene ferro demais, e isso a deixa mais cansada do que o normal. É preciso fazer transfusões de sangue de vez em quando, o que não é nem de longe tão ruim quanto parece. Só que meus pais vivem obcecados com a saúde dela.

— Eu sei disso. Só fiquei... surpreso.

Não sei mais o que dizer.

Jasmine estica o braço e toca minha mão.

— Eu sei que devia ter te contado antes, tá? Mas vai saber. Talvez a carreira na música não dê certo. Só que, se a gente nunca for atrás de nada, sempre vamos perder tudo.

Quero convencê-la a ficar. Nós já mal nos vemos. Sinto uma pontada no peito que faz com que seja difícil falar.

— Quando vou poder te ver de novo?

— Não sei direito — responde ela, com o cenho franzido. — Pode ser que a gente vá muito antes do que eu pensava. Então talvez demore um tempinho.

Jasmine aperta minha mão.

Encaro meu prato e tento não ficar triste. Eu achava que minha irmã estava só passando por aqui para almoçar, para compensar toda a distância. E agora, do nada, ela vai para outro país? E não tem nem como me falar quando vai voltar? Não quero que Jasmine vá. Quero que fique aqui, perto de casa, e venha nos visitar mais vezes, como era o prometido. Meu coração acelera, mas não adianta discutir, porque ela já se decidiu. Então respiro fundo e guardo esses pensamentos para mim mesmo.

— Tá bom — consigo dizer. — Contanto que seja o que você quer de verdade.

Jasmine sorri do outro lado da mesa. Outro segredo que tenho que guardar por ela. Nem faço mais perguntas, porque não quero estragar o resto do nosso almoço. Mas só consigo pensar no quanto vou sentir saudade dela.

TRÊS

Faz frio quando saímos do restaurante. Estamos parados em uma esquina, esperando a carona de Jasmine. As nuvens, que vão engrossando lá no alto, lançam sombras pela calçada. Minha irmã inclina a cabeça para o céu.

— Está com cara de chuva — diz ela. — Você devia ir pra casa também.

— Você não pode mesmo ficar mais um pouco? — pergunto.

— Minha amiga está me esperando. A gente tem que voltar pra Ann Arbor logo. — Jaz olha para minha mão. — O que tem nessa sacola aí?

Só lembro que a trouxe comigo quando olho para baixo.

— Nada. — Coloco o saco atrás de mim. Jasmine me encara com desconfiança. Acho que está prestes a perguntar de novo quando o carro encosta. Ela confere o celular. — Tenho que ir. — E então se vira e me dá um abraço apertado. — Estou feliz por ter te visto.

— Eu também.

— Você recebeu minhas cartas? — Minha irmã escreve para mim desde que se mudou para a faculdade. Acho que para compensar pelas poucas vindas para casa. E é bem por isso que não li nenhuma. — A essa altura já mandei algumas.

— Recebi, sim.

— E leu tudo?

— Eu ando ocupado.

Jasmine franze o cenho.

— Promete que vai ler? Escrevi pra você.

— Tá bom, prometo.

Ela me abraça uma última vez. Parte de mim não quer soltá-la. *O que eu vou fazer sem você aqui?*

Minha irmã abre a porta do carro e diz:

— Me manda mensagem quando chegar em casa, tá?

Então ela embarca e me lança um sorriso pela janela. Fico acenando, me despedindo dela enquanto o carro avança pela estrada. Quase tenho vontade de ir junto, de também deixar esta vida chata para trás. Em vez disso, fico só vendo minha irmã desaparecer na esquina. Uma brisa sopra atrás de mim e traz o primeiro respingo de chuva. A parada de trem fica a poucos quarteirões daqui. Mas não estou com a mínima vontade de voltar para uma casa vazia. Dou meia-volta e sigo para outra direção.

A chuva continua a cair enquanto atravesso a rua. Seguro a sacola contra o peito para mantê-la seca. Tem um tempinho que não ando por essa parte do centro. Toda vitrine pela qual passo me faz lembrar de Daniel. Queria poder ligar agora e convidá-lo para sair, como fazia antigamente. Pensei em visitar o túmulo hoje e levar umas flores pelo seu aniversário. Mas não queria ir sozinho. E tenho certeza de que ele entenderia. Às vezes, a gente conversa na minha cabeça.

— *Não se preocupa* — diria Daniel. — *Eu nem gosto de flor.*

O vento se intensifica e me dá um calafrio. Agarro a sacola com mais força enquanto viro uma esquina e continuo caminhando. O letreiro azul da cafeteria reluz em meio à névoa. Eu estava torcendo para que não tivesse falido. Atravesso a rua e entro lá. Um sino toca quando empurro a porta. Não peço nada imediatamente. Encontro um lugar no canto e solto minhas coisas.

Faz muito tempo que não venho nesta cafeteria. O pai de Daniel mora a alguns quarteirões daqui, e era lá que ele costumava passar alguns fins de semana. Este era sempre nosso ponto de encontro quando Daniel dava uma fugidinha de casa. Talvez, se eu ficar aqui esperando, ele apareça alguma hora para me dizer que tudo não passou de um sonho. Fecho os olhos e o imagino sentado à minha frente.

Sua voz preenche minha cabeça.

— *Demorou, hein. Mas e aí, o que você trouxe pra mim?*

Coloco a sacola que carreguei o dia inteiro sobre a mesa. É o presente de aniversário de Daniel. Comprei algumas semanas atrás. Não consegui me segurar. É uma camiseta da turnê da Crying Fish, a banda que a gente foi ver na primavera passada. É uma das favoritas de todos os tempos dele. Passamos horas na fila e, quando chegou nossa vez, tinha esgotado.

— *Perdemos metade do show pra nada* — lamentou Daniel, *com um suspiro.*

— *Dá pra comprar o chaveiro ainda.*

— *Por vinte dólares? Eu sou o Bill Gates, por acaso?*

Passei semanas vasculhando a internet. É uma banda meio *underground*, o que faz com que seja difícil encontrar qualquer coisa deles. Abro a sacola e coloco a camiseta na mesa. Daniel teria adorado. Enquanto imagino a expressão em seu rosto, a realidade me atinge de novo. *Nunca vou poder te dar esse presente.* Onde ele deveria estar sentado não há nada além de uma cadeira vazia. Passo a mão pelo tecido. Por que estou fazendo isso comigo mesmo? Nada nessa situação me ajudaria a me sentir melhor.

Sinto uma pontada no peito que me deixa enjoado. Quando tudo começa a girar, fecho bem os olhos. Não sei o que me trouxe aqui. Abaixo a cabeça até a mesa enquanto essa onda de solidão me toma de assalto. Queria que alguém chegasse e fizesse tudo ficar bem. Só que Jasmine está voltando para Ann Arbor. Parece que todos estão desaparecendo da minha vida.

O sino da porta tilinta quando alguém entra na cafeteria. É um barulho diferente dessa vez, parecido com uma sineta de bicicleta. O som reverbera por mim enquanto passos se aproximam da minha mesa. Alguém apoia um guarda-chuva na parede e ocupa o assento vazio diante de mim. Não ergo o olhar de imediato. Preciso de um instante para me recompor.

Talvez a Jasmine tenha voltado pra me encontrar. Mas como ela ia saber que eu estou aqui?

Conforme levanto a cabeça devagar, percebo que não é minha irmã. Outra pessoa me encara. Devo estar sonhando ou algo do tipo. Meu cérebro leva alguns segundos para processar aquele rosto, os ombros, o cabelo ondulado. Mas não pode ser…

— Haru?

Do outro lado da mesa, ele abre um sorriso que evoca um céu de pétalas na minha cabeça, as memórias me inundando mais uma vez. *Um pedaço de papel voando pelo ar, as portas se fechando entre nós, o trem se afastando.* O cabelo de Haru cai com gentileza nas laterais de seu rosto, e ele veste uma camisa preta. A pele bronzeada de sol está úmida por causa da chuva.

— Faz um tempinho, hein? — diz ele, se recostando na cadeira.

Não consigo pensar direito.

— *De onde você veio?*

Um sorrisinho malandro.

— Então você lembra? Achei que pudesse ter se esquecido de mim.

— Claro que eu me lembro. — Estou tentando não gaguejar. — O que você está fazendo aqui?

Haru dá uma olhada pela janela e fala:

— Eu estava caminhando e fiquei com a impressão de ter te visto. Aí entrei só pra garantir.

Minha cabeça está girando. Faz mais de um ano desde a última vez em que nos vimos. Do outro lado do mundo, a milhares de quilômetros de distância.

— Mas o que você está fazendo em *Chicago*?

— Visitando — responde ele, todo casual. — Eu me lembro de tudo de bom que você falou daqui. Tive que vir ver com os meus próprios olhos.

— Mas quais são as chances de... Eu não... Como foi que... — Tento me comunicar, mas meus pensamentos estão embaralhados. A sensação é de que Haru saiu de um sonho. Respiro fundo e tento me recompor. — Desculpa eu não conseguir falar direito agora. É que eu não esperava... Não acredito que é você mesmo. — É então que me dou conta de como minha cara deve estar. Limpo o rosto e ajeito os botões da camisa. — Eu não costumo andar desarrumado assim. É que peguei chuva e esqueci do guarda-chuva...

— Você está ótimo. — Ele pisca para mim. — Bem como eu me lembro.

Minhas bochechas ficam quentes.

— Sei que é mentira, mas obrigado.

Haru dá uma risadinha e passa as mãos pelo cabelo sedoso. Depois, se inclina para a frente e cruza os braços sobre a mesa.

— Eu estava torcendo pra gente se esbarrar de novo algum dia.

As palavras pairam entre nós e me deixam com um frio na barriga.

— Eu achei que nunca mais ia te ver — digo. — E agora olha você aqui.

Ele abre um sorriso.

—A gente tem muita coisa pra contar um pro outro, né?

— Pois é, temos mesmo — respondo com uma risada. Um milhão de perguntas passam pela minha cabeça. Não sei nem por onde começar. — Como vai a vida em Tóquio? O que você anda fazendo?

Haru estende um braço sobre o encosto da cadeira ao seu lado.

— Tirei um tempinho pra dar uma viajada. Passei os últimos meses trabalhando na loja da minha família em Osaka. Talvez eu tenha mencionado essa parte antes.

— A loja de papel. — Eu me lembro de nossa última conversa. — Você falou que trabalhava lá todo verão. Quando a gente foi naquela loja de chá secreta. — Nós dois sorrimos com a lembrança. Ainda não consigo acreditar que é ele. *Haru. Sentado bem na minha frente.* — Também estou tirando um tempinho pra mim. Me candidatando pra vagas de emprego, etc. — Então olho para o cardápio. — Quer pedir alguma coisa? Não sei se você tem compromisso, mas aqui tem comida.

— Você leu a minha mente.

Entrego o cardápio para ele.

— Pede o que você quiser, viu? Os sanduíches são uma delícia. E hoje é por minha conta, já que você bancou a última vez.

Haru meneia a cabeça.

— Não vou deixar você…

— Eu quero — afirmo, me lembrando de todas as comidas que ele me fez experimentar no verão passado. — Você pagou lá no Japão. E agora está na minha cidade, então só deixa essa comigo, ok?

— Já que você *insiste*.

— Insisto mesmo.

Não consigo parar de sorrir enquanto olhamos as opções. É tarde demais para café, então sugiro o chá gelado de morango. Desde que Haru chegou, tudo parece mais leve. Um minuto atrás, a sensação era de que o mundo estava desmoronando. De repente, estou de volta em Tóquio, revivendo o melhor verão da minha vida.

— Ainda não acredito que você está aqui — comento mais uma vez. — Quando foi que você chegou em Chicago?

— Não faz muito tempo.

— E está gostando daqui?

— Agora bem mais — responde ele com um sorrisinho.

— Fico feliz — comento, me esforçando muito para não corar. — Chicago é muito maior do que as pessoas pensam. Posso ser seu guia.

— Não quero te obrigar a nada — diz ele, de brincadeira.

— Não está obrigando. Eu adoraria te mostrar a cidade.

— Você não tem nenhum trem pra pegar?

— Eu…

Perco o fio da meada, incerto quanto ao que dizer. Engulo um pouco de culpa ao lembrar de como o deixei lá parado na plataforma. Ainda bem que Haru abre um sorrisão e passa a mão pelo cabelo mais uma vez. Depois percebe alguma coisa e olha para meu braço.

— Você ainda usa a pulseira. — Ele se estica para tocar a minha mão, o que me faz travar no lugar. — Que surpresa. Depois de tanto tempo.

— Pois é… Ainda uso.

E então Haru puxa a manga da própria camisa e revela a outra pulseira. A que trocamos no festival. É como se as duas tivessem se reunido de novo, duas peças de um quebra-cabeça inacabado.

— Eu uso a minha também.

— E nós dois continuamos usando elas.

— Talvez a gente soubesse que iria se encontrar de novo.

Quando olho para Haru, consigo *sentir* os papéis dos desejos esvoaçando ao nosso redor. Talvez seja a chuva batendo no vidro a responsável pela atmosfera onírica daqui. Mas, se isto for um sonho, ainda não quero acordar.

— Pode ser que você tenha razão — admito.

Analisamos o cardápio juntos e pedimos pratos que possamos dividir. Depois de um tempinho, vou até o balcão para pegar nossa comida e chá gelado. A chuva deu uma aliviada lá fora. Enquanto pessoas entram e saem da cafeteria, nós dois vamos conversando e nos atualizando da vida um do outro. De algum jeito, parece que nenhum dia se passou desde que nos vimos pela última vez. Pergunto dos lugares que ele quer visitar, das comidas que quer experimentar durante a viagem. Chega um momento em que a mulher do caixa vem até nossa mesa para avisar que já estão fechando. Eu não tinha percebido quanto tempo havia passado. Quando saímos, Haru abre o guarda-chuva pra gente. Mas paro abruptamente assim que chegamos do lado de fora.

— Espera, eu esqueci uma coisa.

A sacola de papel com o presente de Daniel. No chão ao lado da nossa mesa. Brigo um pouco comigo mesmo enquanto volto para buscá-la. Assim que saio de novo, percebo que Haru sumiu. A rua está completamente vazia. Dou uma olhada em volta. Para onde será que ele foi?

— Haru? Cadê você?

Mas não há ninguém aqui além de mim. Quando me viro de volta para o café, a porta está trancada. Então ele não teria como ter entrado. Continuo olhando pela rua, mas não há sinal de Haru em lugar nenhum. Como assim ele foi embora sem se despedir?

Nem peguei seu número.

Como a gente vai se achar?

Parece que estou vivendo as portas do trem se fechando de novo. A pontada volta ao meu peito, e a sensação é de que estou acordando de um sonho. Passo um bom tempo ali fora da cafeteria, na expectativa de que ele vá voltar. Mas Haru não volta. A chuva enfim fica mais forte. Quando me dou conta de que ele não vem, caminho até a estação de trem enquanto vou pensando em como é que deixei esse cara escapar de novo.

QUATRO

Minhas roupas estão encharcadas quando chego em casa. Ainda não acredito no que aconteceu. Por que Haru iria embora sem dizer nada? O que custava me esperar? Podíamos pelo menos ter trocado números de celular ou algo assim. O planejado era que eu mostrasse a cidade para ele amanhã. Como foi que acabamos perdendo um ao outro de novo?

Entro na sala de estar, mas nem acendo as luzes. Há um prato de comida envolto em plástico filme na bancada da cozinha. Esqueci de avisar minha mãe que eu não chegaria a tempo do jantar. Guardo a refeição na geladeira e vou para meu quarto. As roupas molhadas ficam grudando na minha pele. Jogo tudo no chão e tomo um banho quente. Não consigo parar de pensar na cafeteria. Acho que eu devia ter esperado mais um pouquinho. E se ele se perdeu e voltou para me procurar? *Você queria que eu ficasse esperando na chuva até quando?* Será que foi alguma coisa que eu disse? Porque assim, a gente fez planos para se ver de novo e tudo o mais. Como é que Haru simplesmente vai embora assim? Deve ter sido algum mal-entendido. Quem sabe eu volto lá amanhã e deixo um recado no balcão para caso ele vá me procurar.

Não consigo pensar em mais nada. Fico andando para lá e para cá dentro do quarto enquanto olho pela janela e, na minha cabeça, dou replay nas últimas horas. Por que a gente não pegou o número um do outro? Ainda mais depois do verão passado.

Chega um momento em que subo na cama e me cubro com o edredom. Não há nada que eu possa fazer para trazê-lo de volta. A luz alaranjada que vem da rua ilumina o teto; é impossível cair no sono assim. Só que a preguiça é tanta que não fecho as persianas. No fim das contas, acabo simplesmente fechando os olhos até o resto do mundo esvanecer.

Um barulho me acorda no meio da noite.

Abro os olhos devagar e pisco até me acostumar, envolto em uma escuridão granulosa. Tem alguém dormindo do meu lado. Por um momento, não sei ao certo se estou sonhando. É então que escuto uma voz familiar.

— Te acordei? — sussurra ele.

Haru me encara no breu. O silêncio preenche o ar entre nós. Assim que acordo de verdade, logo me levanto e dou um berro que sai do fundo dos meus pulmões. Antes que eu consiga formular um raciocínio sequer, ouço alguém vindo pelo corredor. Um segundo depois, minha mãe entra com tudo e acende as luzes.

— Bị cái gì vậy? — pergunta ela.

Qual é o problema?

Quando volto a encarar a cama, Haru sumiu. Dou uma olhada pelo quarto, mas não há sinal dele. *Pra onde ele foi?* Por um instante, fico com a impressão de que perdi a sanidade. Mas é então que percebo. *Era só um sonho.* Ele nunca esteve aqui. Aconteceu tudo na minha cabeça. Suspiro para me acalmar e me viro para minha mãe.

— Desculpa. Foi só um sonho ruim.

— Nằm mơ thấy gì?

Com o que você sonhou?

É uma pergunta que ela já me fez antes. Quando eu era mais novo, tinha mania de acordar gritando de madrugada. Acontecia normalmente depois de assistir a algum filme de terror ou caso algo ruim tivesse acontecido. Minha mãe chegava, me pegava nos braços e perguntava com o que eu tinha sonhado. Às vezes, era com um monstro debaixo da cama ou alguma coisa escondida no guarda-roupa. Ela sempre os espantava para mim e ficava do meu lado até eu pegar no sono de novo. Só que as agonias que me assolam agora não são as mesmas da minha infância. São de uma categoria diferente, uma ansiedade que acho que ela já não entenderia. Então decido não contar.

— Não foi nada. Só um pesadelo.

— Con hét to quá.

Você gritou tão alto.

— Desculpa — repito.

Ela me encara com preocupação no olhar. Mas não me pressiona.

— Tá bom — diz, assentindo. — Đi ngủ đi.

Volta a dormir, então.

— Tá bom.

É assim que costumamos conversar. Mamãe fala algo em vietnamita e eu quase sempre respondo em inglês. Não é que eu prefira assim. É só que não sou mais tão fluente quanto antigamente. Mas ainda entendo bastante.

Ela apaga a luz e fecha a porta ao sair.

Fico de pé na escuridão por um instante. Depois, dou uma conferida debaixo da cama só para garantir. Levo um tempinho para me livrar da sensação de que havia alguém aqui. *Foi só um sonho*, digo para mim mesmo. Sou a única pessoa aqui. Volto para a cama e puxo as cobertas até acima da cabeça. Demoro muito para cair no sono. Mas, com o passar dos minutos, o mundo esvanece mais uma vez.

A luz do sol ilumina meu rosto quando acordo. Não sei direito o horário ou que dia é. Mas quero passar mais algumas horas na cama. Até porque não há nada na minha vida pelo qual valha a pena levantar. Acho que só vou dormir de novo. Quando fico de lado, meu braço roça em alguma coisa perto de mim. É o calor de pele que me faz abrir os olhos.

Há alguém virado para o lado contrário, dormindo aqui comigo. Pisco algumas vezes, achando que vou acordar de novo. Só pode ser um sonho, né? Estico a mão e passo os dedos pela curva das costas da pessoa. Mas por que a sensação é tão *real*? E então ele desperta. Recolho o braço enquanto o sujeito vai se virando devagar e, quando dou por mim, estou mais uma vez cara a cara com Haru. Ele aperta bem os olhos, como se tivesse acabado de acordar.

— Bom dia — diz, com a voz suave.

Mechas do cabelo escuro caem sobre seu rosto. O tempo congela enquanto absorvo o que estou vendo. Então, pulo para fora da cama e por pouco não caio.

— *O que você está fazendo aqui?*

Bocejando, Haru se senta.

— Eu estava tentando dormir.

— Como você entrou?

— Pela porta da frente. — Ele abre um sorrisinho. — E você, entrou como?

— Sério, Haru. Por que você está aqui?

— Porque eu vim te ver — Ele tira o cabelo da frente dos olhos. — A gente ia sair hoje. Não me diz que esqueceu.

— Eu não esperava que você fosse aparecer assim *do nada*! — exclamo, ignorando o sorrisinho no rosto dele. — E a gente nem pegou o número um do outro. Como você sabia que eu moro aqui?

— Você me contou na cafeteria.

— *Não contei, não.*

— Tem certeza?

Há um tom de brincadeira em sua voz que me faz duvidar de mim mesmo. Enquanto espero por uma resposta, meu telefone começa a disparar do nada. Está vibrando no chão, ao lado da cama. Dou uma olhada no aparelho e volto a encarar Haru. Então, me aproximo e pego o celular. *Por que o Kevin está me ligando?* Faz meses que a gente não se fala. Mas aí me lembro da conversa que tive com Jasmine. Ela ficou insistindo para que eu entrasse em contato com ele de novo. Mandei uma mensagem depois daquele almoço. Por um instante, considero deixar a chamada cair na caixa postal. Mas não posso evitá-lo para sempre. Ainda mais quando fui eu que mandei mensagem primeiro. Respiro fundo e atendo.

— Alô?

— Eric?

— E aí, Kev.

— Você pode falar agora?

— Hã, posso.

— Vi sua mensagem ontem. Foi ótimo receber notícias suas. Sei que faz um tempinho. Você falou que estava procurando emprego. Sei que é de última hora, mas será que dá pra gente se encontrar agora?

— Tipo agora *agora*?

Haru se levanta da cama e se espreguiça. Mantenho os olhos nele enquanto Kevin continua:

— Estou em um evento da faculdade. Quero te apresentar pra uma pessoa do meu departamento. Mas não sei quanto tempo ela vai ficar aqui.

— Hã...

Haru pega e abre um livro da estante. Depois o devolve e escolhe outro.

— Você acha que consegue?

— Desculpa, é que estou meio *distraído* no momento — digo, e vejo Haru se virar para a minha mesa. Quando ele abre uma gaveta, me aproximo e a fecho. — *Para com isso.*

— Isso o quê? — pergunta Kevin.

— Nada, desculpa. O que você estava falando mesmo?

— O evento vai até as quatro. Você devia vir.

— Olha, desculpa, mas é que... — Começo a dizer alguma coisa, mas Haru agora foi até o closet e está olhando minhas roupas. — Hã.

— Eu ia gostar de te ver — comenta Kevin.

Sinto uma pontada de culpa no peito. Já se passaram vários meses desde a última vez em que nos vimos. Quando ele e Jasmine namoravam, nós três vivíamos saindo. Assistindo a filmes no fim de semana. Pegando o trem até o lago e caminhando pela praia. Ainda tenho algumas pedras que começamos a colecionar. Depois do término dos dois, a sensação foi de que o perdi também. Seria errado dispensá-lo dessa vez. Ainda mais quando ele só está tentando ajudar.

— Beleza. Tá, eu posso ir.

— Que bom. Vou te mandar a localização.

— Obrigado, Kevin.

— Até daqui a pouco.

Enquanto desligo, Haru pega o jinbei do fundo do guarda-roupa. O que compramos juntos verão passado.

— Você guardou! — exclama ele, com um sorriso. Se o contexto fosse outro, talvez eu começasse a relembrar nostalgicamente do passado. Mas, em vez disso, vou até ele e pego a roupa de suas mãos.

— Foi mal, mas eu preciso ir — digo, e guardo a peça de volta.

— Pra onde?

— Vou encontrar um amigo.

— Não vai me mostrar a cidade?

— Como assim?

— Você prometeu que ia ser meu guia.

Penso na noite passada.

— Talvez eu tenha prometido mesmo. Mas eu não sabia que você ia aparecer do nada. — Haru ainda não me contou como chegou aqui. É que, tipo... ele praticamente invadiu a minha casa. Acho até que eu deveria estar mais bravo. Mas agora não dá tempo. — E tem uma pessoa me esperando.

Haru me encara, decepcionado. Depois coloca as mãos nos bolsos e olha pela janela.

— Então tá bom. Eu saio sozinho.

E então se vira para a porta.

A lembrança do verão passado surge na minha mente. O pedaço de papel voando enquanto as portas do trem se fechavam entre nós. Pensei que tinha o perdido de novo ontem à noite. Não posso deixá-lo ir embora assim.

— *Espera aí.* — Agarro a mão dele. — Quem sabe a gente…

— Não precisa…

— Eu *quero* — afirmo. — Por que você não vem comigo? Acho que não vai demorar muito. Depois eu te levo pra passear.

Haru coça o queixo enquanto pensa.

— Acho que pode ser.

— Beleza — digo, com um suspiro. — Só deixa eu me arrumar.

Pego uma camisa limpa e me visto. Haru não trouxe nenhuma roupa. Dou algumas opções para ele enquanto escovo os dentes. Pouco depois, já saímos. A Linha Amarela passa de quinze em quinze minutos. Esperamos o trem na plataforma. Quando o vagão chega, pego um assento vazio e Haru para de pé ao meu lado, se segurando em um suporte. Conforme avançamos, ele fica virando a cabeça e olhando atentamente pela janela. Eu o observo por algumas paradas. Será que está procurando alguma coisa?

— Tá procurando o quê? — pergunto, enfim.

— O Feijão. Ainda não o vi.

— A gente está indo pro lado contrário.

Haru franze o cenho.

— Ah, entendi.

— Mas depois podemos ir lá.

— Dá pra gente comer pizza alta?

— É pizza *de borda* pizza, e claro que sim. Vamos fazer qualquer passeio turístico que você quiser.

O trem nos deixa perto da Universidade de Illinois, Chicago. Kevin está no segundo ano do curso de arquitetura daqui. Abro o mapa até o departamento no celular. Estou tentando ir rápido, mas Haru fica parando de vez em quando para ver tudo.

— Então é assim que é uma universidade dos Estados Unidos — comenta ele, de olho nos prédios ao redor. — Igualzinho aos filmes.

Há uma feira para novos alunos acontecendo no pátio. Tendas brancas se enfileiram dos dois lados do caminho enquanto passamos por várias mesas. Algumas distribuem comida e canetas de graça para convidar as pessoas para seus clubes. Há alguns jogos oferecendo diversos prêmios. Talvez seja porque estou com Haru, mas tudo isso me faz lembrar do Festival das Estrelas do verão passado. Se fechar os olhos, consigo ver estrelas de papel esvoaçantes lá no alto. Ele deve estar pensando a mesma coisa, porque gesticula para uma mesa com uma roleta e diz:

— Estão deixando girar algumas vezes de graça. Será que a gente testa a sua sorte de novo?

Dou um sorriso para ele.

— Talvez na hora de ir embora.

O departamento de Kevin fica logo à frente. A memória deve ter me distraído um bocado, porque alguém esbarra em mim. Volto a prestar atenção quando as coisas da pessoa se espalham pelos degraus do prédio. Me abaixo para ajudá-la a juntar tudo.

— *Desculpa,* eu não te vi — digo.

— Imagina…

A moça pega sua bolsa e sai. Quando me viro de volta, Haru sumiu. Olho em todas as direções. Para onde será que ele foi?

— Haru?

Por um instante, acho que nos perdemos um do outro de novo. Meu coração acelera só de pensar nisso. Talvez ele já tenha entrado. Sigo adiante na esperança de encontrá-lo. Haru não está em lugar nenhum do térreo. Deve ter seguido as placas e ido direto para o evento. Continuo até os elevadores e aperto o botão. As portas se abrem em um saguão no último andar. Claraboias iluminam o recinto conforme avanço rumo à multidão. Para minha surpresa, todo mundo está de camisa social e calça. Por que Kevin não avisou que havia um traje certo para a ocasião? Me sinto um peixe fora d'água, vagando por aqui de camiseta e jeans. Há uma mesa comprida com comes e bebes perto das janelas. As bandejas de prata me fazem lembrar das noites que passei trabalhando para o seu Antonio. Haru deve estar aqui em algum lugar.

— Eric…

Viro a cabeça e Kevin aparece ao meu lado. De camisa creme e gravata preta.

— Que bom que você conseguiu vir — diz ele, e me dá um abraço apertado.

Depois, se afasta enquanto olhamos um para o outro.

— Seu cabelo está maior — comento.

— Pois é, já está na hora de cortar.

— Que nada, ficou legal assim.

Sorrimos ao mesmo tempo. Parece que passamos uma eternidade sem nos ver. Há um certo rebuliço inesperado de alegria e alívio. Eu não tinha me dado conta de como sentia saudade dele. Então, Kevin se vira ligeiramente e gesticula para as mesas.

— Está com fome? Tem comida pra caramba. — Ele dá um passo adiante e pega um prato para mim. — Tem salmão. Sei como você gosta de frutos do mar.

E coloca algumas coisas no meu prato.

— Esse evento é do que mesmo?

— Uma amostra estudantil. Posso te mostrar umas coisinhas que fiz, se você quiser. — Kevin dá uma olhada no relógio e ao redor. — Deixa eu te apresentar pra uma pessoa primeiro. Ela é uma das minhas orientadoras. Acho que você vai gostar dela.

— Claro.

Continuo observando o recinto e me perguntando para onde Haru foi.

— Ali está ela…

Com uma das mãos no meu ombro, Kevin me guia pelo salão lotado. Há uma roda de homens mais velhos de calça social conversando perto da janela. Kevin cutuca um deles no ombro. Um sujeito calvo vestindo uma jaqueta de tweed se vira e o cumprimenta. Ao lado dele, há uma mulher de óculos vermelhos, com o cabelo preto amarrado em um coque e uma echarpe floral.

— Professora Lin, esse é o Eric. Falei dele mais cedo para a senhora.

Depois de ajeitar os óculos e me analisar por um segundo, a docente diz:

— É um prazer. Você é muito parecido com a sua irmã.

Pisco para ela.

— A senhora conhece a Jasmine?

— Claro. Ela veio para algumas das nossas amostras, não veio?

— A professora Lin é a coordenadora do departamento de teatro — explica Kevin. — Ajudei a projetar alguns dos cenários para as aulas. Foi por isso que te convidei para vir aqui, Eric. Caso a senhora saiba de alguma oportunidade disponível, ele está procurando emprego.

Ela olha para mim.

— O que você está estudando?

Hesito por um instante enquanto os outros professores se viram para escutar.

— Na verdade, não estou matriculado na faculdade no momento…

O calvo de jaqueta de tweed ri.

— Eu devia ter imaginado, pelas suas roupas.

Ainda segurando o prato, olho para o que estou vestindo.

— Eu não sabia que era um evento formal.

Kevin dá um tapinha nas minhas costas.

— Chamei o Eric de última hora e esqueci de avisar.

— Sempre se arrume para o papel que quer conquistar — aconselha o homem, e inclina a taça para mim. — Principalmente quando for pedir emprego.

Ele toma um gole.

Alguém aparece atrás de mim. Com os lábios perto do meu ouvido, a pessoa sussurra:

— Não deixa ele falar assim contigo.

Viro a cabeça e percebo que é Haru.

— *Shhh* — respondo.

— Como é? — pergunta Kevin, piscando para mim.

Disfarço com uma risada.

— *Desculpa,* é que o meu amigo… — Aponto para Haru, mas não o vejo. Viro o pescoço, procurando-o. — Ele estava aqui um segundo atrás.

Os docentes trocam alguns olhares. Alguém deve ter visto para onde ele foi.

— Sempre dá para falar com o Frank — diz a professora Lin, retomando a conversa. — Eles normalmente estão com vagas abertas nessa época.

— Seria ótimo — responde Kevin, e me cutuca com o cotovelo. — O Eric é muito criativo. Ele faz filmes.

Só que não estou prestando muita atenção. Estou é procurando Haru. Para onde ele foi assim tão rápido?

A professora Lin se vira para mim.

— Você tem alguma experiência com teatro?

— Hã, na verdade não.

— Você parece bem distraído — comenta o calvo, o que me faz voltar a focar no grupo. — Estou começando a achar que o Kevin quer mais esse emprego do que você.

Os outros riem.

— Por hoje já deu, Albert — relha a professora Lin, meneando a cabeça para o sujeito.

De repente envergonhado de mim mesmo, olho para baixo. Então a mão de alguém alcança meu prato e pega um pãozinho. Haru reaparece e sussurra no meu ouvido:

— *Vou jogar isso aqui nele em três... dois...*

Agarro o pãozinho.

— *Não!*

— Não o quê? — pergunta Kevin.

Mais uma troca de olhares entre os docentes.

Escondo o pãozinho atrás das costas e dou uma risada nervosa.

— Desculpa, é que o meu amigo fica... — Mas Haru sumiu de novo. Dou uma volta completa. E então olho para Kevin. — Você viu pra onde ele foi?

— Ele quem?

— Meu amigo. Ele estava bem aqui.

Kevin vira a cabeça.

— O evento está bem lotado.

Como Kevin não o viu? Talvez Haru tenha ido em outra direção. As luzes fluorescentes de repente parecem mais fortes e ofuscam um pouco a minha visão. Quando dou por mim, o salão começa a girar.

Kevin aperta meu ombro.

— Você tá bem?

— Aham, estou. — Respiro. — Só preciso de um pouco de água.

— Vou com você...

Me afasto.

— Não, não precisa.

Saio imediatamente. Minha visão está borrada enquanto avanço pelo recinto e me pergunto o que está rolando. *Por que o Haru fica sumindo assim?* Parece que ninguém além de mim consegue vê-lo.

* * *

Há bancos do lado de fora do salão. Jogo meu prato em uma lixeira e me sento o mais longe possível da multidão. Parece que não consigo pensar direito. Minha cabeça fica voltando para a noite passada, quando Haru apareceu na cafeteria. E de novo na minha cama hoje de manhã. Respiro fundo e fecho os olhos.

Não demora muito para alguém sentar ao meu lado. Não preciso olhar para cima dessa vez. Já sei quem é.

— Imaginei que você fosse estar aqui.

Viro o rosto devagar. Haru sorri para mim do mesmo jeito de quando nos conhecemos. A forma como a luz o enquadra parece algo saído de um filme. Me faz lembrar da época em que Daniel e eu víamos o pôr do sol lá do telhado. Enquanto o observo, uma pergunta surge. Uma questão que anda ocupando a minha mente.

— Isso tudo é coisa da minha cabeça?

Haru pisca para mim.

— Como assim?

— Por que ninguém mais consegue te ver?

Ele não diz nada.

— Você apareceu mesmo na cafeteria ontem à noite? — Paro por um instante e engulo em seco. — Ou foi a minha imaginação também? — Quanto mais escuto o que estou falando, menos sentido faz. — Por que você fica sumindo?

— E faz diferença? Eu estou aqui agora.

— Não parece real. Você apareceu do nada.

— Pra mim, parece…

Haru se inclina para a frente e afasta uma mecha de cabelo da minha testa. O toque me deixa imóvel e me transporta para o verão passado. Por um momento, me permito acreditar que é ele mesmo. Que nos encontramos de novo depois de todo esse tempo. Mas não consigo deixar de me questionar como seria possível. Afasto sua mão e fico em silêncio.

Haru franze os lábios. Depois, estende o braço até o bolso de trás.

— Talvez isso aqui prove que eu sou...

Ele pega um pedaço de papel. Observo enquanto ele começa a dobrá-lo na minha frente. Depois, entrega-o para mim. É uma estrela de origami. Igual a que fez no Japão.

—A estrela de papel — digo.

— Então você se lembra.

— Claro que lembro.

Haru sorri.

— Não deixa essa sair voando.

Olhamos um para o outro. Quando abro a boca para falar, alguém me chama do corredor e interrompe o momento. Movo a cabeça e vejo Kevin se aproximando.

Há uma mudança na luz que me dá a impressão de estar saindo de um devaneio. Não preciso me virar para saber que Haru não está mais aqui. Mas olho para trás mesmo assim. O banco está vazio. Tudo o que restou foi uma estrela de papel na minha mão. Passo o dedo pelo origami enquanto Kevin se senta ao meu lado. Há um instante de silêncio antes da pergunta:

— Tudo certo por aqui?

Fecho as mãos para esconder a estrelinha.

—Aham, tudo certo.

— Tem certeza?

—Absoluta.

— Você está meio estranho hoje.

Respiro fundo e suspiro.

— Não precisa se preocupar comigo — digo. — Desculpa ter saído daquele jeito. Eu não queria ter te feito passar vergonha.

Kevin meneia a cabeça.

— Não fez nada. Só quis ver como você estava.

— Eu falei que estou bem.

Outro momento de silêncio. Então ele se inclina na minha direção e diz:

— Sei que as coisas mudaram… desde que a Jasmine e…

— A gente não precisa falar disso — eu o interrompo. Antes que Kevin tenha chance de continuar, me levanto abruptamente. — Na verdade, tenho um compromisso agora. É melhor eu ir.

— Pra onde você vai?

Não respondo.

— Obrigado pelo convite.

— Eric, espera aí…

Sigo para a saída e não paro. Sinto uma pontada de culpa por deixá-lo assim. Ainda mais levando em consideração que ele só está tentando me ajudar. Só que não quero ter essa conversa agora. Aperto o botão do elevador e entro. Quando ele começa a se fechar, Kevin aparece bem a tempo de dar um último recado.

— Manda mensagem se precisar de alguma coisa.

É tudo o que escuto antes de as portas se fecharem entre nós.

CINCO

Dou de cara com um mar de alunos quando o elevador se abre. As aulas devem ter terminado, porque saio batendo ombro para fora dali. Não consigo lembrar para onde estou indo. Tem pensamentos demais passando pela minha cabeça. Quando pego o celular, avisto alguém na multidão que faz meu coração parar.

Mas não pode ser.

— *Daniel?*

Tenho um vislumbre de seu moletom vermelho e de sua nuca. Há gente demais entre nós. Sigo em sua direção e vou empurrando todos à minha frente. Meus batimentos cardíacos aceleram conforme me aproximo. *Por favor, que seja você.* Mas, assim que atravesso a multidão, percebo que me enganei.

Qual é o meu problema? Claro que não é Daniel.

É Haru que se vira.

— Você apareceu — diz ele, com as mãos nos bolsos.

Uma brisa bagunça seu cabelo comprido.

Ficamos nos encarando enquanto as pessoas se movem ao redor. Por um segundo, sinto alívio por vê-lo de novo. Mas dou um passo para trás quando lembro que não é real. Que ele vai acabar desaparecendo de novo. A questão é que não sei como acordar disso tudo. A sensação é de que estou perdendo meu senso de realidade. Me viro e sigo em outra direção.

— Pra onde você está indo? — questiona Haru.

Não respondo. Adentro a multidão e ele vem atrás de mim. A feira continua acontecendo no pátio. Só que, dessa vez, as mesas distribuindo prêmios não me fazem lembrar do festival. A magia evaporou agora que sei que é tudo coisa da minha cabeça. Haru vai olhando para os jogos enquanto caminha ao meu lado. *Mas por que parece tão real?* Mando esse questionamento para longe e continuo em frente.

Um instante depois, chegamos à estação de trem. Enquanto esperamos na plataforma, Haru se vira para mim e pergunta:

— Qual vai ser a primeira parada do nosso passeio?

Não falo nada.

— É surpresa?

— Estou indo pra casa.

— Não vai me mostrar a cidade?

— Não posso mais.

— Por quê?

— Só não posso.

Haru me encara, talvez esperando uma explicação. Mas nem sequer viro a cabeça para olhá-lo. Ele cruza os braços e responde:

— Beleza, então. Quem sabe eu mesmo me leve pra ver a cidade.

— Quem sabe leva mesmo.

Por um segundo, quase retiro o que eu disse. Mas a plataforma começa a chacoalhar debaixo de nós. *Ele não está aqui de verdade*, lembro a mim mesmo. Porque uma parte de mim quer ficar com Haru. Mas já tenho problemas demais na vida e não preciso de mais um. Quando o trem chega fazendo barulho, me viro para ele pela última vez. Só pela possibilidade de não nos vermos novamente.

— Você não faz ideia de como fiquei feliz de te encontrar de novo — digo enquanto as portas do vagão se abrem atrás de mim.

— Queria muito que fosse real. Mas você não é ele. — Fico ali por mais um instante. — Ainda não sei por que eu consigo te ver, mas não é isso que eu quero.

Haru me encara.

— O que você quer?

— Não é isso.

Entro no trem. As portas se fecham, eu me viro e vejo Haru me olhando pelo vidro. Minha mente volta para o verão passado, para o momento logo antes de o papel escorregar das nossas mãos, antes de nos perdermos um do outro. Então o trem começa a se mover, deixando-o lá, parado na plataforma. Mas não fico observando ele desaparecer dessa vez. Só pego um assento vazio e finjo que nada disso aconteceu.

A casa está vazia quando chego. Meus pais vão trabalhar até mais tarde, então estou sozinho de novo. Meu pai é mecânico em uma oficina que fica na mesma rua da loja de conveniência que minha mãe gerencia, o que faz com que o trajeto de ida e volta do trabalho seja mais fácil. Paro à porta enquanto absorvo o silêncio familiar. Por mais estranho que possa soar, achei que seria mais reconfortante do que isso. Pelo menos tudo parece normal de novo. Pego um copo de água e vou para a sala de estar.

Costumo deixar a televisão ligada para fazer barulho ao fundo. Mas só me sento no sofá e encaro o celular. Nenhuma chamada perdida ou mensagem nova. Não que eu estivesse esperando alguma coisa. Penso em escrever para Jasmine e contar o que aconteceu. Mas como é que se começa a contar algo assim? Talvez seja melhor guardar para mim por enquanto.

Fico olhando para a porta, me preparando para caso Haru tenha me seguido. Mas as horas se passam sem nem sinal dele. Tomo um banho e fico sem fazer nada até meus pais chegarem, quando ofereço ajuda para carregar as compras. Mamãe faz melão de São Caetano refogado para o jantar. Levo um prato para meu quarto e fico lá pelo resto da noite.

Quando acordo de manhã, não há ninguém ao meu lado. Passo um tempo encarando o lado vazio da cama. Um pouco depois, me levanto e vou conferir a casa. Não há sinal dele. Preparo uma cumbuca de cereal e como no quarto. O dia passa devagar. Coloco um filme enquanto me dedico às inscrições para a faculdade. Quando pesquiso a respeito daquela bolsa de estudos para o curso de cinema, lembro da mentira que contei para Jasmine. Ela acha que fui aprovado para a segunda etapa, o que significa que preciso me inscrever, mesmo que já tenham se passado meses desde a última vez em que toquei na minha câmera. Fico a tarde inteira tentando ter algumas ideias.

Meus pais trazem comida chinesa para o jantar. Como carne bovina e brócolis com sopa agridoce. Depois, vou para a sala com meu pai e assistimos ao jornal. Haru também não aparece hoje à noite. Não sei por que continuo esperando. Talvez tenha sido tudo coisa da minha cabeça. Talvez ele nunca tenha aparecido de verdade. Mas então por que não consigo parar de pensar nele?

Os dias se repetem. Fico deitado pela casa, me inscrevendo em vagas de emprego enquanto alguma coisa toca ao fundo. O tempo passa sem que eu perceba. Lavo a louça, tiro o lixo e uso o celular. Meus pais trabalham a semana inteira até tarde. Faço um pouco de macarrão instantâneo com ovo e vou comer na sala. Há uma maratona de filmes românticos em algum canal aleatório. *Diário de Uma Paixão* é o de agora. Já vi umas cem vezes, mas deixo passando mesmo assim. É a cena em que o casal está gritando na chuva, pouco antes de ele puxar a mulher para um demorado beijo apaixonado.

Desligo a televisão e olho pela janela. Lá fora chove pesado de novo. O vento sopra contra o vidro. Por algum motivo, não consigo tirar ele da cabeça. Haru. Será que ele está por aí em algum lugar? Eu o imagino andando sem rumo, tremendo de frio. Já se passaram uns dias desde que o deixei na estação. *Não era real*, fico repetindo. Mando esses pensamentos para longe e volto para meu quarto. Ainda há alguns roupas que preciso lavar. Quando tiro uma calça do chão, algo cai.

A estrela de papel que Haru fez para mim. Pego o origami para examiná-lo. Está meio amassado por ter ficado no bolso. Encaro-o por um instante. Se era tudo coisa da minha imaginação, o que isso está fazendo aqui? E por que parece real na minha mão? Uma ideia aos poucos me ocorre. Se isso aqui ainda não sumiu, então será que Haru continua por aí?

Não acredito que o deixei na estação. Ainda mais depois de ter prometido que ia levá-lo para conhecer a cidade. Beleza, talvez tenha sido tudo coisa da minha cabeça. Mas, sendo bem sincero, foi legal ter alguém para me fazer companhia. É melhor do que ficar sentado o dia inteiro em casa. E daí se ninguém mais consegue vê-lo? Eu conseguia.

Quando dou por mim, estou pegando um guarda-chuva e correndo porta afora. A chuva respinga sob meus sapatos enquanto sigo para a estação de trem. Não faço a menor ideia de por onde começar a procurar. Tudo o que sei é que preciso encontrá-lo de novo. Embarco na Linha Amarela e vou para o centro. Haru deve estar em algum lugar da cidade. Sempre que as portas se abrem, fico torcendo para que ele entre.

Chego à Grand Street, onde nos vimos por último. Mesmo que seja um tiro no escuro, caminho ao redor da plataforma e o procuro por todo canto. Claro que Haru não está mais aqui. Mas não tenho certeza de aonde ir em seguida. Há oito linhas diferentes que percorrem Chicago, com mais de cem paradas. Ele pode estar em qualquer lugar a essa altura. Outro trem se aproxima da plataforma. Eu entro e continuo a procurar. Talvez nos esbarremos por aí se eu ficar perambulando por tempo suficiente. Mudo de vagão e troco de linha, vasculhando cada plataforma. Mas horas se passam e não encontro nada.

Um pensamento terrível me assola enquanto espero pela próxima parada. E se Haru tiver sumido mesmo? Será que nunca vou vê-lo de novo? Sinto um calafrio quando penso na última vez em que nos vimos. Queria poder voltar atrás e retirar o que falei. Conforme repasso os últimos dias na minha cabeça, lembro de outra coisa. Quando estávamos juntos no trem, Haru ficava olhando pela janela. Será que estava procurando algo? Ele até perguntou se eu poderia levá-lo lá. Quando me dou conta, me levanto em um pulo. *Como foi que não pensei nisso antes?*

No segundo em que as portas se abrem, corro para a plataforma e troco de linha mais uma vez. Ainda chove para caramba quando o trem me deixa na Lake Street. Seguro o guarda-chuva sobre a cabeça e atravesso a rua até o Millennium Park. A escadaria é feita de mármore, e os arbustos bem-cuidados reluzindo de ambos os lados dão um ar de jardim palaciano. O parque costuma ficar lotado de turistas durante o dia. Mas, ao que parece, a chuva esvaziou os passeios.

Quando chego no topo da escada, avisto as curvas de aço do Feijão. A escultura reflete a cidade como um espelho daquelas casas de terror. É estranho vê-lo sem centenas de pessoas ao redor, tirando fotos debaixo da curvatura. Ali, sozinho em meio ao vazio do parque e com a superfície de aço lavada pela chuva, o monumento parece quase distópico. Sinto um calafrio enquanto olho em volta. O Feijão era o lugar que ele mais queria conhecer. Talvez Haru esteja por perto. Vago por aqui enquanto vou chamando seu nome.

— *Haru? Você está aqui?*

O eco da minha voz é a única resposta que recebo. Continuo andando por ali, torcendo para que nos encontremos. Mas não há mais ninguém. Talvez ele tenha sumido mesmo. Nunca tive a chance de pedir desculpa. Sou inundado por uma onda de tristeza, e a chuva continua a cair. Queria ter mais uma chance para consertar as coisas. Mas acho que é tarde demais.

E, então, vejo algo lá longe. Há alguém sentado do outro lado do parque. Eu não tinha percebido. Estou prestes a ir embora quando me dou conta de que é ele.

— *Haru?*

Ele está sozinho em um banco iluminado pelo poste. Um único galho de árvore se esforça para cobri-lo da chuva. Suas roupas estão encharcadas e o cabelo comprido, colado na pele. Quanto tempo faz que está sentado aqui fora? Espero um instante antes de me aproximar. Então, seguro o guarda-chuva sobre sua cabeça. Só que ele nem se dá ao trabalho de olhar para cima.

— Oi — digo. — O que você está fazendo aqui?

Nenhuma resposta.

— Te procurei em todo canto.

Nenhuma palavra.

— Você está bravo comigo?

Haru olha para o outro lado.

Suspiro e mantenho o guarda-chuva no lugar.

— Desculpa. Eu não devia ter te abandonado daquele jeito. Fiquei mal pelo que fiz. — Mas ele ainda não olha para mim. — Eu queria muito me redimir com você. Posso te mostrar Chicago, como prometi. A gente pode até comprar algo pro jantar ou alguma coisa assim. Você que manda, que tal?

Haru vira a cabeça devagar. Há um longo instante de silêncio antes de ele finalmente abrir a boca e falar:

— Pizza… alta?

Lou Malnati's é a melhor franquia de pizza da cidade. Quem discorda provavelmente não vive aqui. É o primeiro lugar em que penso quando alguém quer comer pizza à moda de Chicago. Há apenas algumas poucas unidades, mas a comida sempre faz a viagem de trem valer a pena. Haru e eu nos sentamos em um sofá nos fundos do restaurante. O espaço está mais ou menos cheio de alunos da faculdade que entornam cerveja de canecos de plástico.

Nós dois estamos encharcados. Haru passa a mão pelo cabelo molhado. Sua pele úmida reflete as luzes fluorescentes.

Ele está mais quieto do que o normal, o que me faz achar que continua bravo comigo. Entrego-o o cardápio e digo:

— Essa é uma das minhas pizzarias favoritas. Tem muita opção.

Eu e Daniel vivíamos vindo aqui. A gente dividia uma pizza sabor Clássica de Chicago e uma porção de batata frita em espiral.

Haru dá uma olhada.

— São todas pizzas de borda alta?

— Aham, é a especialidade da casa.

— O que você recomenda?

— Eu normalmente vou de Clássica de Chicago.

Ele assente.

— Parece uma boa.

— Vou pedir batatinha pra gente também.

O garçom chega para anotar o pedido e logo sai, levando os cardápios junto. Haru se reclina na cadeira e dá uma olhada no estabelecimento. Camisetas de beisebol emolduradas estampam as paredes de tijolo.

— Esse lugar é … — Ele dá uma coçadinha no queixo. — … a cara dos Estados Unidos.

— Bem diferente de onde a gente tomou chá aquela vez.

Ele assume uma expressão mais tranquila no rosto.

— Você lembra de lá?

— Como eu iria esquecer? — Ficava escondida dos turistas nos fundos de um sebo. — Depois de você me fazer andar até lá por causa de um pedaço de papel.

Haru dá um sorrisinho.

— Aquele papel era pra você.

— E você *deixou cair*.

— Deixei nada, foi você que não segurou direito.

— Você que devia ter tomado mais cuidado…

— E você devia ter ficado comigo.

Nos encaramos. Não sei direito como responder.

— Eu te disse que meu amigo estava me esperando.

— Então você não se arrepende?

— Não foi isso que eu falei.

Ele cruza os braços.

— Foi o que eu ouvi.

Não dá para discernir se é brincadeira ou não. Me inclino contra a mesa.

— Tentei te achar na internet. Sabe quantas vezes pesquisei o seu nome depois que voltei? — Eu não sabia nem se Haru era algum apelido. — Procurei nas fotos que as pessoas postaram do festival, torcendo pra te achar em algum lugar. — Encaro minhas mãos. Não tenho certeza se deveria contar isso. — Fui atrás até do templo onde a gente fez os pedidos. Cheguei até a considerar voltar lá pra procurar o seu papel. Porque vai que você tinha escrito seu sobrenome ou algo assim.

— Tinha milhares de pedidos — relembra ele. — Como você ia achar?

— Era a terceira árvore depois da entrada, e ficou em um dos galhos do meio — digo. — Você usou um papelzinho azul.

— Me surpreende que você se lembre de tudo isso.

— Tem lembranças que são difíceis de esquecer.

Haru abre um sorrisinho.

— Que bom que eu sou uma dessas.

Devolvo o sorriso. Nós dois aqui, sentados juntos e revivendo o passado… é um momento melancólico. Imaginei essa conversa dezenas de vezes na minha cabeça. Fico meio acanhado de fazer a próxima pergunta. Mas não consigo evitar.

— Você tentou me encontrar?

Ele leva um segundo para responder.

— Nunca parei de procurar. Eu fiquei três horas parado lá, sabe. Torcendo pra que você voltasse pra me ver. Mas você nunca voltou.

— Eu não sabia — digo.

— Tudo bem. — Haru estica o braço sobre a mesa e pega minha mão pela primeira vez. — Eu te achei mesmo assim.

Aperto a mão dele e sinto um calor se mover entre nós. Ainda há uma centena de perguntas em turbilhão na minha cabeça. Mas as respostas não importam agora. E daí que parece impossível? Talvez, no fim das contas, seja Haru mesmo. O garçom aparece com o pedido. Então mando esses pensamentos para longe enquanto cortamos a pizza e aproveitamos nosso jantar.

Haru pega o trem de volta comigo. Eu disse que ele pode passar a noite lá em casa. Quando chegamos, meu pai está dormindo no sofá. Ele deixou a TV ligada de novo, mas não no canal de notícias de sempre. É então que ouço uma voz familiar. Há uma filmagem caseira de mim e de Jasmine passando. Devemos ter seis ou sete anos, e estamos correndo pelo pátio. Desde que minha irmã se mudou, de vez em quando pego meu pai assistindo a esses vídeos. Muito embora ele possa parecer sisudo hora ou outra, lá no fundo é a pessoa mais sentimental que conheço. Jasmine diz que puxei essa característica dele.

Guio Haru até meu quarto e fecho a porta com cuidado. Nossas roupas continuam úmidas por causa da chuva. Enquanto vasculho a cômoda, ele vai até minha escrivaninha e encontra a estrela de papel que fez para mim.

— Você guardou — comenta Haru, e pega o origami.

— Pois é, guardei.

Ele dá um sorrisinho discreto e a devolve para onde estava. Depois olha ao redor como se estivesse vendo meu quarto pela primeira vez.

— Onde eu durmo?

— A gente pode dividir a cama.

— Você não se importa?

— É que… não vai ser a primeira vez — respondo.

— Quase esqueci — diz Haru com uma risadinha. — Tomara que agora você não grite comigo de manhã.

— Não faço ideia do que você está falando.

Pego uma muda de roupa e coloco as peças sobre a cama. Depois, vou para o chuveiro e o deixo à vontade para se trocar. A água quente na pele é uma sensação ótima. Quando volto, Haru está olhando pela janela aberta. No momento em que se vira, eu travo. Está vestindo algo que me pega desprevenido: o presente que comprei de aniversário para Daniel.

— Onde você achou essa camiseta? — pergunto.

— Na sua mesa. A que você me deu não serviu. Tomara que não tenha problema.

Afasto o olhar.

— Não, não… Imagina.

É estranho vê-lo com ela. Ainda mais sabendo que Daniel nunca teve a chance de usá-la. Mas não falo nada. Depois de um tempo, apago as lâmpadas e nós dois vamos para a cama juntos. Ter alguém bem do meu lado é estranho no começo. A luz que vem da rua ilumina o ambiente o suficiente para que eu consiga ver o rosto dele. Não dormimos de imediato. Só ficamos ali, deitados no escuro e olhando para o teto. Depois de uns instantes de silêncio, viro a cabeça para olhar para Haru.

— Desculpa ter te deixado lá — sussurro.

Ele passa a mão pela minha bochecha.

— Na primeira ou na segunda vez?

— Nas duas. Mas estou feliz por você ter voltado.

— Eu sempre vou voltar.

Não falamos mais nada. Só abro um sorriso e ficamos ali, juntos, um encarando o outro enquanto finalmente caímos no sono.

SEIS

Quando acordo, Haru sumiu. A luz do sol ilumina o lado vazio da cama. A impressão é de que ninguém passou a noite ali. Passo a mão pelo lençol. Por um instante, fico com a sensação de que foi tudo um sonho. Mas pareceu tão real. O cheiro dele continua aqui. Me sento devagar e dou uma olhada pelo quarto. *Para onde você foi dessa vez?*

Esfrego os olhos para afugentar o sono e me levanto. Talvez ele esteja em algum lugar da casa. Haru não iria embora sem falar comigo, né? Quando entro no corredor, ouço alguém tocando piano. Por um momento, acho que Jasmine voltou. Sigo a música até chegar na sala de estar e encontro a televisão ligada. É só outro vídeo caseiro. Meu pai deve ter deixado passando de novo sem querer. Fico assistindo um pouco. Jasmine e eu estamos sentados no piano de brinquedo dela, tocando em seu quarto. Dá para ouvir nosso pai atrás da câmera. Ele tinha mania de filmar tudo quando a gente era criança.

Deixo a filmagem tocar por mais um minuto. Depois, pego o controle e desligo a TV. Quem sabe outro dia eu assista ao resto. Agora estou é procurando Haru, que só pode estar em algum canto desta casa. Confiro cada cômodo e vou até mesmo no telhado, porque vai que ele acabou indo parar lá. Mas não há nenhum indício de sua presença aqui. Quando volto para meu quarto, encontro algo na escrivaninha. Outra estrela, feita com papel pautado. Essa eu não tinha notado antes. Pego o origami e o viro na mão.

Haru deve ter deixado para mim. Talvez seja o jeito dele de dizer que vai voltar. Queria ter alguma forma de mandar uma mensagem para ele. Minha expectativa era de que fôssemos passar o dia juntos. Eu já tinha tudo planejado na cabeça. *Quanto tempo vou ter que esperar até você aparecer de novo?* Enquanto olho pela janela, meu celular toca. É um número desconhecido me ligando. Normalmente deixo cair na caixa postal. Mas o código de área é de Chicago, então atendo.

— Alô?

A voz de uma mulher responde:

— Esse é o número do Eric Ly?

— Aham, sou eu.

— Estou ligando do setor administrativo do Teatro de Chicago — informa ela. — Estamos dando uma olhada na sua ficha no momento e gostaríamos de marcar uma entrevista.

Teatro de Chicago? Não sei como, mas não lembro de ter me inscrito para trabalhar lá. Só que, pensando bem, devo ter mandado uns cem currículos nas últimas semanas.

— Desculpa perguntar, mas para qual vaga seria mesmo?

— Para trabalhar na bilheteria. Você tem disponibilidade esta semana?

— Esta semana? — Paro um instante para pensar, mesmo que minha agenda esteja cem por cento livre. É que não quero parecer desesperado demais. Pigarreio para tentar soar mais profissional. — Sim, acredito que tenho disponibilidade, sim. Qual é a próxima data em que posso ir?

— Ficamos abertos até as catorze horas.

— *Hoje?*

— Você pode?

— Hum… — Penso em pedir para que seja amanhã. Mas e se alguém aparecer hoje e pegar o emprego? — Sim, claro que posso. Logo mais chego aí.

— Vou avisar nosso gerente. O nome dele é Frank.

— Muito obrigado.

Me despeço e desligo. Então, vou para a janela de novo e fico vendo os carros passando pela rua. Por um momento, esqueço do resto do mundo. A sensação é de que acordei de um sonho e voltei a sentir o peso da gravidade. Olho para a estrela de papel na minha mão e penso em Haru. Depois, coloco-a perto da janela e vou me arrumar para a entrevista.

Os trens estão lotados essa manhã. Mal tem espaço para que eu fique de pé enquanto procuro o Teatro de Chicago no Google. É um monumento histórico que ocupa metade de um quarteirão bem no centro da cidade. Ao que parece, foi inaugurado como um cinema para receber estreias de filmes e eventos ao vivo, incluindo a Exposição Mundial de 1930. Dou uma olhada na agenda de eventos antes de as portas do vagão se abrirem na minha parada.

A marquise brilha como um outdoor sobre a rua. Já passei por essas luzes vermelhas e douradas uma centena de vezes, mas faz anos desde a última vez em que entrei. Acho que eu era criança na época. Quem foi que me trouxe aqui mesmo? Quando passo pelas portas de vidro, alguém pega minha mão conforme a memória vai voltando…

— *Por aqui.*

O vestido de Jasmine esvoaça enquanto ela me puxa para lá. A sensação é de que atravessei o espelho e adentrei um mundo novo e estranho. Pilastras de mármore sustentam um teto abobadado que se agiganta por sete andares. Inclino a cabeça para ver o lustre conforme atravessamos o saguão. O teatro não é nada como eu esperava. Há uma imponente escadaria revestida por um carpete de veludo que leva ao mezanino.

Jasmine dá uma olhada para mim e fala:

— Fica lá em cima. — É nossa primeira vez no Teatro de Chicago. Somos jovens demais para ter condições de comprar os ingressos da peça. Foi ideia dela entrar de fininho e conferir o lugar. — Vem.

— A gente pode ir lá?

— Claro que sim.

Eu a encaro.

— Contanto que ninguém descubra, a gente pode fazer qualquer coisa.

— Se você diz…

Enquanto minha irmã me guia pelos degraus, um homem de colete vermelho aparece e bloqueia o caminho.

— Posso ajudar?

— Não, obrigada — responde Jasmine.

— Para onde vocês estão indo?

— Ver a peça.

— Já começou, então as portas estão fechadas. — O sujeito abre um sorriso falso para nós, igualzinho aos dos vendedores que ficam seguindo clientes pela loja. — E posso saber onde estão os pais de vocês?

— Esperando a gente. Com licença…

Jasmine passa por ele e me puxa junto. Mas o moço me agarra pelo ombro e diz:

— Vocês vão ficar bem aqui.

Seus dedos apertam minha pele e me fazem estremecer.

Minha irmã me puxa pela mão.

— Solta ele.

— Vocês não vão a lugar algum.

Jasmine desce um degrau e encara o sujeito bem nos olhos.

— Eu mandei soltar ele.

Mas o homem não solta. Só abre um sorriso e aperta meu ombro com mais força.

— *Eu mandei soltar!*

Minha irmã levanta a perna e o chuta para longe de mim. Enquanto o sujeito sai rolando escada abaixo, Jasmine pega minha mão e gesticula para que a gente saia correndo…

* * *

Estou parado no canto do saguão, olhando para a escadaria. Os detalhes de madeira são bem como me lembro, e a sensação é de que, mesmo depois de tantos anos, nada mudou. O que será que minha irmã diria se estivesse aqui comigo? Se eu fechar os olhos, consigo ver os fantasmas da nossa infância passando correndo por mim. Era um dos segredos que nunca contamos para nossos pais. Sorrio sozinho enquanto subo os degraus em busca do escritório. Há uma série de portas ao longo dos corredores do mezanino. Não sei direito qual leva à sala certa, mas escolho uma delas e giro uma maçaneta mesmo assim. Há uma mulher de pé atrás de uma mesa de mogno, encarando uma estante. Assim que ela se vira, percebo que a conheço.

— Professora Lin — digo.

—A menos que você seja meu aluno, me chame de Angelina. — Com uma echarpe floral ao redor dos ombros e o cabelo preso em um coque, ela aponta para uma cadeira e diz: — Pode sentar se quiser.

— Minha entrevista é com a senhora?

Lin meneia a cabeça.

— Não tem entrevista nenhuma hoje.

— Mas a mulher no telefone me falou que…

— Foi um mal-entendido — afirma, com um gesto de "deixa para lá" com a mão. A professora se vira para um armário, pega uns papéis e os dispõe na mesa à minha frente. — Só preencha essas fichas e deixe aqui. O Frank vai cuidar de tudo de manhã.

Olho para as folhas e de volta para ela.

— Estou meio confuso. É para eu voltar amanhã e fazer a entrevista?

— Confuso com o quê? Eu falei que não vai ter entrevista. Uma indicação minha é tudo de que você precisa.

— Uma indicação?

— Pode agradecer ao Kevin — explica Lin, empurrando o aro dos óculos mais para cima. — Ele fala muito bem de você.

E fecha o armário.

Não sei direito o que dizer. Eu não esperava que ele fosse mesmo conseguir um emprego para mim. Ainda mais depois do meu comportamento no evento aquele dia. Isso sem mencionar o fato de que Kevin já nem está mais com a minha irmã. Vou ter que encontrar um jeito de agradecê-lo depois.

Pego uma caneta da mesa e preencho os formulários. Pode até não ser o trabalho dos meus sonhos, mas já é melhor do que ficar lavando louça para o seu Antonio. Mesmo que eu só vá vender ingressos pela janelinha da bilheteria, o Teatro de Chicago é um nome e tanto para ter no currículo. E vai saber as outras oportunidades que podem surgir a partir daqui…

Assim que termino de preencher a papelada, Angelina caminha comigo até a porta e diz:

— Você vai começar esta semana. Assim que o Frank resolver tudo.

— Agradeço muito.

Quando acordei hoje de manhã, eu não fazia ideia de que iria colocar os pés aqui. De repente, estou começando um novo emprego. Agora tenho algo pelo qual esperar. Talvez até faça alguns novos amigos também. Enquanto desço as escadas, volto a pensar em Jasmine. Sei que ela ficaria feliz com a notícia. Se ainda estivesse morando aqui, eu poderia levá-la para ver uma peça ou algo do tipo. Uma parte de mim continua irritada por ela ter ido embora desse jeito. Mas preciso compartilhar a novidade com minha irmã. Quando puxo o celular, vejo alguém saindo do teatro e quase derrubo o telefone. De moletom vermelho e com o cabelo castanho igualzinho ao de…

— *Daniel?*

Por um segundo, fico com a impressão de que pirei de novo. Mas, quando dou por mim, já estou correndo porta afora e o agarrando pelo ombro. Assim que a pessoa se vira, percebo que não é ele. Afasto a mão na mesma hora.

— Desculpa — digo. Agora, perto do rapaz, me dou conta de que ele não tem nada a ver com Daniel. O cabelo é de um tom diferente de castanho, e o moletom está mais para alaranjado do que vermelho. — Pensei que você fosse outra pessoa.

O cara me encara com um olhar esquisito.

— Desculpa — repito.

Morrendo de vergonha, dou um passo para trás. *Qual é o meu problema?* Claro que não era Daniel. Minha vontade de vê-lo era tanta que esqueci que ele morreu. A sensação é de tê-lo perdido de novo. Me viro, disposto a sair correndo. Quando saio da calçada, uma sineta ressoa. Paro bem quando diversas bicicletas disparam e passam por mim, soprando folhas por todo canto.

É só quando elas vão embora que o vejo do outro lado.

— Te falei pra tomar cuidado com as bicicletas — diz Haru.

Um sorriso singelo desabrocha em seu rosto.

Levo um instante para me recompor. E então, sou tomado por alívio enquanto o envolvo com os braços.

— *Haru!* O que você tá fazendo aqui?

— Te procurando.

— Pra onde você foi hoje de manhã?

— Levantei mais cedo e não quis te acordar — explica ele, como se não fosse nada de mais. — Achou o presente que eu deixei?

A estrela de papel na minha mesa.

— Aham.

— Era pra agradecer por ter me deixado dormir lá.

— Imagina. Não precisa…

— Aconteceu alguma coisa?

Haru passa o dedão pela minha bochecha e enxuga uma lágrima. Eu nem percebi que estava chorando. Tudo por causa de Daniel. Abaixo a cabeça e digo:

— Não é nada. Só um cisco no meu olho.

Ele ergue meu queixo.

— Fica à vontade se quiser me contar.

Por um segundo, penso em disfarçar. Mas talvez seja melhor ser sincero. Pelo menos um pouco. Respiro fundo e confesso:

— Achei que eu tinha visto um conhecido... mas me confundi...

—Um amigo?

—Aham. Alguém que tem um tempo que não vejo.

— Você deve ter ficado decepcionado.

— Pois é — respondo, mas não quero continuar falando de Daniel. Ainda mais agora, com Haru aqui. — Mas enfim, tem outra coisa que eu queria te contar. Acabei de conseguir um novo emprego. É no Teatro de Chicago.

Ele arqueia as sobrancelhas.

— Eu não sabia que você era ator.

— Não, não. — Dou uma risada. — Só vou vender ingressos na bilheteria. É bem ali, na verdade.

Me viro e aponto para a marquise.

Haru olha para cima.

— O famoso letreiro de Chicago. É maior do que eu imaginava.

— Pois é, é bem famoso. Você tinha que ver lá dentro.

— Está se oferecendo pra ser meu guia de novo?

— Depois que eu começar a trabalhar, quem sabe — digo. — Tomara que você ainda esteja por aqui até lá.

— Vou estar.

Abro um sorriso.

— Que bom. Porque tem mais um monte de lugares a que eu quero te levar. Ainda nem te mostrei a cidade.

— Era bem disso que eu ia falar agora.

— Então vamos começar já.

Pego Haru pelo braço e o viro para a rua, de frente para o trânsito. Estamos ao norte do centro, que é basicamente o coração de Chicago. Há um milhão de coisas para fazer, e podemos ir para muitas delas andando.

— O Riverwalk é ali do outro lado da rua. E o Millennium Park fica a dois quarteirões naquela direção, que dá bem ao lado do Instituto de Arte, caso você goste de museus. Tem alguma coisa que você queira fazer primeiro?

Ele coça o queixo enquanto pensa. Depois, abre um sorriso e diz:

— Quero ver um filme.

Eu o encaro.

— Um *filme*? Sério?

— Você não está a fim?

— Não é isso, é que filme a gente pode ver a qualquer hora.

— Então por que não agora?

— Porque tem um milhão de outras coisas pra gente fazer.

Haru dá de ombros.

— Quero alguma coisa de que os dois gostem.

Fico olhando para ele por um momento. Parte de mim quer sugerir um museu ou algo do tipo. Mas, no fim das contas, esse passeio não é para mim.

— Tá bom, então. Vamos ver um filme. Tem algum específico que você queira assistir?

Haru abre um sorrisinho de novo.

— Me surpreenda.

O cinema fica enfurnado entre uma lavanderia e uma iogurteria. A placa na bilheteria diz INGRESSOS POR CINCO DÓLARES TODA TERÇA-FEIRA. Os filmes costumam ser um pouquinho velhos, mas Haru não se importa, já que, no fim das contas, não assistiu a nenhum. Pegamos pipoca e uma caixa de mini cookies pela qual ele se interessou. Há apenas mais uma pessoa na sessão, então a sensação é de que o lugar é só nosso. Escolhemos *La La Land*, um dos meus musicais favoritos. Jasmine sempre deixava a trilha sonora tocando no carro. A cena de que mais gosto é quando o casal está flutuando junto no planetário, cercados de estrelas rodopiantes. Me viro para Haru quando essa parte chega. Luzes roxas e azuis tremulam por seu rosto durante a música. Por um instante, imagino a gente dançando juntos em meio às estrelas. Haru olha para mim. Será que está imaginando a mesma coisa? Depois, coloca o braço em cima do meu e entrelaça nossos dedos sobre o descanso da poltrona. Nossas mãos ficam assim pelo resto do filme.

O piano da música continua na minha cabeça quando saímos do cinema. As luzes da rua, agora acesas, iluminam a calçada enquanto seguimos juntos pela cidade. Percebo que Haru não fez muitos comentários a respeito do filme. Ele só vai caminhando reto e coloca as mãos nos bolsos quando paramos na faixa de pedestre.

— O que você achou de *La La Land?* — pergunto.

— Achei bom. Mas o final estragou tudo.

— Qual é o problema do final?

— Pensei que os dois fossem ficar juntos. — Ele olha para mim. — Você não?

Penso por um instante.

— Eu com certeza queria que fosse assim. Mas é o que dizem, né? Foi bom enquanto durou… E os dois nem terminaram mal. Vão sempre poder olhar pro passado e lembrar do que tiveram. Mesmo que tenham se separado.

Haru dá de ombros.

— Podiam ter se esforçado mais.

— Talvez — admito. Coloco as mãos nos bolsos enquanto continuamos em frente. — Mas o que eles tiveram não deixa de ser bom. Alguém que corresponde o sentimento da gente. Mesmo que não dure muito. As coisas nem sempre funcionam, sabe? — Deixo um suspiro escapar. — Olha, sendo bem sincero, eu já ficaria satisfeito com alguém que se lembrasse do que eu gosto de pedir na cafeteria.

— E o que você gosta de pedir?

— Se eu te *contar* não é mais a mesma coisa.

— Então como a outra pessoa vai saber?

Ele dá uma risada.

— Me conhecendo — respondo. — Tenho a impressão de que sou sempre o que se lembra, e nunca o contrário.

Haru para de andar e estende a mão.

Eu me viro.

— Que foi?

— Vamos no planetário.

— Planetário?

— É a cena do filme que você mais gosta, não é? Acho que é um bom lugar pra te conhecer melhor.

Uma brisa sopra pela estrada e agita as ondas escuras de seu cabelo. Não falo mais nada. Só abro um sorriso e pego a mão dele. Porque, a essa altura, eu iria a qualquer lugar com Haru.

O Planetário Adler é uma cúpula de cobre na margem do lago. Uma janela para o universo a apenas algumas paradas de trem do centro. Haru e eu passamos uma hora andando sob o sistema solar, olhando por telescópios e brincando em exibições interativas que retratam o tempo e o espaço. Perdemos o horário para a atração que simula como é estar parado na lua. Mas, enquanto caminhamos pelo planetário, Haru percebe que alguém deixou as portas abertas. Não sei se é permitido, mas nos esgueiramos lá para dentro mesmo assim.

Há um enorme projetor no meio da sala, cercado por fileiras de assentos. Ele vai até o aparelho e aperta um botão. Antes que eu possa reclamar, as luzes esvanecem conforme a Via Láctea vai tomando forma no domo acima de nós. É como encarar um buraco no universo. O cosmo rodopia em cores lindas sobre nossas cabeças. Vago até o meio do planetário enquanto, maravilhado, olho para as estrelas.

— É igual à cena do filme.

— Só que a gente não tá flutuando — acrescenta Haru.

— Eu nunca entendi aquela parte. Será que era coisa da imaginação dos dois?

Ele olha para cima e diz:

— Acho que era pra mostrar como é a *sensação* de se apaixonar.

Absorvo a resposta.

— Então não era nada de verdade?

— Pra eles era.

— É, você tem razão.

Compartilhamos um sorriso. E então, com uma expressão malandra no rosto, Haru dá uma olhada em volta e tira um lenço do bolso.

— Da onde veio isso aí? — pergunto.

Em vez de responder, ele só estende o braço e solta o lenço. Que não cai. Simplesmente fica parado no ar, como se estivesse congelado no tempo. Um tanto confuso, encaro o fenômeno à minha frente. De repente, o lenço é puxado para o céu por alguma corda invisível e desaparece. Nós dois olhamos para cima e depois um para o outro. Um sorrisinho aparece no rosto de Haru. Ele estende uma das mãos e diz:

— Você falou que queria flutuar por aí.

Semicerro os olhos.

— Do que você está…?

— Não vai me deixar sozinho nessa, né?

Sem receber nenhuma reposta minha, Haru sobe em um assento e se estica para o teto. Quando seus pés se levantam no ar, o sopro de uma flauta ressoa, seguido de uma orquestra que preenche o planetário com uma música que não sei se vem das caixas de som ou da minha própria cabeça. E então ele começa a se afastar como um balão. Enquanto vejo a distância crescer entre nós, sou tomado por um medo repentino. Pela ideia de perdê-lo também. Engulo em seco e vou atrás de Haru.

— *Haru... por favor... volta aqui.*

Mas ele continua subindo enquanto, escalando nos assentos e tentando puxá-lo para baixo, vou avançando em sua direção.

— Pega a minha mão! — exclama ele com uma risada.

— *Como você tá fazendo iss...*

Haru vira de cabeça para baixo e estende os braços para mim.

Subo em uma cadeira e agarro sua mão. Assim que olhamos um no olho do outro, uma sensação estranha me perpassa enquanto a gravidade vai desaparecendo e me erguendo no ar. Quando dou por mim, estamos flutuando por uma galáxia roxa. Não entendo como nada disso está acontecendo. Talvez ele não saiba também. Tudo o que importa é que estamos juntos, atravessando nosso próprio universo. Mas a cena não dura muito, já que a gravidade acaba nos trazendo para baixo de novo.

Haru me segura enquanto vamos descendo devagar para nossos lugares. Ele cruza as pernas e olha para mim. Aperto sua mão quando as luzes se acendem de novo e o universo some.

SETE

O sol já se pôs quando saímos do museu. É só lá fora que percebo quanto tempo passou. Há tantos lugares que quero lhe mostrar. Mas só vou conseguir fazer mais uma última surpresa antes que a noite termine. Quando o trem nos deixa na próxima parada, pego Haru pela mão e o guio pela calçada.

— Fecha os olhos um pouquinho — peço.

— É uma surpresa?

— Só fica de olho fechado até a gente entrar.

A Torre Willis tem 108 andares e conta com um mirante de onde dá para ver Chicago inteira. Faz muito tempo desde a última vez que vim aqui. É meio que um ponto turístico, só que a vista lá de cima não existe em nenhum outro lugar. Aperto o botão do elevador e mando Haru abrir os olhos.

Uma televisão liga sozinha acima das portas. Quando começamos a subir, um vídeo informativo narrado por uma voz feminina tem início.

— Bem-vindos ao Skydeck. Você está a caminho do topo do edifício mais alto do ocidente. Durante o caminho, observe como ultrapassamos alguns dos prédios, monumentos e estruturas mais altos do mundo…

Imagens aparecem na tela para mostrar nossa elevação em tempo real.

No sexto andar, passamos pela Grande Esfinge de Giza, no Egito. No quadragésimo nono, alcançamos o topo da Space

Needle, de Seattle. Noventa andares nos levam à altura da Torre Eiffel. Conforme os números aumentam, meu estômago vai embrulhando um pouco. Esqueci como esse troço vai alto sem nem uma parada. Haru vira a cabeça e aperta minha mão. Quando passamos do centésimo andar, algo esquisito acontece. A televisão falha, fica muda e começa a exibir um emaranhado de estática cinza e branca.

E então a tela escurece.

Confusos, nos entreolhamos.

— Tenho certeza de que é só um problema técnico — digo.

As portas se abrem no centésimo terceiro andar. Respiro de alívio, o que arranca uma risadinha de Haru. Saímos do elevador e seguimos pelo salão de exposições. O mirante vive lotado, mas, por algum motivo, há apenas algumas pessoas aqui esta noite, o que passa a impressão de que o lugar é muito maior do que eu lembrava. Há uma música de piano tocando ao fundo que vai ficando mais alta conforme nos aproximamos do observatório. Talvez seja coisa da minha cabeça, mas a canção é estranhamente familiar. Será que Jasmine já a tocou para mim? Fecho os olhos por um instante para tentar reconhecer a melodia. Dá quase para ver os dedos dela flutuando sobre as teclas. Mas a música esvanece antes que eu consiga reconhecê-la.

Quando abro os olhos, Haru não está mais ao meu lado.

— Haru?

Para onde ele foi dessa vez? Vago pelo mirante para procurá-lo. As janelas do chão ao teto que envolvem todo o andar oferecem uma vista panorâmica. Eu nunca tinha vindo aqui à noite. As luzes de Chicago cintilam como solidagos e se estendem até o horizonte.

É então que eu o vejo.

Parado do outro lado do salão com as mãos nos bolsos, Haru observa a cidade. Sua silhueta fica escura contra a janela. Eu me aproximo. O que será que ele está olhando?

Haru aponta para os edifícios lá embaixo.

— Dá pra ver o Feijão daqui.

— *Sério?*

Encosto o rosto no vidro.

Ele dá uma risada.

— Brincadeira.

— Ah… muito engraçado.

Haru abre um sorriso e volta a olhar pela janela. Deste lado é possível ver a marina, com os barcos enfileirados na água como se fossem de brinquedo.

— Você precisa conhecer as vistas lá de Tóquio. Eu podia ter te mostrado no verão passado. — Antes que eu tenha a chance de responder, ele se vira abruptamente. — O que é aquilo ali?

Sigo seu olhar.

— Ah, é o Skydeck. É o que eu queria te mostrar. — Uma sacada fechada em que até o chão é de vidro. — Normalmente a fila é gigante, mas parece que não tem ninguém.

— A gente deve estar com sorte.

Sorrio e pego a mão dele. O Skydeck se estende para fora do edifício. Há espaço para apenas algumas pessoas por vez. Entro com cuidado, tentando não olhar para baixo. Mas não dá para evitar. A cidade se abre como um oceano sob nossos sapatos. Enquanto encaro o chão, Haru pega minha mão de novo.

— Você está morrendo de medo — diz ele.

— Quem falou?

— É que você está tremendo.

Respiro fundo quando seus dedos se entrelaçam nos meus. Normalmente, eu fecharia os olhos e fingiria que voltei lá para o térreo, mas me sinto seguro com Haru por perto. É como se nada de ruim pudesse acontecer. Observamos o horizonte e apontamos para diferentes prédios, para os próximos lugares que queremos visitar. Aposto que o nascer do sol deve ser lindo assim do alto. Queria que a gente pudesse ver o amanhecer daqui. Me dou conta de que, nas últimas horas, não pensei nas inscrições de faculdade nem em tudo o que anda me estressando. É bom ter com quem passar o dia. Faz com que, por um instante, eu me esqueça do resto do mundo.

Há um momento de silêncio enquanto vemos um avião passar. Então Haru vira a cabeça e diz:

— Posso te perguntar uma coisa?

— Aham.

— Por que você me deixou sozinho aquele dia?

— Como assim?

— No verão passado, quando te pedi pra ficar, mas você entrou no trem. Por que você não ficou?

Fecho os olhos conforme a memória vai voltando. *Papéis com nossos desejos esvoaçando nas árvores, nós dois correndo pela estação, as portas se fechando entre a gente.* Parece que foi ontem que nos perdemos um do outro na plataforma.

— Eu tinha feito uma promessa pro meu amigo — explico, e volto a olhar pelo vidro. — Foi por causa dele que eu viajei pra lá.

— Vocês devem ser próximos.

— Bem próximos.

— Você estava apaixonado por ele?

A pergunta me pega desprevenido. Não sei direito como responder. Continuo encarando a janela e falo:

— Talvez. Mas não importa mais. Ele morreu faz quase um ano.

— Sinto muito. Deve ter sido difícil perder alguém que você amou.

— Pois é, foi mesmo. Ainda mais quando esse amor nunca foi recíproco.

— Como você sabe que não foi?

— É uma longa história. E não é das minhas favoritas.

Haru assente.

— Não precisa me contar.

Voltamos a olhar a vista. Então, sentindo algo no peito, me viro para ele.

— Mas eu queria ter ficado lá — confesso. — Aquele momento não sai da minha cabeça. Às vezes eu sonho com você. Com nós dois de novo naquela estação de trem. É que foi tudo tão rápido, sabe? Eu jurava que você ia junto comigo. Foi sem querer que eu deixei o papel escapar…

Minha voz esmaece.

— Tudo bem — diz Haru, apertando minha mão. — Nada disso importa mais. A gente está junto agora.

— É uma segunda chance. E dessa vez eu não vou embora.

Haru sorri e se inclina para mais perto de mim. Sinto um frio na barriga que deve ser culpa do jeito como ele está me olhando. Seus olhos refletem as luzes da cidade como um espelho. Será que dá para vê-las nos meus também? Gentilmente, Haru passa o dedão pela minha bochecha. Por um segundo, fico com a impressão de que ele está prestes a me beijar. Fecho bem as pálpebras, à espera do encontro de nossos lábios. Mas alguém toca no meu ombro por trás e interrompe o momento. Me viro e vejo uma garota que deve ter mais ou menos a minha idade junto com um grupo de amigos.

— Você se importa se for a gente agora?

Pisco e percebo outras pessoas atrás dela. Como uma rádio mudando de estação, o silêncio etéreo se transforma em uma cacofonia de conversas. É então que percebo que Haru sumiu. Saio do Skydeck e o procuro pelo salão. Agora tem mais pessoas no observatório, tirando fotos da vista com os telefones estendidos. Dou várias voltas pelo salão, mas não há sinal dele em lugar nenhum. Continuo procurando mesmo assim. Depois, torcendo para encontrá-lo à minha espera lá embaixo, pego o elevador.

Paro do lado de fora e fico vendo os visitantes entrando e saindo. Espero bastante, mas Haru nunca reaparece. Está começando a ficar tarde. Pode ser que ele não volte hoje. Permaneço por mais alguns minutos antes de voltar sozinho para casa.

OITO

ONZE MESES ANTES

Luzes piscam na fachada dos bares de Boystown. É uma noite de sábado do último ano do ensino médio. Eu e Daniel estamos indo para uma festa residencial do bairro. É a parte gay de Chicago, uma região que, se o nome ainda não deixou claro, é conhecida majoritariamente pela vida noturna. Somos novos demais para entrar nos bares e baladas, então não costumamos vir muito para cá. Mas as histórias doidas que já ouvi fazem com que eu fique nervoso a respeito desse rolê. O apartamento fica atrás de um fliperama e uma loja de conveniência.

— *Puta que pariu.*

Daniel para no meio da calçada e olha para o celular. A luz arranjada dos postes destaca as sardas nas bochechas dele. Estou torcendo para que a festa tenha sido cancelada, porque aí podemos arranjar outra coisa para fazer juntos. Então Daniel se vira abruptamente e aponta para o outro lado da rua.

— Beleza, é por *ali*.

Ele nunca foi muito bom em seguir direções, mas, por algum milagre, encontramos o edifício certo. Há algumas garrafas de cerveja jogadas nos arbustos em frente ao antigo prédio de tijolinhos à vista. O celular de Daniel não para de apitar com notificações. Com quem será que ele anda conversando a noite toda?

— Está mandando mensagem pra quem?

— Pra uma pessoa que está na festa — responde meu amigo, vago. — Você não conhece ele.

Não falo nada. Um segundo depois, alguém abre a porta pelo interfone. Sigo Daniel lá para dentro. O papel de parede está descascando nos cantos e há um cheiro esquisito vindo pelo corredor.

Me viro para Daniel.

— Tem certeza de que é o lugar certo mesmo?

— Eu vim aqui umas semanas atrás.

A música ecoa pela escada e vai ficando mais alta conforme subimos para o segundo andar. Não sei muito bem o que esperar dessa festa. Pelo menos vou ter a chance de passar um tempo com Daniel hoje à noite. Não temos nenhuma matéria juntos neste semestre, então não o vejo tanto quanto antigamente. É a primeira vez em semanas que saímos juntos. Ele não leva muito jeito com mensagens de texto, então pode ser meio difícil manter contato. Tem vezes em que passamos dias sem nos falar, e aí Daniel aparece lá em casa com comida e um novo filme para assistirmos. Não levo mais para o pessoal porque, a essa altura, já acabei me acostumando.

Passamos por dois caras se pegando contra uma parede e encontramos a porta do apartamento 2G. É de onde a música está vindo. Antes de batermos, Daniel se vira para mim e diz:

— Beleza, vamos repassar tudo mais uma vez. Lembra que é uma festa de gente da *faculdade*. Então nada de mencionar onde a gente estuda.

— O que eu faço se alguém perguntar?

— Só fala que é de outra cidade.

Assinto.

— De outra cidade. Saquei.

Ouvimos algo que parece vidro quebrando lá dentro e risadas logo em seguida. Engulo um pouco do nervosismo. Estou totalmente fora da minha zona de conforto. Não mando muito bem nesses ambientes sociais, ainda mais quando não conheço ninguém. Se dependesse de mim, a gente estaria passeando pela cidade para comer batata frita, ver um filme ou algo do tipo. O extrovertido é Daniel, sempre se cercando de pessoas. Às vezes eu queria ser mais como ele, do tipo que faz amigos em qualquer lugar, sustenta uma conversa e vai para uma festa sem querer ir embora mais cedo. Olhando por esse lado, somos o oposto um do outro. Talvez seja por isso que ele me deixa no vácuo de vez em quando.

Me preparo e me viro para a porta. Mas Daniel ainda não bateu. É então que o percebo de olho em mim. Ele me encara por um instante.

— Você tá... um gato. — O elogio me pega de surpresa. Daniel estende a mão e sente o tecido do meu colarinho entre os dedos. — Essa blusa é nova?

—Aham... acabei de comprar.

É uma camiseta polo azul, a cor favorita dele. Um fato que eu estava torcendo para que não passasse despercebido.

Então Daniel se inclina na minha direção e ajeita meu cabelo.

— Só um retoquezinho antes da gente entrar — sussurra ele.

Assim de perto, dá para sentir um pouco do perfume de Daniel. Aperto os lábios quando sinto minhas bochechas esquentarem sob o toque dele.

— Valeu — digo em um suspiro.

Ele dá um sorriso quando se afasta para avaliar o trabalho.

— Perfeito! — exclama, então se vira e bate na porta.

Alguns segundos depois, um loiro fortão segurando um copo descartável vermelho abre a porta. Depois de dar uma olhada em nós dois, o rapaz fala:

— Vocês são os entregadores? Cadê a merda da comida?

—A gente é amigo do Leighton — responde Daniel.

O sujeito o encara, como se estivesse refletindo antes de tomar uma decisão. Depois, vira a cabeça e me analisa de cima a baixo.

— Beleza, podem entrar — diz, abrindo a porta.

Sigo Daniel para dentro e a música atinge meus ouvidos. Não sei como cabem tantos caras ao mesmo tempo em um cômodo só. Iluminados por fitas de LED, todos vestem regatas e bermudas. A sala de estar está tão lotada que mal dá para ver o sofá. Embora seja legal estar em um espaço gay para variar, é difícil não perceber que somos as únicas pessoas não brancas aqui. O que será que Daniel pensa disso? Mesmo que tenha ascendência colombiana, ele costuma se misturar bem porque todo mundo o lê como branco também.

O sujeito que abriu a porta passa por nós e dá uma piscadela para mim antes de desaparecer por um corredor. Cutuco Daniel e sussurro:

— Viu o que acabou de acontecer?

— Relaxa, ele só ficou a fim de você.

— Como você sabe?

— Ele deixou a gente entrar, não deixou?

— E daí?

— Não é todo mundo que esse pessoal deixa entrar — explica Daniel. — Vivem mandando caras que não são tão gostosos embora. É o jeitinho deles.

— Que horror. — Com um gosto amargo na língua, meneio a cabeça. Não tenho como negar que parte de mim se sentiu um tanto validada. Mas é algo que eu jamais admitiria em voz alta. Me viro de novo para Daniel e percebo que ele está olhando pelo cômodo, procurando alguém. — Quem você conhece aqui mesmo?

— Meu amigo, o Leighton. O apartamento é do primo dele.

— Da onde você conhece esse tal de Leighton?

— De outra festa — responde Daniel vagamente.

— Que festa?

Ele não escuta a pergunta. Ou só ignora enquanto continua procurando seu outro amigo. É então que Daniel arregala os olhos.

— É ele bem ali, ó…

Viro a cabeça quando o sujeito, usando uma camiseta polo alaranjada, aparece em meio à multidão. Cabelo loiro escuro e olhos azuis esverdeados que me fazem lembrar do cara do time de beisebol por quem Daniel tinha uma paixonite. Fico ali parado enquanto os dois se abraçam. Para meu alívio, o rapaz não é muito mais alto do que eu, talvez uns três ou quatro centímetros, no máximo.

Daniel segura meu ombro.

— Esse aqui é o Eric, amigo meu — diz, e me dá uma apertadinha. — Eric... esse é o Leighton.

Leighton estende a mão.

—Ah, sim, o Daniel já falou de você.

Mas de você ele nunca me contou. Não sei ao certo o que concluir dessa situação.

— Prazer — respondo, e o cumprimento.

Ele aperta firme, mas nada de mais. A pele do sujeito, por outro lado, é boa. Aposto que é só a penumbra daqui.

— O Leighton estuda em North Side — explica Daniel, e revira os olhos. São os adversários da nossa escola. — E também está no último ano do ensino médio. E gosta de cinema igual a você.

— De fotografia — corrige Leighton. — Mas já fiz umas aulas de cinema.

— Vocês dois têm bastante coisa em comum — diz Daniel, assentindo. — O Leighton também vai se inscrever pra universidade de Indiana.

O rapaz abre um sorriso.

— O que você está pensando em cursar lá? É onde o meu irmão está fazendo faculdade.

— Ele pode me ajudar a passar — fala Daniel.

— Imagina a gente morando tudo junto — comenta Leighton, e o empurra de brincadeira.

— Seria da hora. Mas ninguém faria nada.

Os dois riem. Fico em silêncio. O plano era que eu e Daniel fôssemos colegas de quarto, aí agora ele vem com esse fulano que nunca vi antes?

Leighton dá uma olhada no celular.

— Preciso pegar gelo pro Vince — avisa o garoto, olhando para Daniel. — Quer me dar uma mãozinha? Fica no fim da rua.

— Claro — responde Daniel. E então se vira para mim. — Você espera um pouco aqui?

Eu o encaro.

— Você vai me deixar sozinho?

— Só por uns minutos.

— É logo ali na esquina — acrescenta Leighton.

Olho para ele e de volta para Daniel. Acabamos de chegar na festa. Não conheço ninguém aqui. Mas não quero parecer chato, ainda mais na frente de seu novo amigo.

— Beleza, então. Vou pegar bebida pra gente enquanto isso.

— A gente já volta — garante Daniel, e acena rapidinho antes de seguir Leighton porta afora.

Solto um suspiro e olho ao redor. Todos estão conversando em grupinhos, como se cada um tivesse a própria mesa no refeitório. Me sinto o aluno novo na escola que fica procurando um lugar desocupado. Acho que vou pegar um copo para segurar, só para não ficar parado assim sem jeito. Serpenteio pela sala de estar até encontrar a mesa de bebidas perto da janela. Metade das garrafas parecem desconhecidas para mim. Há uma tigela de ponche com frutas frescas. Será que aquilo ali é kiwi? Quando pego a concha, alguém fala comigo.

— Eu não tomaria isso aí.

Olho para cima e, do outro lado da mesa, vejo um cara de cabelo castanho repicado segurando um seltzer, uma espécie de refrigerante alcoólico. Ele veste uma camisa cinza e é bem magro, o que, de início, faz com que pareça ser mais alto.

— Por que não? — pergunto.

— Acabei de ver o pessoal fazer — explica, gesticulando para a tigela. — Não se deixa enganar pelas frutas. Nem na minha imaginação esse troço tem como ser bom.

— Que pena. — Solto a concha e dou outra olhada pela mesa. Há um engradado de latas de seltzer que, pelo visto, parece ser o que a maioria está tomando por aqui. Mas nunca ouvi falar dessa marca antes. — Alguma recomendação de sabor? — decido perguntar.

— O de melancia é um clássico.

—Ah, tem só mais um.

O cara abre um sorriso e ergue o próprio drinque.

— Saúde.

— Saúde...

Nossas latas tilintam e eu dou um gole. Mal dá para sentir o gosto de melancia, mas pelo menos tem gás, o que faz a bebida descer mais fácil. Ficamos ali parados por um instante, balançando a cabeça ao som da música.

— Você estuda na Loyola? — pergunta ele.

— Não, estudo na... — Paro de falar quando lembro do aviso de Daniel. — Quer dizer, eu não sou daqui.

—Ah, é de onde, então?

Pensa em uma cidade aleatória.

— Portland.

— Qual Portland?

Hesito.

—A do Maine... — respondo, meio incerto.

— É de lá que eu venho — rebate ele, animado.

— Não, não, eu quis dizer a outra. A do *Oregon*.

—Ah, pra lá eu nunca fui.

— Então, é *bem de lá* que eu sou.

O rapaz me olha como se estivesse tentando me ler nas entrelinhas.

— Meu nome é Mark, a propósito.

— O meu é Eric.

— Você veio com alguém?

— Com o Daniel, meu amigo. Ele acabou de sair pra comprar gelo.

— Quanto tempo você vai passar na cidade?

— Ah, uns dias só. Mas eu vivo voltando pra cá — conto. — Minha família mora aqui.

— Que legal — comenta ele, assentindo. — Tomara que a gente continue se esbarrando.

Mark abre um sorriso e toma um gole da bebida.

Não sei dizer se esse cara está flertando ou só sendo simpático comigo. Normalmente é mais seguro deduzir a última opção. Há um sofá do nosso lado, de frente para a televisão, onde dois rapazes estão jogando *Mario Kart*. Depois de um tempinho, acabam saindo e deixando os controles ali.

— Eu estava só esperando eles terminarem — diz Mark, fitando a TV antes de olhar para mim. — Que tal uma partidinha?

— Não sou muito bom — respondo.

Ele dá de ombros.

— Nem eu. Não consigo nem lembrar quando foi a última vez que eu ganhei.

— Nesse caso, estou super a fim.

Mark ri. Fazer alguma coisa para passar o tempo até Daniel voltar não me parece má ideia. Vamos para o sofá e pegamos os controles. Estou mais enferrujado do que esperava e perco a primeira partida de lavada. Infelizmente também não vou lá muito melhor na segunda. Mark deve ter percebido minha frustração, porque começa a pegar leve comigo, dirigindo mais devagar.

Me viro para ele.

— Está me deixando ganhar?

Mark abre um sorrisinho.

— Talvez…

— Não vem com essa.

— Se tivesse alguma coisa em jogo, eu não deixaria.

— Que tipo de coisa?

Ele pausa o jogo enquanto pensa.

— Que tal… Se eu vencer, ganho um beijo seu.

Eu o encaro. Será que é sério?

— E se eu vencer?

— Você ganha um beijo meu.

— *Mark.*

Ele ri.

— Beleza. Deixa eu pensar… — Ele dá uma olhada pela sala. — Se você ganhar, aí eu experimento o ponche.

Espio a tigela e volto a encará-lo.

— Parece justo.

Sorrimos juntos e começamos outra partida. Talvez seja por causa da aposta, mas vou um pouquinho melhor dessa vez. A corrida está por um triz, e há cascos azuis voando por toda parte. Mas, no fim, sou ultrapassado no último segundo e perco de novo. Mark solta o controle e, com um braço no encosto do sofá, vira o rosto para mim. Eu não sabia ao certo se aquele papo de beijo era sério. Quando Mark passa a mão pelo meu cabelo e se inclina para mais perto, percebo que é sério, sim. Por um instante, penso em deixar. Mas desvio o rosto antes que nossos lábios se toquem.

— Foi mal, Mark. Mas eu não posso.

Ele franze o cenho.

— Por quê?

— É que eu vim com uma pessoa.

— Ué, mas cadê ele?

— Saiu pra comprar gelo.

— Mas isso já não faz tempo?

Confiro a hora no celular. Se passaram quarenta minutos. Já não era para ele ter voltado? Vasculho a sala. Será que Daniel está aqui?

— Você tem razão, acho que é melhor eu ir procurar meu amigo — digo, e me levanto do sofá.

Mark foi tão querido que fico mal de abandoná-lo desse jeito, mas tenho certeza de que Daniel está me procurando também.

A playlist muda para outra música de Charlie xcx enquanto vago pela multidão em busca dele, mas não consigo encontrá-lo em lugar nenhum. Tento ligar para seu celular. Quando ninguém atende, meu coração acelera. Espero que não tenha acontecido nada no caminho. Tem tanta gente aqui que é impossível se mexer. Queria que abrissem uma janela, porque estou começando a suar. Talvez seja melhor ir procurá-lo lá fora. O lugar era no fim da rua, não era? Quando saio do apartamento, ali está ele.

As mãos de Daniel envolvem o pescoço de Leighton e as duas bocas se amassam. Sinto um nó no estômago quando os vejo. Então ele vira a cabeça e percebe minha presença. Há um breve momento de silêncio enquanto ficamos ali parados, só olhando um para o outro. Há dois sacos de gelo empilhados ao lado. Não sei o que dizer além de:

— *Desculpa...*

— Eric...

Mas saio antes que ele possa terminar a frase. Não sei como explicar, mas meu coração está prestes a rasgar o peito. Daniel chama meu nome de novo, mas minhas pernas seguem adiante em piloto automático. Quando dou por mim, já estou no térreo, saindo à toda pela porta da frente. Daniel está claramente na minha cola, já que dá para ouvir sua voz quando o gélido ar noturno me causa um calafrio.

— Eric, pra onde você está indo?

— *Pra casa.*

— Mas a gente acabou de chegar.

Não sei o que responder. Só continuo andando, fingindo que não o escuto. Mas Daniel se recusa a parar de me seguir.

— *Será que dá pra parar um minuto?*

— Você devia é voltar pra festa.

— Por que você ficou chateado assim?

— Não fiquei. Só preciso ir embora.

— São só dez da noite. Você pode ficar fora até meia-noite.

— Não estou me sentindo bem.

Cruzo os braços enquanto atravesso a rua. Uma hora atrás eu estava todo empolgado para vê-lo. Agora, tudo que preciso é ir para o mais longe possível dele. Outro país me parece uma ótima ideia. Daniel deve sentir que há algo de errado, porque me segue até a parada de trem.

— Você devia voltar — repito. — Tenho certeza de que os seus amigos estão te esperando.

— Por que você está assim estranho?

— Não estou estranho.

— É por causa do Leighton?

Desvio o olhar quando uma brisa sopra pelos trilhos. Somos os únicos na plataforma.

Daniel enfia as mãos nos bolsos.

— Olha. — Ele suspira. — Se você quer mesmo ter essa conversa…

—A gente não tem nada pra conversar.

— Então ficou chateado assim por quê?

Encaro os trilhos, sem saber direito o que responder. A cena dos dois no corredor fica se repetindo na minha cabeça. Por que será que Daniel nunca mencionou Leighton antes? Tenho noção de que não devia deixar isso me afetar, mas quero saber.

— Faz quanto tempo que você está saindo com ele?

— Uns meses.

— Então você passou esse tempo todo guardando segredo — digo.

— Eu não estava guardando segredo — responde Daniel, meneando a cabeça. — É só que eu não sabia qual era o meu lance com ele. No começo era só amizade. Nada de mais.

— Se não era nada de mais, então por que você nunca me contou?

— Porque eu não tinha certeza de como você ia reagir, tá bom?

Um instante de silêncio. Encaro o chão. Me sinto um idiota de marca maior por ter sido pego de surpresa assim. A gente passou tanto tempo junto nesses últimos anos. O que será que tudo isso significou para ele? Será que entendi tudo errado? Não consigo me segurar e pergunto:

— Por que você me beijou no telhado aquela noite?

Daniel suspira e responde:

— Foi só porque eu quis. Mas não era pra significar nada.

— Então você me beijou pra quê?

— Acho que pode ter sido um erro.

Queria nunca ter perguntado. Há uma dor tenebrosa no meu peito que faz com que seja difícil falar.

— É, também acho — retruco.

Me viro, e a vontade é de sumir dessa história toda. Por algum motivo, Daniel fica comigo na plataforma. Parece que uma eternidade se passa antes de um feixe de luz reluzir pelo túnel. Olho uma última vez para ele, torcendo para que me diga que era tudo brincadeira, que sempre foi apaixonado por mim também. Mas Daniel não abre mais a boca. Então entro no trem e deixo as portas se fecharem atrás de mim.

Queria não ter vindo aqui. Queria nunca ter conhecido ele.

NOVE

As luzes da marquise brilham como um carrossel. Já tem alguns dias desde a última vez em que vi Haru. Continuo olhando para a rua, torcendo para que ele apareça de novo. Cada bicicleta que passa me faz pensar que Haru está aqui por perto, em algum canto. Andei visitando os lugares a que fomos na esperança de achá-lo sem querer. No caminho para cá, cheguei até a parar na cafeteria em que nos encontramos. Mas nada também. Agora só estou parado do lado de fora do teatro antes do meu expediente. Queria que tivesse um jeito de ligar para ele. De perguntar quando vamos nos ver de novo. *Por mais quanto tempo vou ter que te esperar?*

Aguardo mais alguns minutos antes de entrar. É minha primeira semana trabalhando na bilheteria. Estou usando o uniforme padrão: uma camisa de colarinho branco com a mesma gravata que eu usava no meu outro emprego. Só que, em vez de servir comes e bebes, agora vou vender ingressos de trás de um vidro. Ontem passei o dia inteiro em treinamento com o assistente da gerência para aprender a respeito do novo espetáculo que estreia esta semana. O título é *Sr. e Sra. Eloise*, e fala de um casal que finge ser rico para ascender socialmente em Manhattan.

A bilheteria fica à direita do saguão, onde há compridas bancadas de mármore seccionadas por pilares também de mármore. Quando dou a volta, vejo duas pessoas que devem ter mais ou menos a minha idade sentadas à mesa perto da parede. Uma garota com mechas loiras e um cara com um cabelo bem preto e sombra azul nos olhos estão conversando e dividindo um pacote de M&Ms. Bem que eu estava curioso pensando em quem mais trabalharia hoje. Enquanto ajeito minhas coisas debaixo da bancada, os dois viram a cabeça na minha direção. Travo sob o olhar vazio com que me encaram.

— *Tem certeza de que você devia estar aqui?* — pergunta o de sombra azul.

Por um instante, chego a me questionar.

— Acho que sim. Comecei essa semana. — Os dois trocam algumas piscadas, mas não falam nada. Talvez eu deva me apresentar primeiro. — Meu nome é Eric.

— Eric do *quê?* — pergunta o rapaz.

— Ly.

— Você estuda no Instituto de Arte? — pergunta a menina, cruzando as pernas.

— Não.

O rapaz inclina a cabeça.

— Qual é o seu signo?

Ela lhe dá um tapa no braço.

— Chega desse papo de astrologia.

— Se ele for geminiano, não vai poder trabalhar aqui…

— Olha os tênis dele, claro que não é geminiano.

— Dá pra ouvir vocês — comento.

Os dois sussurram intensamente um para o outro. Então a garota se levanta da cadeira enquanto coloca o cabelo atrás da orelha.

— Foi mal — diz ela, e estende a mão. — Meu nome é Alex. E aquele cover do Jimin ali é o Simon.

— Prazer em conhecer vocês — falo.

— Igualmente — responde a garota, ainda segurando minha mão. Ela me olha por um instante. — Você tem um rosto bem simétrico. Alguém já te falou isso antes?

— Acho que não…

— É que eu sou maquiadora, aí fico reparando nesses detalhes — explica Alex, assentindo pensativamente. — A curva dos seus lábios é um indício de lealdade.

— *Você acabou de inventar isso aí* — zomba Simon.

Alex o encara.

— Li uma matéria sobre esse assunto.

— Caso você acredite nessas coisas, tenho um óleo de cobra que eu ia *adorar* te vender.

Simon ri, se levanta da cadeira, pega uma caixa do chão e a leva até a bancada. Reparo na cor das unhas dele. Azul-escuro com respingos dourados que parecem estrelas.

— Amei o seu esmalte — comento.

O garoto estende a mão, admirando as próprias unhas.

— Obrigado. Pintei ontem à noite. — E então o telefone toca ao lado. Simon suspira antes de atender. — Alô? — Um instante de silêncio. — Aham, só espera um pouquinho. — Ele cobre o bocal e vira a cabeça. — Alex, cadê aqueles ingressos do elenco?

Ela dá de ombros.

— Como eu vou saber?

— Porque foi você que cuidou disso semana passada.

— Não, foi *você.*

— Está tentando me fazer de bobo?

Uma voz resmunga do outro lado da chamada. Simon tira a mão do bocal e grita:

— *Eu falei pra esperar!*

Depois ele aperta um botão e devolve o aparelho ao gancho com força.

Fico ali parado por um momento, me perguntando o que devo fazer.

— Posso ajudar com alguma coisa?

Simon me encara com um olhar irritado.

— Olha só, Eric. O que eu recebo não é o bastante pra treinar novos funcionários, tá? Além do mais, nossa dinâmica já está bem redondinha.

O telefone toca de novo. Simon pega o aparelho e logo bate o telefone com força de novo.

Alex se senta na bancada e diz:

— Mas a gente bem que precisa de alguém pra cuidar da bilheteria hoje à noite.

— O que rolou com o velhote? — pergunta o rapaz.

— Ele torceu o tornozelo.

— *De novo?* Quantos tornozelos ele ainda tem? — Simon meneia a cabeça e então se vira para mim. — Beleza, Eric. Parece que precisamos dos seus serviços. Meus parabéns, você vai cuidar da bilheteria de hoje.

—Aquela lá de fora, no caso?

Dou uma olhada para a entrada. Há uma janelinha para venda de ingressos que fica entre as portas de vidro.

— Tecnicamente ainda é do lado de dentro — responde Alex, e pega outro pacote de M&Ms.

— Não é tão ruim assim ficar lá fora — diz Simon, dispensando toda e qualquer preocupação. — E o vidro é blindado, então vai dar tudo certo.

Pisco para ele.

— Preciso me preocupar com alguma coisa?

— Já rolaram alguns *incidentes* — sussurra Alex.

— *Vai dar tudo certo* — repete Simon. Ele pega um caixa da bancada e o entrega para mim. — Aqui, ó… Vou deduzir que você sabe como isso funciona. Não esquece que não é pra deixar ninguém entrar só pra usar o banheiro! E se alguém te fizer alguma pergunta estranha, só finge que não fala inglês.

— Quanto tempo eu tenho que ficar lá fora?

— A gente tem que revezar — responde Alex, dando de ombros. — Então não vai ser a noite inteira.

— É pra eu voltar depois… — começo a perguntar.

— Não, deixa que *a gente* te chama — diz Simon, e me dá um único tapinha no ombro.

Olho para a porta e de volta para ele. Eu estava animado para trabalhar do lado de dentro, onde poderia aproveitar a vista do salão.

— Estou indo lá, então.

— Divirta-se — fala Simon, com um aceno ligeiro.

Fico ali parado por mais um momento, torcendo para que me deem mais instruções. Mas os dois voltam para trás da bancada e continuam a conversar casualmente como se eu já nem estivesse mais aqui. Então pego minhas coisas e saio.

A bilheteria fica entre as portas da entrada, no espaço esquisito que impede que o vento sopre folhas para dentro do salão. É um cubículo de vidro, feito para comportar uma única pessoa, igual aquelas máquinas automáticas de previsão de futuro que se encontra em feiras de rua. Largo minhas coisas e me sento. Ainda tem bastante luz do sol, então consigo ver bem a rua. Multidões vão e vêm, tirando fotos sob as luzes da marquise. Não há muito o que fazer além de ficar ali sentado que nem um velho guarda dando informações de vez em quando. As horas passam devagar. Fico olhando o relógio direto enquanto me pergunto quando será que os outros vão vir me tirar daqui.

Há uma sineta de mesa quebrada na gaveta que fico tocando para passar o tempo. Ao que parece, não tem jeito de consertá-la. O som abafado do metal me enche com um vazio esquisito. O que será que Simon e Alex estão fazendo? Já se passaram algumas horas e nem sinal dos dois. Quando a luz do dia esmaece e se transforma em um céu noturno, ainda não veio ninguém para me substituir.

Algumas pessoas começam a sair do teatro, o que indica o fim do expediente. Deve ser hora de fechar, então. Ainda estou entendendo qual chave funciona em cada tranca. É então que os vejo pela janela. Simon e Alex estão saindo juntos, já sem uniforme e conversando alto enquanto passam por mim. Quase os chamo, porque vai que me esqueceram aqui. Mas os dois nem viram a cabeça quando desaparecem pelas portas.

Até tento evitar, mas acabo levando para o pessoal. E lá se vai a chance de fazer amigos no trabalho. Solto um suspiro enquanto pego minha mochila. Uma sombra se mexe em cima de mim, acompanhada pelo som da sineta quando alguém se aproxima da bilheteria.

Esse troço não estava quebrado?

Levanto a cabeça. Haru está parado ali, sorrindo para mim. Ele veste uma jaqueta cinza clara por cima de uma camisa branca. Grito pelo vidro e deixo a mochila cair.

— *Haru? Ai, meu deus. Você apareceu!*

— Surpresa! — exclama ele, com uma piscadela.

— *Quando foi que você...* — Paro de falar e percebo que há um jeito melhor de lidar com a situação. — Espera bem aí... — Me viro e tropeço ao abrir a porta. Dou uma olhada rápida pelos arredores antes de correr e envolvê-lo com meus braços. — Estou tão feliz em te ver!

— Eu teria vindo antes se soubesse que você estava com tanta saudade.

— Por onde você andou? — pergunto. — Saiu do Skydeck sem dar nem um pio. Eu não sabia se você ia voltar ou não.

— Desculpa ter sumido — responde Haru, e tira o cabelo da frente do meu rosto. — Não queria ter te deixado esperando.

Suspiro de alívio.

— Tudo bem. Pelo menos você voltou.

Ele sorri e passa a mão pelo meu ombro.

— Claro que voltei. — Então Haru se vira para observar a bilheteria. — Quer dizer que é aqui que você está trabalhando?

— Aham. Por esta noite, pelo menos.

— Posso ver?

— Claro.

Haru abre a porta do cubículo e enfia a cabeça lá dentro.

— É bem... pequena — conclui, dando uma olhada. — Apertadinha, mas charmosa.

— O vidro é blindado.

Ele me encara.

— Blindado?

— O Teatro pode ficar bem barra pesada — digo, semicerrando os olhos. — É sério, eu estou arriscando a minha vida estando aqui.

Haru abre um sorriso.

— Ah, mas bom saber que você está protegido. — Então ele olha para o chão e nota minha mochila. — Estou vendo que você trouxe a câmera. O que está produzindo?

— Nada, na real. — Dou um suspiro e pego a filmadora. — Sendo bem sincero, faz um tempinho que nem toco nela. Só que estou me inscrevendo pra uma bolsa. E aí preciso enviar um filme.

Deixo de fora a parte em que falei para Jasmine que já passei para a próxima fase.

— É sobre o quê?

— Ainda não decidi — admito. — Mas tenho umas semanas pra descobrir. Eu estava pensando em fazer umas filmagens do teatro. Mas posso deixar pra depois.

Haru dá de ombros.

— Por que não hoje à noite?

— Porque você está aqui. Imagino que queira conhecer mais da cidade.

— Tempo é o que não falta pra gente. Além do mais, você prometeu que ia me mostrar o teatro.

Penso um pouco.

— Acho que dá pra te levar em uma visita guiada.

Como o salão está praticamente vazio, é um bom momento para mostrar o espaço. Daria para fazer umas filmagens enquanto estamos aqui. Confiro para ver se há algum segurança. Então Haru me segue porta adentro enquanto faço um gesto amplo com a mão.

— Bem-vindo ao Teatro de Chicago — anuncio, com uma voz de guia turístico. — Este é o grande salão, inspirado em Versailles.

Haru dá uma olhada e parece impressionado pela arquitetura.

— Imagina trabalhar aqui em vez de naquela caixinha.

— Nem me fala. — Meneio a cabeça e suspiro. — Mas enfim, essa aqui é a bilheteria principal. E do outro lado dá pra comprar uns lanches. — Sinalizo para que ele me acompanhe e continuo adiante. — Está vendo aquela escadaria imponente ali atrás? É uma réplica da escada do *Titanic*. Me contaram durante o treinamento.

— Meio mórbido, né? — pergunta Haru. — Usar uma tragédia de inspiração.

— Algumas das melhores histórias de amor nascem de tragédias — afirmo.

Ele passa a mão pelo corrimão de madeira, e então segue pelos degraus.

— E lá em cima?

— É o mezanino — digo, e subo atrás dele.

A balaustrada de mármore envolve o andar inteiro, o que proporciona uma visão de todo o térreo. A sensação é de que estamos na sacada de um palácio, olhando para um salão de festas vazio lá embaixo. Seria uma ótima locação para uma cena de filme. De uma princesa observando os convidados do alto e se perguntando onde está seu príncipe.

Enquanto Haru bisbilhota por aí e admira as pinturas nas paredes, eu pego a câmera. Mexo nas configurações e ajeito algumas coisas antes de começar a filmar. A iluminação suave gera um efeito mais melancólico. Há uma pessoa limpando a bancada, o que traz certa vivacidade à sequência. Vago pelo mezanino, experimento diferentes ângulos, e faço uma filmagem das janelas em vitral. O tremeluzir de uma das arandelas vai acrescentar dramaticidade a seja lá o que for esse projeto. É só para praticar, para que eu pegue o jeito de novo. Gravo apenas alguns minutos antes de guardar a câmera. É então que percebo que estou sozinho.

— *Haru?*

Estou prestes a chamá-lo de novo quando o escuto.

— *Aqui.*

Não parece que ele foi para muito longe. Torcendo para não esbarrar com ninguém, sigo sua voz. Felizmente, não há mais ninguém por perto quando o encontro. Ele está parado ao lado da entrada do auditório.

— Deixaram aberto pra gente — diz Haru.

— Como assim?

Ele sorri, vira a maçaneta e abre a porta. Pelo visto, não trancaram direito.

— Não podemos entrar — sussurro.

— Mas você prometeu que ia me mostrar…

— Vou acabar me encrencando.

— Vai nada.

Cruzo os braços.

— Como você tem tanta certeza?

Ele abre um sorrisinho.

— Contanto que ninguém descubra, a gente pode fazer qualquer coisa.

A gente pode fazer qualquer coisa. Alguém já falou isso para mim antes. Neste mesmo teatro, não foi? Então minha mente se volta para Jasmine. Para nós dois, correndo pelas escadas quando éramos crianças, com a esperança de ver o espetáculo na surdina. É uma pena que nunca tenhamos conseguido entrar.

— Beleza, mas só uma olhadinha — digo. — Só que tem que ser rápido, tá bom?

Haru segura a porta e me deixa entrar primeiro. Está bem escuro, e fica difícil ver os assentos à frente. Um único feixe de luz emana do palco.

— Como a gente chega lá embaixo? — pergunta ele.

— Deve ter uma escada.

Levamos um segundo para encontrá-la, mas acabamos chegando ao nível inferior. É esquisito estar sozinho em um auditório, cercado por fileiras de poltronas vazias. Como será que deve ser assistir a uma peça aqui? Enquanto dou uma olhada em meio à escuridão, percebo que Haru não está ao meu lado. Quase entro em pânico antes de vê-lo no palco.

— *O que você está fazendo aí em cima?*

— Quero ver tudo.

— Você vai me meter em confusão…

Haru me ignora e sai vagando para trás de um adereço cênico. Olho para a escada na lateral do palco, e então subo para buscá-lo. A pouca luz basta para discernir que o cenário é um apartamento. Duas portas de vidro se abrem para uma sacada cenográfica com vista para um painel de Manhattan. Há um piano de cauda no meio do tablado. Me pergunto se o instrumento é real enquanto me aproximo. Faz um tempo que não me sento ao piano. Passo os dedos pelas teclas.

— Você sabe tocar?

Haru me assusta um pouco quando aparece ao meu lado. Meneio a cabeça.

— Não — respondo. — Minha irmã é que sabe. Ela me ensinou umas músicas quando a gente era criança, mas duvido que eu lembre.

Ele toca minhas costas.

— Você devia tentar tocar alguma.

Olho para Haru e depois para o piano. Então, solto a câmera e me sento no banco. Descanso os dedos sobre as teclas enquanto tento lembrar dos acordes. Talvez se eu começar a tocar, alguma coisa me volte à memória. Fecho os olhos e deixo minhas mãos se moverem por conta própria. O som das notas reverbera através de mim e me arrasta para outra lembrança…

Abro os olhos e vejo o quarto de Jasmine. Tenho onze anos, estou sentado ao piano dela e a luz do sol se derrama pela janela. Ela está sentada bem ao meu lado, tentando me ensinar uma música nova.

— Deixa os dedos assim — instrui minha irmã, e os dispõe para mim. Com movimentos fluidos como a água, Jasmine faz parecer tão fácil. Mas não consigo acompanhar o raciocínio, não importa quantas vezes eu a veja tocar. — Tenta de novo — pede ela, paciente.

Faz horas que estamos nessa. E não melhorei nem um pouquinho. Por fim, recolho as mãos, derrotado.

— Não quero mais — resmungo.

— Você está indo bem, Eric. É que precisa de um pouco de prática, só isso.

— Não quero praticar.

— Então nunca vai aprender a tocar.

— Não estou nem aí mais.

Me levanto, mas Jasmine coloca a mão no meu ombro e me faz sentar de novo.

— Não dá pra sair desistindo assim — diz minha irmã. — Acha que eu aprendi a tocar de um dia pro outro? Tenta só mais uma vez. Vamos experimentar algo diferente agora. Aqui, ó… — Ela posiciona meus dedos de novo e mantém a própria mão no piano também. — Você toca a parte da mão esquerda e eu toco a da direita.

— Tá bom…

Tentar acompanhar o ritmo um do outro é meio confuso no início. Mas, quando pego o jeito, fica mais fácil de seguir tocando. Já que só preciso focar em uma das mãos, não me atrapalho tanto. Seguro as notas de baixo, que estabilizam a canção, enquanto os dedos de Jasmine bailam pelas teclas ao som da melodia. É uma dança intrincada entre nós que vai preenchendo o quarto com nossa música.

A porta se abre atrás da gente quando nossa mãe entra com um cesto de roupas. Ela olha para mim e diz:

— Đừng làm phiền chị con nữa. — *Para de incomodar a sua irmã.* Quando se aproxima, nossa mãe percebe minhas mãos. — Você pintou as unhas? Ai cho con sơn móng tay vậy? — *Quem te deixou fazer isso?*

Cruzo os braços para esconder o esmalte. Pintei noite passada com o esmalte de Jasmine enquanto estávamos assistindo a um filme. Achei que não fosse nada de mais. Mas minha mãe agarra minha mão para olhar mais de perto.

— Quem te deixou fazer isso? — repete ela.

— Fui eu que pintei — mente Jasmine.

— Você não devia deixar ele fazer essas coisas.

— Não é nada de mais — responde minha irmã. — Sei que um monte de meninos pinta também. E o Eric está me ajudando a ensaiar, tá bom?

Minha mãe encara minha mão enquanto meneia a cabeça.

— Đừng làm điều này nữa — diz.

Não faz mais isso. Então ela sai e fecha a porta.

Jasmine se apoia em mim e sussurra:

— Está tudo bem. Eu gostei da sua unha assim.

Não falo nada. Só abaixo a cabeça e escondo as mãos no colo.

Depois de alguns instantes de silêncio, minha irmã pergunta:

— Quer continuar ensaiando? — Mas não respondo. Ela não força a barra. Em vez disso, sorri e sugere: — Que tal eu tocar alguma coisa pra você?

Suas mãos voltam ao piano. Fecho os olhos por um instante e vou ouvindo a música até…

— *Você não devia estar aqui.*

Uma voz profunda me arranca da memória. Levanto a cabeça do piano e Jasmine desaparece junto com a música. Pisco algumas vezes e, quando dou por mim, estou de volta ao auditório. Há alguém parado em um dos corredores. Só que está escuro demais para identificar o rosto.

— Falei que você não devia estar aqui — repete a voz.

Me levanto imediatamente e quase derrubo o banco.

— Desculpa, eu só estava dando uma olhadinha.

Cambaleio pelo breu para descer do palco. É então que percebo que Haru sumiu. Olho para trás. Para onde será que ele foi? Não posso ficar para procurá-lo. O cara continua me observando pela entrada lateral do auditório. Pela silhueta, não consigo identificar quem é. Tomara que ele também não me reconheça. Disparo pelo corredor e saio pelas portas duplas, torcendo para não me encrencar e perder o emprego no primeiro dia.

134 DUSTIN THAO

DEZ

Haru está me esperando do lado de fora. As luzes da marquise reluzem em seu rosto e realçam os tons quentes de sua pele. Por um instante, pensei que tivesse desaparecido de novo. Assim que passo pelas portas, ganho um sorriso. E então ele olha para minha mão.

— Cadê a sua câmera?

Toco meu ombro e percebo que a alça sumiu.

— *Droga*, esqueci.

Deve estar em algum lugar lá dentro.

— Vamos pegar — diz Haru, se virando para a porta.

Eu agarro seu braço.

— Aquele cara ainda está lá!

— Não tenho medo dele.

— Deixa pra lá, sério — respondo, e o puxo para trás. — Eu pego amanhã.

— Certeza?

— Aham, não tem problema. — Odeio a possibilidade de perder minha câmera, mas não quero desperdiçar o pouco tempo que temos esta noite vasculhando o teatro. Tenho certeza de que ainda estará lá amanhã. — Quero te levar em um lugar que fica aqui pertinho.

— Mais uma surpresa pra mim?

Haru sorri quando pego sua mão e o levo para o outro lado da rua.

* * *

Há um trecho de orla de um quilômetro e meio que atravessa a cidade. Os arranha-céus que se agigantam de ambos os lados oferecem vistas belíssimas do Rio Chicago. É um espaço público cheio de cafés, bares e adegas, com obras de arte dispostas por ali. As pessoas ficam sentadas debaixo de guarda-sóis, jantando ao longo da água. É um lugar legal para trazer alguém para uma caminhada. Vou manter Haru bem do meu ladinho esta noite. Não quero que ele desapareça do nada de novo.

Ele olha para mim.

— Então é pra cá que você traz todos os seus contatinhos?

— Quem disse que você é um contatinho? — pergunto, de brincadeira.

— Ops… — Haru olha para longe, fingindo estar magoado. Nós dois rimos. Depois, ele encara o rio. — Vai até onde?

— Pouco mais de um quilômetro e meio — respondo, ainda o observando. — Tem uns restaurantes aqui também, caso você queira sentar.

— Estou gostando da nossa caminhada.

— Eu também.

Trocamos um sorriso. Há um leve friozinho no ar, mas nada de vento esta noite. Uma embarcação passa e, pelas janelas panorâmicas, dá para ver o pessoal comendo. Haru as encara e comenta:

— Deve ter umas cem pessoas lá dentro.

— É um daqueles passeios de barco com jantar.

— Qual será o cardápio?

— Aí já não sei. Nunca entrei em um barco.

— Sério?

Nos recostamos na grade. Luzes vindas dos arranha-céus rodopiam no rio como uma pintura a óleo. Eu e Jasmine vivíamos vindo aqui para ver as embarcações passando.

— Eu sempre quis ir em um daqueles passeios turísticos de barco, sabe? Ouvi dizer que ver tudo da água é divertido pra caramba. Nossa mãe nunca deixou. Minha irmã falava que iria comigo algum dia. Mas a gente nunca foi.

— Por quê?

— Ela é muito ocupada. E não mora mais aqui. Mas não tem problema.

Me afasto e continuo andando, mas Haru passa mais um tempinho ali.

— Nossa, olha lá! — exclama ele. — Alguém deixou um barco pra gente.

Me viro. Há um barquinho de madeira atracado na doca. Será que estava ali um minuto atrás?

— De onde veio esse negócio? — pergunto.

— Você passou direto por ele — responde Haru, e olha para cima e para baixo para conferir se a barra está limpa. — Será que a gente pode dar uma voltinha?

— Claro que não.

— Tenho certeza de que ninguém ia se importar da gente pegar emprestado.

Antes que eu tenha chance de mudar de assunto, Haru entra no barco. Então se vira e estende a mão para mim.

— Tem espaço de sobra pra nós dois.

— A gente não pode simplesmente pegar o barco de alguém!

Haru dá um sorrisinho.

— Não vai me fazer ir sozinho, né?

— Isso pode dar muito errado!

— A gente volta antes que qualquer um perceba. Prometo.

Franzo os lábios e dou uma olhada pela doca. Não há ninguém aqui além de nós. Encaro Haru por um longo instante. O jeito como ele me olha faz com que seja difícil dizer não. Suspiro, derrotado.

— Beleza, mas tem que ser rapidinho, tá?

Haru pega minha mão e me ajuda a subir no barco. Então desamarra a corda e deixa as correntes nos puxarem aos poucos. Eu me sento e tento não ficar nervoso. Mas e se alguém nos pegar? Por algum motivo, ele parece cem por cento nem aí. Haru pega um remo e o afunda na água.

— Não acredito que a gente está fazendo isso — resmungo.

— Você falou que nunca tinha entrado em um barco.

— Mas não falei que queria virar ladrão!

— A gente só *pegou emprestado* — relembra Haru, e dá uma olhada em mim. — E você está estragando o momento.

— Desculpa.

Ajeito a postura e cruzo as mãos sobre o colo. Os postes, que emanam luzes fantasmagóricas pelo rio, parecem esferas flutuantes à distância.

— Eu falei que ninguém ia perceber — diz Haru, movimentando o remo. — Aposto que você queria estar com a câmera agora.

— E documentar nosso crime? Acho que não. — Me reclino contra a lateral do barco e afundo um dedo na água. — Já tenho filmagens de Chicago pra dar e vender. Não sei nem o que fazer com tanta filmagem daqui.

— Você podia fazer um documentário.

— Sobre o quê?

— Sua vida na cidade.

— Minha vida não é interessante o suficiente pra virar documentário. Um filme sobre mim ia provavelmente ser uma tragédia.

— Algumas das melhores histórias de amor são tragédias, lembra?

Não consigo segurar o sorriso. Conforme continuamos pelo rio, absorvo a silhueta dos arranha-céus, dos quadrados de luz que vazam pelas janelas. É de fato uma bela noite para um passeio de barco. Fico feliz pela chance de ter essa experiência com Haru. Morei a vida inteira em Chicago, mas meio que parece que estou vendo a cidade pela primeira vez. Talvez o ponto de vista mude quando vemos as coisas junto com outra pessoa. Começo a pensar no filme que preciso produzir.

— Pode ser que um documentário nem seja uma ideia tão ruim assim. Algo tipo uma declaração de amor pela cidade. Tenho certeza de que vou me agradecer por ter feito isso quando eu for embora.

— Pra onde você vai?

— Ainda não sei.

— Nova York? — pergunta Haru, com a sobrancelha arqueada para mim. — Estava escrito no seu caderno.

— Você mexeu nas minhas coisas?

— Eu precisava de papel pra te fazer aquele presente.

Dou uma risadinha.

— Era só uma ideia — admito, e volto a encarar o rio. — Não sei mais se isso é uma possibilidade. Fica bem mais difícil entrar pra uma faculdade quando você fica um ano inteiro parado sem motivo nenhum.

— Mas tinha motivo.

— Mesmo assim, queria não ter largado tudo — admito. Volto a pensar na primavera, quando todo mundo começou a receber as cartas de aprovação para a faculdade. — Era pra gente ir junto, sabe? Eu e o Daniel. Não gostava de pensar na possibilidade de ir sem ele. Nunca nem abri a carta. Ele provavelmente ficaria decepcionado se soubesse disso.

— Tenho certeza de que ele iria entender.

— Posso te contar outra coisa? — Olho para Haru. — Eu nunca quis ir pra Universidade de Indiana. Nem tem curso de cinema lá.

Ele pisca para mim.

— Então se inscreveu por quê?

— Porque era pra onde o Daniel ia. Era só com isso que eu me importava.

Haru se reclina, pensativo. Uma brisa bagunça seu cabelo quando ele assente para mim.

— Não te culpo.

— Você acha que foi idiotice da minha parte?

— Se achasse, aí eu seria hipócrita.

— Como assim?

— Porque eu vim até aqui por sua causa — responde ele, me olhando. — Eu não fazia ideia se você ia se lembrar de mim. A única coisa que eu sabia era que queria te ver de novo.

— Claro que eu lembraria. Eu também queria te ver.

Haru coloca a mão no meu joelho.

— Queria ter te procurado antes.

— Está tudo bem — digo, sentindo o calor da pele dele. — A demora serviu pra deixar esse momento ainda mais especial.

Nós dois sorrimos.

Enquanto seguimos pelo rio, Haru de repente se inclina para a frente, o que me faz travar. Quando ele passa a mão delicadamente pela minha bochecha, fecho os olhos por um instante. É então que sinto a primeira gota de chuva. Haru deve ter sentido também, porque ele volta para trás e encara o céu. Acho que o certo seria eu ter conferido a previsão do tempo para esta noite. Porque, um segundo depois, o céu começa a cair.

Pego o outro remo para nos ajudar a voltar mais rápido. Estamos completamente encharcados quando enfim alcançamos a doca. Haru sai primeiro e estende a mão para mim. Depois, tapando as cabeças, saímos correndo em busca de abrigo debaixo de uma ponte. A chuva cai com força e nos separa do mundo exterior. Vamos ter que esperar um pouco. Pensando bem, nem é tão ruim assim… essa impressão de estar separado do resto do mundo. Secretamente, estou feliz por estarmos aqui juntos.

Mas fico com a estranha sensação de que Haru pode sumir de novo. Passo meus braços ao redor dele e o seguro perto de mim.

— Não vai embora ainda, tá? Não quero ficar sozinho.

— Quem falou que eu estava indo embora?

— Só promete.

— Não vou pra lugar nenhum. Porque se eu fosse, não ia poder fazer isso aqui…

Ele me pega de surpresa ao levantar meu queixo com a mão. Então se aproxima e diz:

— Caso eu desapareça…

Quando dou por mim, seus lábios estão nos meus. Sinto um calor se movendo entre nós como eletricidade. Fecho os olhos e ignoro a vibração dos carros que passam na ponte lá em cima. A chuva continua a cair ao nosso redor, mas tudo o que consigo escutar são as batidas do meu coração. Por um momento, não há mais ninguém no mundo além da gente. *Você e eu somos a única coisa real.*

A chuva já aliviou quando chegamos em casa. Pego umas roupas do guarda-roupa e as jogo para Haru. Insisti para que ele passasse a noite aqui. Enquanto tiro a camisa, ele dá uma olhada na minha mesa e vê as coisas de papel que deixou para mim, mas não faz nenhum comentário. Só abre um sorriso para si mesmo e vai caminhando pelo quarto. Há uma caixinha de som via bluetooth na minha cômoda. Haru a pega e pergunta:

— É pra ouvir música?

— Aham, é minha…

Ele aperta um botão e liga o dispositivo. Só percebo que está conectada ao meu celular quando uma canção começa a tocar. *Qual era a última música que eu estava ouvindo?* Antes que eu possa pegar o telefone, a voz melancólica de Brandy preenche o quarto cantando:

Você já amou tanto alguém
A ponto de chorar?

Pego a caixinha de volta e a desligo imediatamente. O cômodo fica silencioso de novo.

— Desculpa. Não quero acordar meus pais.

"Have You Ever" é a melhor música de amor não correspondido que existe, e ninguém vai mudar minha opinião. Mas é aquele tipo de canção que só se escuta em noites solitárias, quando queremos sentir alguma coisa.

Guardo o dispositivo e confiro a hora. Quase meia-noite. Haru ainda não trocou de roupa. Sua camisa úmida, grudada na pele, exibe os ângulos de seu peito.

— Quer outra camisa?

— É que está bem quente aqui, para falar a verdade. — Ele tira a camisa e então olha para mim de novo. — Espero que não tenha problema eu dormir assim.

Eu o observo por um segundo. Sua pele brilha devido à chuva. Então desvio os olhos.

— Hum, claro… — gaguejo.

Nos secamos e vamos para a cama. Haru fica à direita de novo. Muito embora eu esteja cansado, ainda não quero pegar no sono. Deito de lado e fico olhando para ele.

Haru me encara.

— Que foi?

— É que estou surpreso por você ainda estar aqui.

— Como assim? A gente voltou junto.

— Não, é que, tipo, pensei que você já teria desaparecido a essa altura.

Ele tira o cabelo da frente do meu rosto e diz:

— Eu te falei que não vou a lugar algum.

— E se eu cair no sono? Você vai estar aqui quando eu acordar?

— Não dá pra saber.

— Como assim?

Haru pensa a respeito.

— É que, na verdade, não controlo quando vou embora. Mas bem que eu queria.

Comprimo os lábios.

— Então não vou dormir. Vou passar a noite inteira acordado.

Haru beija minha mão.

— Então também vou.

Me inclino para mais perto. A chuva bate com leveza na janela enquanto permanecemos acordados. Não falamos muito. Só ficamos nos encarando, garantindo que ninguém caia no sono. Mas vai ficando cada vez mais difícil manter os olhos abertos. Assim que começo a adormecer, aperto a mão de Haru para ter certeza de que não estou sozinho.

— Estou aqui — sussurra ele.

— Só pra garantir.

— Você está com a maior carinha de cansado.

— Que nada. Só estava descansando os olhos.

— Se você diz…

— Mas posso te perguntar uma coisa? Só porque vai que eu caio no sono.

— Qualquer coisa.

— Se você sumir de novo, como eu faço pra te achar?

Haru beija minha testa e responde:

— Não se preocupa com isso. Só saiba que eu vou te encontrar. Prometo.

Espero que ele cumpra a promessa. Porque eu passaria o resto da vida procurando por ele. Não falo mais nada depois disso. Estou cansado demais para manter os olhos abertos. Só percebo que o sol está nascendo quando um pouquinho de luz começa a abrir espaço pelas persianas. Aperto a mão de Haru mais uma vez antes de me permitir adormecer. A última coisa de que me lembro é de sentir os dedos dele se entrelaçando nos meus, e então tudo fica escuro.

ONZE

O som do piano preenche minha cabeça e me faz mergulhar em um sonho. Uma janela empoeirada filtra a luz esmaecida que revela as mesas vazias no Palácio do Tio Wong. Estou sentado em um sofá ao canto, tentando entender de onde vem a música. Com a visão um tanto borrada, dou uma olhada pelo restaurante. Alguém estica o braço do outro lado da mesa e toca minha mão.

— *Daqui a pouco já tenho que ir.*

A voz de Jasmine me atravessa em um eco. Pisco até seu rosto entrar em foco. Ela está usando a jaqueta que pegou emprestada de mim, o cabelo atrás da orelha. O arroz frito com abacaxi está intacto sobre a mesa. É o prato favorito da minha irmã, e pedimos sempre que viemos aqui.

— Eric, você me ouviu?

Pisco para ela.

— Como é?

— Eu disse que estou indo.

Minha mente volta à nossa última conversa. Jasmine está se mudando para o exterior, onde fará uma turnê com sua banda. Mas não quero que me deixe para trás dessa vez.

— Por que você não pode só voltar pra casa?

Ela meneia a cabeça.

— Tenho que ir.

— Não tem, não.

— Desculpa.

O sol esmorece na janela, pintando uma sombra ao longo da mesa. A música de piano continua tocando. Mas ainda não sei de onde está vindo. Jasmine dá uma olhada lá fora com um vazio nos olhos e depois se levanta.

Eu agarro sua mão.

— *Jaz, espera...*

— Por favor, não dificulta ainda mais a situação.

— *Então não vai.*

— Eu preciso...

Ela puxa a mão e sai. Me levanto e vou atrás. Por algum motivo, não consigo alcançá-la. O chão fica se esticando entre nós, e é impossível chegar à porta. Quanto mais rápido eu corro, mais para longe minha irmã vai. O som do piano, que ainda ressoa, afoga minha voz quando a chamo. É a mesma canção que vivo ouvindo em todo canto. Por que será que essa melodia me segue nos meus sonhos?

Continuo chamando minha irmã, na esperança de que ela se vire. Mas Jasmine some pela porta sem nem se despedir. No momento em que finalmente encosto na maçaneta, a música se esvai e sou engolido por um breu.

Acordo na cama, sozinho de novo. Meus olhos aos poucos se ajustam à luz enquanto me dou conta do vazio do quarto. Por algum motivo, achei que dessa vez seria diferente. Que talvez fosse acordar com a cabeça dele descansando em mim, nossos braços entrelaçados. Mas tudo o que me restou é o perfume de Haru, junto com a lembrança da noite de ontem. Passo a mão pelo lençol, desejando que ele ainda estivesse aqui. Deve ser minha culpa, por ter caído no sono. Pelo menos ele prometeu que vai me encontrar de novo. Guardo essas palavras comigo e faço força para me levantar.

Pego o celular da mesinha de cabeceira e confiro a hora. Há algumas mensagens de Jasmine. Faz tempo que não nos falamos. Talvez ela tenha sonhado comigo também. De algum jeito, sempre tivemos essa conexão. Com certeza minha irmã sabe que me deixou um pouco irritado.

Faz uns dias que você sumiu.
Tomara que esteja tudo certo
Vou tentar passar aí pra te ver antes de ir

Mando uma resposta rápida e alongo os braços. É então que percebo alguma coisa na mesa e me levanto para pegá-la. É uma rosa de origami, feita com um papel azul-claro. Viro-a sob a luz que entra pela janela. Foi Haru que deixou para mim. Outro lembrete de que vamos nos ver de novo. Encaro o presente por um longo instante. *Tomara que eu não tenha que esperar muito.*

Tomo um banho e vou para a cozinha. Costumo pular o café da manhã, mas há um vazio no meu estômago que decido preencher com uma tigela de cereal. No caminho, encontro meu pai sentado à mesa de jantar, com a correspondência disposta à sua frente. Ele normalmente trabalha durante a manhã em dias de semana, então é uma surpresa vê-lo em casa.

Papai levanta a cabeça para mim.

— Indo pro trabalho?

— Daqui a pouquinho.

Ele assente.

Abro a geladeira. Há uma cumbuca de plástico envolta em papel alumínio.

— Sua mãe fez miến — comenta meu pai, e se reclina na cadeira.

— Mais tarde eu dou uma beliscada.

— Leva pro serviço.

Nossa família não tem o hábito de fazer café da manhã. Normalmente comemos as sobras do jantar da noite anterior.

Pego um pote da máquina lava-louças.

— Sua mãe me falou do seu novo emprego — diz meu pai, bebericando o café.

Eu estava mesmo querendo atualizá-lo das novidades. Andamos nos falando pouco nas últimas semanas, ainda mais agora que estou chegando bem tarde em casa.

— Pois é, acabei de começar. Mas já gosto mais do que do último.

— Que bom.

Sirvo um pouco de leite na tigela e vou para a mesa. De cenho franzido, meu pai mexe em alguns papéis. É fácil saber quando ele está se sentindo frustrado com algo. Dou uma olhada por cima de seu ombro, curioso a respeito do que está lendo.

— O que o senhor está fazendo?

— São coisas do seguro. — Ele aponta para uma parte da carta. — Mas não sei o que significa.

— Quer que eu leia?

Pensativo, meu pai olha para a mesa. Muito embora more nos Estados Unidos há mais de vinte anos, seu inglês não é perfeito. Em casa, usa quase sempre vietnamita para se comunicar, ainda mais entre a família.

— Se você tiver tempo.

Me sento ao lado dele e dou uma olhada no documento. A linguagem é um tanto desconcertante, com alguns jargões legais que nem eu entendo. Era sempre Jasmine quem traduzia esse tipo de coisa. Contas de telefone, declarações de imposto, etc. É um daqueles momentos em que a ausência dela realmente se faz presente. Às vezes, queria que meus pais pedissem mais ajuda. Tenho a impressão de que os dois não querem me incomodar. E deve ser culpa minha, por andar tão reservado nos últimos tempos. Mas odeio saber que estão enfrentando dificuldades sozinhos. Passamos o restante da manhã lendo as cartas e preenchendo os documentos juntos. É boa a sensação de ajudar de vez em quando.

* * *

Perco o trem para o teatro. A papelada demandou mais tempo do que o esperado, mas, por sorte, chego com apenas vinte minutos de atraso. Quase escorrego no mármore quando me apresso pelo saguão para bater o ponto. Simon e Alex estão na bilheteria principal, sentados casualmente na bancada e dividindo um pacote de bala. Virados um para o outro, os dois estão rindo de alguma coisa. Assim que me escutam, Simon ajeita a postura, cruza as pernas e fala:

— Olha quem chegou atrasado pra bancar o importante hoje. Outro mendigo pulou no trilho do trem quando você estava vindo?

Alex o estapeia no braço.

— Não tem graça, Simon.

— E quem disse que eu estou brincando?

— Desculpa — respondo, ofegante enquanto largo minhas coisas no chão. — Eu estava ajudando meu pai com uma coisa e passei…

Simon faz um gesto de "deixa para lá".

— Relaxa, ninguém tá nem aí que você se atrasou.

— Ah.

— Você perdeu alguma coisa? — pergunta Alex.

— Como assim?

Ela põe a mão para trás e puxa algo para meu campo de visão.

— O gerente achou isso aqui no auditório.

— *Minha câmera!*

Devo ter deixado no piano ontem à noite.

— Tinha seu nome escrito na alça — explica Alex, e a entrega para mim.

— Sorte a sua que ninguém botou pra vender na internet — comenta Simon, e toma um gole de uma garrafa d'água. — Quase troquei por uns ingressos de show.

— Obrigado por guardarem pra mim — digo.

É uma surpresa os dois estarem falando comigo hoje. Ainda mais depois do jeito como me trataram ontem à noite.

— É o mínimo que poderíamos fazer — responde Alex, com um tom de culpa na voz. — A gente ficou mal por ter te deixado trabalhar a noite inteira lá fora. Foi ideia do Simon.

Ele a encara.

— *Não me põe na reta, não.*

Dou de ombros.

— Não se preocupem, sério.

Alex meneia a cabeça.

— Mas hoje não precisa. O velho voltou. E ele *sempre* fica lá fora.

— A gente acha que ele está revivendo alguma lembrança da infância — explica Simon, e dá de ombros despreocupadamente. — Ou então é demência. Mas, de qualquer forma, quem é que vai reclamar, né?

Dou uma olhada pela bilheteria. Há música tocando do celular de alguém. Uma canção de K-POP que não reconheço. Percebo uma caixa branca sobre a bancada. Dentro, há um bolo retangular azul e verde com dois garfos enfiados como se fossem palitinhos.

— Que bolo enorme — comento.

Alex abre um sorriso.

— Quer um pedaço? É recheado com morango.

Simon se reclina, pega um garfo e diz:

— Por favor, *livra* a gente dessas calorias.

— Pode deixar.

Alex me entrega uma colher de plástico.

— Acabaram os garfos. E os pratinhos descartáveis.

Simon repete o gesto de "deixa para lá".

— Faz mal pro meio ambiente mesmo.

— Onde vocês compraram?

— Ah... naquela confeitaria ali na esquina — responde Simon vagamente.

Olho o bolo mais de perto e leio o recado em letras cursivas.

— Por que está escrito *Parabéns ao elenco e à equipe?*

Os dois se olham. Há um momento de silêncio. E então Simon joga as mãos para o alto.

— Tá bom, você nos pegou. A gente roubou. Você solucionou o assassinato. Tá feliz, Sherlock?

— Entregaram aqui por engano — explica Alex, e dá outra mordida. — Acontece de vez em quando.

Simon semicerra os olhos e avisa baixinho:

— É melhor você não dedurar a gente. Ou vamos *acabar* com a sua raça.

— Claro que não. — Dou uma risada. Me inclino para a frente e pego um pedaço para experimentar. A cobertura é feita de um creme de manteiga encorpado. — Que delícia. Tem certeza de que ninguém sabe que veio parar aqui?

Simon abre um sorriso astuto.

— Meu doce, doce Eric. Você tem muito o que aprender por aqui. — Ele abre uma gaveta e revela dois champanhes. — Essas garrafas aqui eram da noite de estreia. Quer dizer, foi o que sobrou.

Pego uma delas.

— Veuve Clicquot? A gente servia isso no meu outro emprego. É caro pra caramba. — Sendo bem sincero, sempre pensei em surrupiar uma garrafa lá para casa. Mas amarelava toda vez. — Quais são as outras vantagens de trabalhar aqui?

— Pra começo de conversa, eu estou *amando* essa sua vibe — diz Simon, com um sorriso orgulhoso. — E depois... Na verdade, tem algo um pouquinho mais *interessante*. — Ele dá uma olhada para Alex. — É o que a gente estava conversando quando você chegou.

Alex se inclina na minha direção e sussurra:

— O elenco vai dar uma festa hoje. Em algum apartamento chique de River North.

— Vocês foram convidados?

Simon ri.

— Claro que não! Mas vamos mesmo assim.

— Ninguém convida a gente pra essas coisas — conta Alex.

Eu abocanho outro pedaço do bolo.

— Como vocês ficaram sabendo da festa?

— Tenho meus jeitos de conseguir informações — responde Simon, unindo a ponta dos dedos como um vilão de filme.

Alex revira os olhos.

— Ele está ficando com um dos caras do coral.

Simon a encara de novo.

— Eu já te falei que ele é *ator substituto!*

— Você devia vir com a gente — sugere Alex.

— Pra festa?

Simon olha para mim.

— Você tem coisa melhor pra fazer?

Penso a respeito. Eu estava torcendo para ver Haru de novo esta noite. O plano era ficar esperando do lado de fora do teatro para o caso de ele aparecer. Não tenho como explicar isso para os dois. Mas não lembro quando foi a última vez que fui convidado para uma festa. Talvez eu deva ir.

— Não, não tenho mais nada pra fazer.

— Então você precisa ir — insiste Alex.

— Contanto que tenha o que vestir — acrescenta Simon.

Olho para minhas roupas.

— O que tem de errado com o que estou vestindo agora?

Alex arregala os olhos.

— Eric, *pode parar.* Você está de uniforme!

Dou de ombros.

— Se eu tirar o colete, quem é que vai perceber?

— *Eu!* — exclama Simon, com uma cara de ânsia de vômito. Ele meneia a cabeça para mim. — Se você vier com a gente, vai ter que vestir alguma outra coisa.

— Eu não trouxe mais nada.

Simon e Alex se olham. Devem ter se comunicado telepaticamente, porque assentem ao mesmo tempo. Simon entrelaça as mãos e anuncia:

— Beleza, aqui vai o plano: vamos te levar pra fazer compras depois do trabalho. Tem umas lojas de departamento em que a gente pode passar no caminho.

Os olhos de Alex se iluminam.

— Isso, uma repaginada no visual.

Levanto as mãos.

— Sério, gente, não precisa di…

— Eric, fica quieto… — Simon coloca um dedo nos meus lábios para que eu fique em silêncio. — Já decidimos por você.

Antes que eu possa falar, o telefone toca. Simon dá um grunhido e encara o aparelho antes de puxar o gancho e dizer:

— Quem é e o que você quer?

— Vai ser tão legal — sussurra Alex para mim. Ela pega meu braço e me leva até a bancada. — Vou te mostrar o vestido que eu vou usar.

Passamos a hora seguinte no Instagram, vendo estilos diferentes para mim. Alex diz que uma paleta mais quente e primaveril combinaria melhor com meu tom de pele. Durante o intervalo de almoço, Simon me apresenta às meninas da bomboniere para eu ganhar comida de graça.

— Nada com muito açúcar porque senão a gente vai ficar inchado — me diz ele.

Nosso turno termina lá pelas 20h30. O velho concorda em fechar, o que permite que saiamos mais cedo. Encontramos uma loja de departamento a algumas quadras do teatro e vamos às compras. Simon e Alex me guiam direto para o setor masculino, e vão montando várias combinações. Experimento algumas jaquetas de diferentes cores. Tem uma *bomber* escura de camurça que ficou ótima em mim. Alex diz que a peça destaca meus ombros. Quando confiro a etiqueta de preço, quase caio para trás. Me viro para contar para os dois.

152 DUSTIN THAO

— É quase trezentos dólares. Não tenho como pagar.

— Relaxa — diz Alex, e me entrega um cinto para eu experimentar. — A gente não vai comprar exatamente.

Abaixo a voz e pergunto:

— A gente vai *roubar?*

Simon me dá um tapa no braço.

— Deixa de ser ridículo. Quer ir parar na cadeia? Vamos só experimentar uma coisinha ou outra e devolver depois.

— Como assim?

— É que essa loja tem uma política de devolução *maravilhosa* — explica ele. — Dão sessenta dias pro cliente provar basicamente qualquer coisa. É só não arrancar a etiqueta.

Eu o encaro.

— Isso não é… *ilegal?*

Simon revira os olhos.

— Eric, tem gente cometendo *assassinato* por aí. O mundo vai acabar só porque você pegou uma jaqueta emprestada?

— E, caso você goste, é só não devolver — acrescenta Alex.

Olho para meu reflexo no espelho.

— Pensando por esse lado…

Pouco depois, uma mulher me atende no caixa. Fico com a jaqueta e guardo a nota fiscal na carteira. Paramos em uma loja de produtos de beleza onde Simon pega um modelador de cachos e deixa meu cabelo ondulado como o dele. Alex dá duas borrifadas de perfume em mim enquanto saímos.

— Estou me sentindo uma fada madrinha — diz ela, pegando meu braço. — Agora faz um pedido.

Eu a encaro.

— Que tipo de pedido?

— Sei lá. Algo que você quer que aconteça hoje à noite.

Penso a respeito durante o trajeto de trem.

Queria que algo especial acontecesse hoje à noite.

DOZE

A Linha Vermelha nos leva para River North, uma região mais abastada de Chicago. Simon está com um aplicativo aberto que nos indica o caminho rumo a um arranha-céu perto do rio. A jaqueta de lantejoulas azuis dele reluz sob os semáforos. Alex está usando um vestido de festa aberto nas costas e brincos de pérola. Há um porteiro na entrada do edifício.

— *Ajam como se morassem aqui* — sussurra Simon, olhando para trás.

Por sorte, ninguém nos para conforme avançamos pelo saguão. Quando entramos no elevador, Simon aperta o botão com a letra c. Assim que as portas se fecham, ele se vira para mim e diz:

— Aliás, Eric, só não sai por aí contando pra todo mundo que a gente trabalha na bilheteria.

Quase pergunto o motivo, mas a resposta é bem óbvia. Não estamos muito lá em cima na hierarquia do teatro.

— O que a gente fala, então?

— É a nossa chance de ser quem a gente quiser — responde Alex, que ajeita o vestido no espelho do elevador. — Hoje à noite, sou uma maquiadora do *Good Morning America*.

— Nem é em Chicago que filmam isso aí — zomba Simon.

Ela estala a língua.

— Que seja.

O elevador se abre para um belo corredor adornado com arandelas de prata. Sigo os dois rumo a um conjunto de portas.

Sinto um nó no estômago, mas deve ser pelo nervosismo crescente. Simon nem se dá ao trabalho de bater. Ele empurra a porta direto, o que faz com que a música vaze para fora enquanto entramos. Há um mar de camisas de seda e vestidos brilhantes. Parece algo saído de *O Grande Gatsby*. Paredes art déco, arranjos de flor e mãos segurando taças de martini. O apartamento conecta dois grandes salões que ocupam metade de todo o andar. Um garçom passa na nossa frente segurando uma bandeja do que parece torrada com salmão defumado.

— O aluguel disso aqui deve ser *sinistro* — diz Simon.

Alex se inclina na direção dele.

— Viu alguém que a gente conhece?

Simon olha em volta.

— Meu Deus, o Brian tá ali.

Com os olhos semicerrados, olho em volta.

— Quem é Brian?

— O *outro* cantor do coral que o Simon tá pegando — sussurra Alex para mim.

— Eu já te falei que ele é *ator substituto!*

Ela revira os olhos, tira um pó compacto da bolsa e dá mais uma conferida na maquiagem. Há mais pessoas entrando pela porta atrás de nós. Prendo a respiração frente à multidão socializando e à música que preenche o ar.

Simon dá mais uma olhada nos arredores, então se vira para nós e anuncia:

— Beleza, garotas, vamos nos dividir.

Eu o encaro.

— *Espera aí… como é?*

— Nós não viemos pra passar a noite inteira colados uns nos outros — responde ele, revirando os olhos. — Viemos pra *conhecer* gente. Sabe como é, interagir com a elite. Talvez dar uns pegas com um produtor no banheiro.

— Quanta elegância — comenta Alex.

Simon se vira para a amiga.

— E qual é o seu plano?

— Vim aqui pra achar meu marido rico — responde ela, e guarda o pó compacto. — Minha estratégia é bancar a donzela em perigo, então acho que deve ser melhor se eu ficar sozinha.

Simon ri.

— Donzela em perigo? Vai ser mole. Você é toda estabanada de nascença.

Olho de um para o outro.

— Estou confuso. Tem certeza de que vocês são *amigos?*

Alex levanta o queixo.

— Onze horas.

— *Quê?* — Simon se vira. — *Merda,* o Brian está vindo aqui — diz ele entredentes. — *Tenho que vazar, tenho que vazar.*

E tapa o rosto com a mão antes de sair com tudo para outra direção.

No momento em que ele some, me viro para Alex, que está analisando a multidão, à procura de alguém. Então ela me olha e fala:

— Não fica nervoso assim, Eric.

— Dá pra perceber?

Alex coloca a mão no meu ombro.

— Só tenta se divertir. Vai que o seu futuro marido rico está aqui também.

— Pois é.

— Acho que é bom ter metas de vida — sussurra ela no meu ouvido. — O importante é manifestar. Jogar pro universo, sabe? É só ter certeza do que a gente *quer*.

Fico pensativo. *O que será que eu quero hoje à noite?*

— Te vejo daqui a pouco — diz ela com uma piscadela, antes de se virar de novo e ajustar a alça do vestido. — Partiu encontrar alguém pra pagar as mensalidades atrasadas da faculdade.

Alex solta um suspiro meditativo e fecha os olhos, parecendo se preparar para entrar no personagem. E então se afasta, com uma das mãos segurando o ombro e olhando em volta como se estivesse perdida em uma floresta encantada. Leva apenas um minuto para algum sujeito no maior estilo príncipe de conto de fadas aparecer e lhe oferecer uma ajuda.

E aí resto só eu.

Respiro fundo de novo e suspiro. Se soubesse que iria acabar sozinho, era bem provável que eu tivesse recusado o convite. Dou mais uma olhada pelo salão. Para onde será que vou primeiro? No canto, há um open bar com uma fila de gente esperando por bebidas. Outro grupo chega pela porta atrás de mim. Acho que eu deveria sair da entrada. O lugar é ainda maior do que parece. Há uma escada em espiral que leva para um segundo andar. Quantas pessoas será que moram aqui? Um garçom passa carregando uma bandeja de mini rolinhos de salsicha. Pego um e vago rumo ao que parece uma biblioteca, um cômodo de paredes revestidas por livros.

Há algumas pessoas bebendo champanhe ao lado de um piano de cauda. Se eu conhecesse a música, talvez pudesse me juntar ao papo. Todo mundo parece pelo menos alguns anos mais velho do que eu. Há um pequeno grupo socializando perto da estante. Acho que reconheço alguns do teatro. Talvez me reconheçam também, porque uma mulher de vestido verde esmeralda sorri para mim e pergunta:

— Tá bom isso aí?

— Acho que é vegano — respondo.

Ela assente.

— Bom saber. Meu nome é Ariella. A gente se conhece?

Levo um segundo para identificar o rosto. Ela foi à bilheteria um dia desses pedir ingressos reservados para o elenco. Mas Simon foi bem categórico quando mandou não mencionarmos que trabalhamos lá. Então meneio a cabeça e falo:

— Acredito que não. Meu nome é Eric.

— Encantada — diz ela, e oferece a mão. — E quem do espetáculo você conhece?

Penso em como responder.

— Hã, Angelina.

— Que graça. Você é um dos alunos dela?

— Não exatamente. Eu meio que trabalho pra ela — respondo vagamente.

— Quem mais você conhece aqui?

— Ninguém, na verdade...

A mulher assente.

— Entendi.

Fica óbvio que nosso papo a deixa entediada, porque ela dá uma olhada no recinto e declara:

— Me dá uma licencinha que vou ver um amigo meu.

E se afasta antes que eu possa continuar a conversa. Talvez ela tivesse ficado mais um pouquinho se eu falasse que era neto de Andrew Lloyd Webber ou algo do tipo.

Vinte minutos depois, estou no banheiro. Pelo menos é legal aqui. Há arte na parede e a pia é feita de vidro soprado. Lavo as mãos e as seco com uma toalha chique. Então encaro meu reflexo no espelho. Talvez eu devesse beber alguma coisa para me soltar um pouco. Mas isso nunca acaba bem para mim. O que será que Haru está fazendo agora? Queria ter ficado esperando por ele na frente do teatro em vez de ter vindo para cá.

De repente, alguém bate na porta.

— Tem gente — grito.

Outra batida.

— Eu falei que *tem gente*.

E então ouço a voz de Alex.

— *É você, Eric? Abre aí.*

Destranco a maçaneta. Alex entra segurando um drinque. Ela dá uma olhada no banheiro e comenta:

— É do tamanho da minha quitinete. O que você está fazendo aqui?

Me recosto na pia e suspiro.

— Fazendo uma pausa da festa…

Alex franze o cenho.

— Não está se divertindo?

— É que eu não conheço ninguém — respondo.

— E nem vai conhecer se passar a noite inteira aqui. — Ela coloca a bebida na bancada e, com carinho, me segura pelos ombros. — Quer saber? Acho que a gente devia te dar uma meta. — A maquiagem brilha em suas pálpebras. — Algo que você precisa fazer até o fim da noite.

— Que tipo de meta?

Alex bate o dedo no queixo, reflexiva.

— Você vai ter que pedir o número de alguém. É simples. Nem precisa ser em um contexto de paquera. O importante é você conhecer alguém novo.

Só de pensar nisso já fico ansioso. Não sou muito bom com esse tipo de coisa.

— E se a pessoa disser que não? — pergunto.

Ela me dá um apertãozinho.

— O objetivo é você sair do casulo e perguntar mesmo assim. Tem ideia de como você é gato? O resultado pode te surpreender.

Penso a respeito.

— Acho que posso tentar.

— *Eu acredito em você* — diz Alex, e aperta meus ombros de novo. — Agora, por favor, sai daqui. Preciso mesmo fazer xixi.

— Ah, foi mal.

— Boa sorte…

Ela tranca a porta atrás de mim. Fico parado no corredor por um instante. Então me recomponho e volto para a multidão. Queria ser naturalmente sociável como Alex e Simon. Juro que tem mais gente aqui do que meia hora atrás. Talvez seja a jaqueta, mas está ficando abafado. Há uma porta de vidro que abre para o que parece ser um terraço. Vou para lá e respiro o ar gélido.

Por algum motivo, não há mais ninguém aqui fora. Vago rumo ao parapeito e observo o rio. Esqueci como é alto aqui em cima. Fecho os olhos um pouquinho enquanto deixo a brisa fria me acalmar.

Passos se aproximam. Alguém se apoia no parapeito ao meu lado.

Por um segundo, fico com a impressão de que é Haru. Mas viro a cabeça e vejo alguém que não reconheço.

— Vista boa — diz o rapaz, sem olhar para mim.

— Pois é.

— Mas meio gelado.

Eu o contemplo por um momento. Seu cabelo preto está para o lado, quase como se tivesse sido despenteado pelo vento. Ele veste um paletó cor de creme que combina discretamente com a mobília do apartamento. Um relógio prateado reluz em seu punho. Parece alguns anos mais velho do que eu, com uma silhueta de perfil saída diretamente de um comercial de perfume masculino.

O rapaz vira a cabeça.

— Você mora em Chicago?

Meu cérebro leva um tempinho para responder.

— Aham, sou daqui. E você?

— Me mudei pra cá faz um ano — responde o sujeito, e volta a observar a vista. — Então tudo ainda é novidade pra mim.

— Veio de onde?

— Manhattan.

— Ah, acho que dá pra perceber.

Ele dá uma risada.

— É mesmo? — O rapaz se vira para mim e estende a mão. — A gente não se conheceu oficialmente, né? Meu nome é Christian.

— O meu é Eric.

Sua pegada é firme.

— Acho que nunca te vi por aí. Você veio com alguém?

— Com uns amigos — respondo, olhando de volta para a porta lá atrás. — Os dois estão em algum lugar lá dentro. E você?

— Conheço um ou outro aqui — diz ele casualmente.

Christian se vira de novo para o parapeito e volta a olhar para longe. Há um instante de silêncio enquanto fico ao seu lado, observando a vista também. Dá para ver Riverwalk daqui, os barcos passando pela água.

—Aquele é o meu restaurante favorito — conta ele.

— Qual?

Christian aponta para um terraço mais embaixo.

—Aquele com os guarda-chuvas. Bem na margem do rio.

— Nunca fui lá.

— Os drinques são uma delícia.

A música fica mais alta atrás de nós. Damos uma olhada para a porta e depois um para o outro.

— Pelo visto a banda chegou — comenta Christian. — Vamos lá pra dentro?

Penso a respeito.

—Acho que vou ficar mais um pouquinho aqui fora.

— Não gostou da cobertura?

Cobertura. Então por isso o c no elevador.

— Que nada, é incrível. Muito maior do que eu esperava. Mas, pra falar a verdade, não faz muito o meu estilo.

— Do que você não gostou?

Me inclino um pouco na direção dele.

— Cá entre nós, a decoração é meio cafona. Ainda mais com tanto dourado assim.

— Você não curte dourado?

— É legal com moderação — digo, dando de ombros. — Mas aqui já forçaram a barra. Ainda mais com aquela estátua perto da escada.

Christian franze o cenho.

— Eu adoro aquela estátua. Trouxe comigo lá de Nova York.

Meu cérebro trava completamente.

— Espera aí, o apartamento é *seu?*

Ele assente.

— Infelizmente, sim.

— Ai, meu deus do céu. Me *desculpa* mesmo. Eu não sabia que...

Christian levanta a mão.

— Eric, relaxa... eu não me ofendi — declara ele, com uma risada. — Talvez só tirando a parte em que você me chamou de *cafona.*

— Não foi isso que eu quis dizer... — começo a me justificar.

— *Brincadeira.* — Christian me interrompe de novo. — Você pode me chamar do que quiser. — Por um instante, ele volta a olhar para o apartamento. — Sendo bem sincero contigo, te agradeço pela honestidade. Às vezes acho que tem gente que só fala o que eu quero ouvir.

— Então você não vai me expulsar?

— Ainda estou me decidindo — responde ele, com um sorrisinho.

Ouvimos uma salva de palmas. Christian dá uma olhada no relógio.

— Acho que é melhor eu entrar. Mas estou feliz que a gente conseguiu conversar um pouquinho.

— Eu também.

Antes de ir, ele tira uma coisa do bolso. É o celular. E entrega o aparelho para mim.

— Aqui... põe o seu número.

Não é um pedido. É simplesmente uma afirmação.

— Hã, tá bom.

Christian guarda o telefone de novo e me olha pela última vez.

— Gostei da jaqueta, viu — diz, assentindo. — Te vejo por aí.

E então ele passa pela porta e desaparece apartamento adentro.

Levo um momento para processar o que aconteceu. Isso significa que ele quer me ver de novo, né? Tipo, por qual outro motivo o cara pediria meu número? Mas eu também já entendi esse tipo de coisa errado. Tenho certeza de que Christian só estava sendo simpático. Provavelmente não vai nem se lembrar de ter me conhecido hoje à noite. Pelo menos essa interação vai valer para a meta que Alex me deu.

Fico mais alguns minutos no terraço. Depois volto para dentro para procurar meus amigos. As luzes esmaeceram, e feixes de azul suavizam o ambiente enquanto atravesso a multidão. Uma música lenta começou a tocar, o que mudou o clima da festa. Algumas pessoas se juntaram em pares e estão com os olhares fixos um no outro. Tento não esbarrar nelas. Dançar assim devagar nunca foi a minha praia. É algo que me desperta uma lembrança específica e me preenche de solidão. Sei que ainda é meio cedo para uma noite de sábado, mas não estou com vontade de continuar aqui, esperando que alguém venha conversar comigo. Ainda mais quando não consigo encontrar Simon e Alex.

Saio pela porta e pego o elevador até o térreo. O ar está levemente gelado quando chego do lado de fora. Enquanto pego a calçada, vejo alguém na esquina, olhando o trânsito. É só no instante em que a pessoa se vira que percebo que é…

— Haru… o que você está fazendo aqui?

— Só estou dando uma caminhada — responde, ajeitando o cabelo para trás. Ele veste uma jaqueta xadrez e calça cinza-escura. — Não esperava que fosse te encontrar. — Haru abre um sorrisinho e olha para minhas roupas. — Parece que você está indo pra uma festa.

— Acabei de sair de uma — conto.

Se soubesse que ele estava aqui, teria saído mais cedo.

Haru finge conferir a hora.

— Cedo assim? Deve ter sido chata.

Suspiro.

— É que não fazia muito o meu estilo. Só isso.

— E agora, você está indo pra onde?

— Acho que pra casa — respondo, colocando as mãos nos bolsos. — Pode vir comigo, se quiser. A gente assiste a um filme ou algo assim.

— E desperdiçar esse seu look? — Ele dá uma olhada em volta e continua: — É sábado à noite. Não quer fazer nada?

— Tipo o quê?

Haru coça o queixo.

— Algo espontâneo.

Se fosse qualquer outra noite, eu estaria disposto a roubar mais um barco com ele. Mas não estou muito legal no momento.

— Tá bom. Então eu vou espontaneamente para casa — anuncio.

E saio andando, na esperança de que Haru vá me seguir.

— *Eric.*

— Desculpa, não posso parar. Estou ficando sem bateria.

Ele suspira atrás de mim. Em seguida vai para a rua, o que me força a me virar.

— Espera aí, pra onde você está indo? — pergunto.

Mas Haru me ignora e deita no meio do asfalto.

— *Está tentando ser atropelado, é?*

Olho para cima e para baixo, vendo se há algum carro vindo. Depois corro para ajudá-lo, só que ele continua imóvel, com os braços ao lado do corpo. O poste de luz pisca. Levo um segundo para perceber do que se trata. É uma cena de outro filme.

Suspiro de novo.

— Você sabe que não é o Ryan Gosling, né?

Haru não fala nada, mas dá um tapinha no chão como se fosse um assento vago. Olho de novo pela rua.

— Tá bom, beleza.

Então tiro a jaqueta e me deito ao seu lado. Ele abre um sorriso e permanecemos ali por um momento.

— Pode ser que venha um carro a qualquer segundo — digo.

— Nada de ruim vai acontecer — garante Haru, e descansa as mãos sobre a barriga. — Prometo.

Eu o encaro.

— Como você pode prometer uma coisa dessa?

— Você só tem que confiar em mim.

Penso a respeito.

— Tá bom… estou confiando.

Juntos, ficamos observando o céu. Por um segundo, aprecio o silêncio da noite. Mas então faróis iluminam a rua, seguidos pelo barulho de um carro vindo em nossa direção. Haru e eu nos levantamos em um pulo e saímos do caminho bem quando o veículo passa a mil por hora, buzinando furiosamente. Meu coração retumba feito um tambor, mas, por algum motivo, não consigo parar de rir. Deve ser o barato da adrenalina que estou sentindo dos pés à cabeça.

— Foi por pouco! — exclamo, ofegante.

— Eu disse que você podia confiar em mim.

Ele dá aquele sorrisinho familiar, e depois estende a mão.

— A cena ainda não acabou.

— Você não está falando sério…

Mas Haru continua com a mão estendida. Hesito antes de deixá-lo me guiar de volta para o meio da rua. Ele posiciona uma das mãos na lateral do meu corpo e me puxa para perto. No início, é um pouco constrangedor. Conforme continuamos nossa dança, uma música começa a tocar. É jazz, e parece ressoar de um rádio velho. Mas não consigo ver de onde está vindo. Será que Haru ouve também?

Descanso a cabeça em seu peito.

— Que coisa boa — digo.

— E você queria ir embora — sussurra ele.

Abro outro sorriso, e então o encaro.

— Posso te contar um segredo?

— O que foi?

— Nunca dancei com ninguém antes.

— Nem em um baile da escola?

Meneio a cabeça.

— Não. Mas teve uma vez em que quase dancei.

Haru olha para mim.

— O que aconteceu?

— É uma história que não me faz muito bem.

Ele me puxa um pouquinho mais para perto e murmura:

— Não precisa me contar hoje. Mas é uma honra pra mim ser o seu primeiro.

Continuamos a dançar em silêncio. Nem um único carro passa para nos interromper. É como se fôssemos as únicas duas pessoas acordadas na cidade. Mas há algo que preciso perguntar.

— Haru… de onde está vindo a música?

Ele inclina a cabeça, escutando.

— Faz diferença?

Nem preciso pensar a respeito. Já sei minha resposta.

— Não. Não faz.

Mantenho a cabeça em seu peito, desejando que a canção dure a noite toda. Por um breve instante, penso em outra coisa: se alguém passasse por essa rua, o que veria? Talvez essa resposta também não faça diferença. Porque consigo senti-lo aqui comigo.

TREZE

ONZE MESES ANTES

Faróis irrompem pela janela da cozinha. Fico virando a cabeça e me perguntando se é ele.

— Dá pra parar de se mexer? Tô tentando fazer o nó.

— Eu preciso mesmo usar isso aqui?

— Já te falei que combina com a sua camisa — responde Jasmine.

Daniel deve chegar a qualquer instante. É o baile de volta às aulas do último ano do ensino médio. Nunca fui nesses eventos da escola. Minha irmã veio passar o fim de semana em casa para me ajudar a me arrumar. Ela aperta o nó da gravata de papai e ajeita meu colarinho.

— Pronto — anuncia.

Dou uma olhada no celular.

— Eu sabia que ele ia se atrasar.

— Os outros estão esperando no restaurante?

— Não, é só a gente.

Jaz sorri.

— Que bom que vocês voltaram a se falar.

Daniel e eu andamos meio afastados. As coisas mudaram desde que o vi beijando Leighton naquela festa algumas semanas atrás. Os dois oficializaram o namoro recentemente com um story no Instagram. Pensei que fosse passar um tempo sem notícias dele, mas recebi uma mensagem um dia desses perguntando se eu aceitaria ser seu par esta noite. Leighton foi passar o fim de semana na Flórida com a família. Sei que vamos apenas como amigos, mas não consigo evitar criar a expectativa de que talvez algo a mais possa acontecer. Talvez seja a minha chance de mostrar que nascemos um para o outro.

Mando outra mensagem para ele.

avisa quando sair

Pego um copo d'água e vou para a sala de estar. Faróis irrompem pela janela, mas é só o carro do vizinho de novo. Me sento no sofá e fico esperando Daniel. Era para ele ter chegado às sete horas. Trinta minutos atrás. A certa altura, Jasmine vem dar uma olhada em mim.

— Ele já está chegando?

— Deve estar no caminho — respondo.

Ela fica mais um pouco comigo antes de voltar para o quarto. Não paro de conferir o celular, na expectativa de receber uma mensagem com uma previsão de chegada. É para a mãe de Daniel nos levar de carro hoje. Ele falou que ela queria tirar umas fotos da gente juntos, o que é fofo. Devem ter parado em algum lugar no caminho.

Olho pela janela e me sento de novo. Por que será que ele não disse nada ainda? Vamos perder nossa reserva no restaurante. Chega uma hora em que vou para a rua esperar na varanda. Está friozinho. Mas nem me dou ao trabalho de voltar lá para dentro para pegar uma jaqueta. Ele vai chegar a qualquer momento. Só fico sentado na escadinha até Jasmine vir atrás de mim.

— Por que ele está demorando tanto? — pergunta minha irmã.

— Ele só se atrasou.

— Você devia tentar ligar.

A última mensagem que recebi foi algumas horas atrás. Talvez Daniel tenha caído no sono ou algo do tipo. Espero Jasmine voltar para dentro de casa antes de telefonar. A ligação chama, mas ninguém atende. Tento mais algumas vezes, mas continua caindo na caixa postal. Uma dezena de possibilidades passa pela minha cabeça. E se Leighton tiver voltado de surpresa? E se os dois foram juntos? Enquanto minha mente está a mil, ouço uma música no piano vindo lá de dentro. Jasmine deve estar ensaiando no quarto de novo. Ouvi-la tocar costuma me relaxar um pouco. Mas o tempo continua a passar e Daniel ainda não apareceu.

Entro e volto para o sofá. Como é que ele me deixa esperando tanto assim? Beleza, eu entendo que não estamos cem por cento de bem, mas continuamos sendo melhores amigos. Com certeza Daniel sabe como eu estava empolgado com o baile. O mínimo que poderia fazer era me avisar caso tivesse mudado de ideia. Estou prestes a ligar de novo quando o piano para. A casa fica quieta por um instante. Alguém deve ter ligado para Jasmine, porque dá para ouvi-la falando baixinho de seu quarto.

Por algum motivo, estou com uma sensação esquisita na boca do estômago. Não sei bem como explicar. Um minuto depois, minha irmã vem para a sala de estar. Há um longo momento de silêncio durante o qual ela fica ali parada, com o celular contra o peito. O olhar em seu rosto me deixa com a impressão de que há algo de errado.

— O que foi? — pergunto.

— A mãe me ligou agora — responde minha irmã, sem aumentar o tom de voz. — Ela acabou de falar com o pai do Daniel.

— O que ele falou?

Jasmine não responde de imediato.

— Teve um acidente. Alguém bateu no carro deles mais cedo…

— Você está falando do Daniel? Ele está bem?

— Não sei direito.

— Como assim não sabe direito?

Ela não explica, e então me levanto na mesma hora.

— *Onde ele está agora?* Vou atrás dele.

Meu coração acelera enquanto procuro as chaves. Mas minha irmã vem até o sofá e me faz sentar de novo. Ela se ajoelha ao meu lado, pega minhas mãos e, com calma, diz:

— Preciso que você me escute, tá bom? Não sei como te falar isso, mas a condição do Daniel não é das melhores no momento. — Jasmine engole em seco. — Não sabem se ele vai sobreviver.

Meu corpo fica imóvel por um instante. Devo ter entendido errado. Mas o que vejo nos olhos dela me deixa ainda mais assustado. Isso só pode ser um enorme mal-entendido.

— Do que você está falando? Ele me mandou mensagem umas horas atrás.

— Só estou te contando o que me disseram.

— Então onde ele está?

— Não sei.

Me levanto de novo do sofá.

— Pra onde você está indo…

— Preciso achar ele.

— Eric, volta aqui…

Jasmine tenta me segurar, mas eu me afasto e abro a porta da frente com tudo. Minhas mãos estão tremendo quando vou para o lado de fora, na esperança de ver o carro de Daniel estacionado na calçada. De que tudo isso seja só uma pegadinha. Mas a rua está completamente vazia. Quando dou por mim, saio correndo e quase tropeço no gramado. A camisa aperta meus ombros enquanto disparo pelo quarteirão. Não estou nem aí se o hospital fica a mais de onze quilômetros daqui. Eu é que não vou esperar meu pai e minha mãe chegarem com o carro. Preciso encontrar Daniel imediatamente. Ele deve estar com tanto medo agora. Tenho que me certificar de que meu melhor amigo está bem. Era para termos nossa primeira dança juntos hoje. De jeito nenhum que ele me deixaria desse jeito. Ainda mais depois daquela briga. Eu nunca pedi desculpas de verdade.

Meu coração martela enquanto viro a esquina. Estou correndo tão rápido que não vejo a calçada a tempo, e meu corpo desaba no chão. Há um borrão de luz, seguido por uma dor tenebrosa que se espalha por toda parte. Devo ter batido a cabeça ou algo assim, porque tudo o que sinto é um desconforto no crânio quando Jasmine aparece ao meu lado.

— *Eu estou aqui. Vai ficar tudo bem...*

Sua voz é a última coisa que escuto antes de fechar os olhos, e então tudo fica escuro de novo.

Queria ter chegado até você a tempo. Queria que a gente pudesse ter dançado junto.

CATORZE

O envelope tremula na minha mão quando o trem chega com um estrondo. É uma manhã fria em Chicago, e lufadas de vento sopram pelo túnel. Estou na plataforma, olhando para a carta que ainda não abri. Jasmine mandou outra hoje de manhã. Sempre deduzi que, a essa altura, eu já não receberia mais nenhuma. Não nos vemos desde quando ela passou aqui para almoçar há algumas semanas. Sei que minha irmã anda ocupada com a música e tudo o mais, mas é difícil fingir que não fiquei incomodado. Ela ainda nem me contou quando vai partir. Será que o objetivo das cartas é compensar isso?

Jasmine costumava me ligar todo dia. Quando Daniel morreu, ela fazia o possível e o impossível para vir todo fim de semana me reconfortar. Eu ficava deitado em sua cama enquanto a ouvia tocar piano para me ajudar a melhorar. Só que agora minha irmã raramente vem. Tudo o que me resta são cartas que chegam de vez em quando. Por um instante, contemplo a ideia de jogá-la no lixo aqui do lado. Mas não jogo, já que prometi que em algum momento eu as leria. Guardo o envelope de volta no bolso e subo as escadas.

As ruas estão quietas nesta manhã. Me demoro fora do teatro por um instante e fico vendo os carros passando pela rua. Há outra coisa no meu bolso. Uma rosa de papel que encontrei na minha escrivaninha hoje cedo. Haru a deixou lá antes de desaparecer ontem à noite. Por algum motivo, ainda mantenho a esperança de que ele vai estar comigo quando eu acordar. Achar que as coisas serão diferentes dessa vez me ajuda a dormir. Mas tudo o que me resta é um pedaço de folha dobrada. Pelo menos sei que significa que Haru vai me encontrar de novo. Espero vê-lo de noite. Seguro a rosa e entro no teatro.

Simon e Alex estão na bilheteria, dividindo um pacote de salgadinho picante. Seus olhos me seguem até a bancada enquanto organizo minhas coisas.

Simon pigarreia na minha direção.

— E pra onde você foi ontem à noite?

— Como assim?

— Você saiu sem se despedir — explica Alex. — A gente te procurou por toda parte.

— *A gente?!* — exclama Simon, cruzando as pernas. — Sendo bem sincero, eu mal percebi o seu sumiço. Você saiu de lá com alguém?

Ele levanta as sobrancelhas para mim.

— Não, só fui embora.

Simon suspira.

— *Chato.*

Alex se inclina para a frente e me encara, curiosa.

— Se divertiu, pelo menos?

Penso na festa.

— Até que sim.

Ela pisca para mim.

— Como assim *"até que sim"*?

— Teve um cara que pediu o meu número — conto. — Mas eu não pedi o dele, então não sei vale pra minha meta.

— Claro que vale.

Simon bufa.

— Erro de principiante. Você provavelmente nunca mais vai ouvir falar dele, então nem se anima muito, não.

Alex lhe dá um tapinha no ombro.

— Você não tem como saber. Foi ele que pediu o seu telefone, não foi? Quer dizer que ele se interessou por você.

Abro um sorriso.

— Você acha mesmo?

Ela assente.

— Claro que sim. Qual o nome do cara?

Minha mente volta ao terraço, à imagem do sujeito de paletó.

— Era Christian — respondo.

Simon e Alex trocam um olhar. E então, bem devagarinho, ele pergunta:

— Você está falando do Christian *Chan?*

— Ele não me falou o sobrenome. Mas contou que era o dono do apartamento.

Simon arregala os olhos.

— *Eric...* você sabe quem ele é, né?

— Na verdade, não sei, não — admito.

Alex se inclina para a frente.

— Eric, ele é o protagonista do espetáculo. Como você não sabe de uma coisa dessas? O cara é, tipo, meio que superimportante aqui.

— *Meio?!* — exclama Simon. — Todo mundo é obcecado pelo Christian. Do que foi que vocês dois falaram? — Ele agarra meus ombros. — Conta *tudo.*

— Ele só perguntou de onde eu era — respondo. — E não mandou mensagem até agora, então não deve nem se lembrar de mim.

— Ninguém *nunca* manda mensagem no dia seguinte porque parece desespero — explica Alex. — Tem a regra dos três dias. Então pode ser que logo mais ele te chame. Mas vai saber se esse tipo de regra se aplica a gente com a reputação dele.

— Que reputação?

Alex comprime os lábios e olha para o amigo, como se estivesse repassando a pergunta.

Simon se recosta na bancada e, com a voz baixa, responde:

— Se você quiser mesmo saber, eu ouvi umas *coisinhas* a respeito dele.

— Tipo o quê?

— Vamos só dizer que ele tem um certo *tipo*, no qual você não se encaixa muito bem — diz Simon vagamente enquanto me olha de cima a baixo.

Eu o encaro.

— E que tipo é esse?

Ele meneia a cabeça.

— Olha, esquece. Nem sei se é verdade.

— Conta logo — peço.

— Não.

— Por que não?

— Porque deve ser só boato — explica Simon, com um gesto de "deixa para lá". — Então vamos só esquecer essa história, tá bom?

Antes que eu possa insistir no assunto, o telefone toca. Simon atende de imediato, o que coloca um ponto final na conversa. Por que será que ele só não fala de uma vez? Mas talvez nem faça diferença. Provavelmente nunca mais vou ver esse tal de Christian de novo. Me sento na bancada e coloco minha bolsa no chão. Alex aparece ao meu lado, dá uma olhada nas minhas coisas e pergunta:

— Você foi fazer compras de novo?

— É a jaqueta de ontem. Eu ia devolver depois do trabalho.

— Mas ficou tão bonita em você — comenta Alex, e pega a peça. — Já pensou em ficar com ela? Pode ser um investimento.

— São trezentos dólares.

— Pois é, mas se você usar trezentas vezes aí fica só um dólar por vez. É matemática básica. E quando foi a última vez que você se deu um mimo?

— É que trezentos dólares nem tem como justificar…

— Usa pelo menos mais *uma vez*, então.

— Não tenho mais nenhuma festa em cobertura na agenda.

— Então arranja alguma. O negócio é jogar pro universo, lembra?

Ela dá um sorriso, me devolve a jaqueta e se senta ao meu lado.

Penso na festa de ontem à noite. Eu fiquei mais confiante, sim, usando essa jaqueta. O tecido é suave ao toque, diferente de todas as outras roupas que tenho em casa. Bem que eu queria ter condições de ficar com ela, mas, dentre outras coisas, estou tentando economizar para a faculdade. Então a devolvo à sacola, que empurro para baixo do balcão enquanto uma fila começa a se formar.

Choveu a tarde inteira, mas as calçadas estão quase todas secas quando meu turno termina. Primeiro de tudo, confiro se ele está me esperando lá fora. Eu estava torcendo para que pudéssemos passar mais tempo juntos. Mas não há ninguém parado sob a marquise. Talvez não venha hoje. Então dou uma olhada para o outro lado da rua.

— *Haru!*

De braços cruzados, ele está recostado contra a placa da faixa de pedestres. Eu estava sentindo que ele estaria por perto. Seus lábios se curvam em um sorriso quando atravesso a rua.

— Cheguei bem na hora — diz Haru, e me envolve em um abraço. Depois, olha para a sacola na minha mão. — Trouxe um presente pra mim?

— Não, é só uma jaqueta que eu comprei — respondo, e pego a peça para mostrá-la. — É aquela de ontem à noite.

— Como eu ia esquecer? Você estava impecável.

— Mas vou devolver, na verdade.

Haru franze o cenho.

— Seria um desserviço pro mundo.

— É cara demais — explico, com uma risada. Vê-lo é sempre um alívio. Como a chuva durante a época de seca. — Quanto tempo você ficou aqui me esperando?

— Não muito — fala ele, colocando as mãos nos bolsos.

— Você chegou na hora certa. Já planejei o resto do nosso dia.

— Pra onde a gente vai?

— Eu estava pensando em assistir a um filme no Millennium Park. A gente podia pegar alguma coisa pra comer no caminho. Se você gostar da ideia.

Abro um sorriso.

— É um encontro perfeito pra mim.

— É um encontro, então?

Haru pega a sacola e entrelaça os dedos nos meus. A forma como nossas mãos se encaixam parece tão natural. Fiapos de luz cintilam lá em cima enquanto seguimos pela rua. Quando viramos a esquina, meu celular vibra no bolso. Há uma mensagem, mas de um número desconhecido. Abro mesmo assim.

> o que você vai fazer hoje?
> Christian aqui

Solto a mão de Haru e quase deixo o telefone cair.

— *Ai, meu deus, ele me chamou.*

Haru me olha.

— Quem?

— Uma pessoa que eu conheci ontem — explico. — Pensei que nem fosse se lembrar de mim.

— O que ele falou?

— Quer saber o que eu vou fazer hoje à noite.

Levo um momento para pensar no que digitar.

> oi! acabei de sair do trabalho
> e você?

Christian responde quase imediatamente.

> tô saindo pra beber alguma coisa
> você devia vir

Mando:

> tipo agora *agora*?

Alguns segundos depois, ele manda a localização de um restaurante em River North. Abro o endereço no celular. Será que é aquele lugar que Christian apontou do terraço ontem?

Recebo outra mensagem.

tô indo daqui a pouco
tomara que eu te veja lá

Me viro para Haru.

— Ele quer me encontrar.

— Quando?

— Agora, pelo visto.

Um instante de silêncio se passa.

— E você quer ir?

Hesito. Eu estava empolgado para passar mais tempo com Haru, mas não esperava receber essa mensagem de Christian. Não é sempre que um cara assim pede para me ver de novo. E se eu não tiver uma segunda chance? Haru e eu podemos ver o filme outra noite, né? Me viro para ele e digo:

— Tem filme no parque a semana inteira. Quem sabe a gente deixa pra ir lá amanhã. Quer dizer, se você não se importar.

Haru me encara por um momento. Então dá de ombros.

— Beleza. Faz o que você quiser.

— Você não vai ficar chateado?

— Eu é que não vou te impedir.

— Tá bom… então.

Mando outra mensagem para Christian.

parece uma boa
daqui a pouco chego lá!

Semáforos piscam ao nosso redor. Olho para Haru de novo.

— Prometo me redimir. E se a gente se ver depois que o filme terminar?

Ele sorri.

— Se divirta.

Em seguida, entra em uma rua e se afasta andando. Grito um tchau, mas Haru nem olha para trás. Não costumo cancelar os planos desse jeito, mas vai saber quando Christian vai me convidar para sair de novo? Deixo minhas coisas no teatro antes de partir para a estação de trem. Outra hora eu devolvo a jaqueta.

A Linha Vermelha me deixa em North River. O bar fica no terraço do hotel London House, localizado a poucos quarteirões do prédio de Christian. Ele manda outra mensagem para avisar que já entrou. Ainda não dá para acreditar que esse cara quer me ver mais uma vez. Tipo, nós interagimos por bem pouco tempo. E se ele me confundiu com outra pessoa que conheceu na festa? Afasto esse pensamento enquanto embarco no elevador. As portas se abrem para o vigésimo primeiro andar, onde há alguém tocando piano em um canto.

Queria ter trazido a jaqueta. Todo mundo está vestido como se tivesse vindo do country club. Sigo para o bar à procura do terraço. Christian está sentado sozinho, imaculado em uma camisa bege. Ele me nota quando chego ali fora e se levanta.

— Você me achou — diz, e abre espaço para mim no sofá de rattan. — Que bom que conseguiu vir.

— Eu estava por perto. — Me sento ao seu lado. A mesa me faz lembrar dos móveis da área externa do apartamento dele. O parapeito de vidro que circunda toda a extensão do terraço oferece uma vista estonteante do rio. — Então esse é o lugar de que você me falou.

Christian abre um sorriso.

— Não seria justo eu ter elogiado tanto esse restaurante sabendo que você nunca tinha vindo aqui. — Ele pega o cardápio e me entrega. — Tomara que não tenha jantado ainda. Passei o dia inteiro morrendo de vontade de comer ostra. Você gosta?

— Estou disposto a experimentar.

Olho as opções e fico de olhos arregalados pelos preços. Christian deve ter percebido, porque sorri e me tranquiliza:

— Não se preocupa, pode pedir o que quiser.

— Hum… tá bom.

— Vou admitir que a seleção de vinhos podia ser melhor. Eu estava pensando em pegar uma garrafa de alguma coisa, caso você tenha alguma preferência.

— É que eu acabei de fazer dezenove anos, na verdade — admito.

Ele dá uma risadinha e se inclina na minha direção.

— Nunca pedem identidade aqui. Você devia pedir um dos drinques. Todos são gostosos.

— Tá bom… O que você recomenda?

Quando o garçom chega, Christian faz o pedido por nós dois. Uma dúzia de ostras e algumas vieiras para começar. A sensação de engolir as ostras é esquisita, mas o gosto não é tão ruim quanto eu esperava. A conversa é boa. Christian fez vinte e três anos alguns meses atrás. Se formou no Curso de Teatro de Yale. Quando pergunta a respeito da minha educação, penso em mentir. Não seria uma mentira cabeluda se eu dissesse que frequento o Instituto de Arte, já que basicamente trabalho no fim da mesma rua. Mas, apesar do conselho de Simon e Alex, decido ser sincero.

— Eu trabalho na bilheteria, na verdade.

— Eu sei — diz Christian, como se não fosse nada de mais.

— Sabe?

— Era pra ser segredo? — Ele sorri e beberica o drinque. — Pelo que fiquei sabendo, você é o novato de lá. Ouvi falar que caiu nas graças daquele pessoal com quem você foi na festa. Tomara que não tenha nada a ver com o infame bolo desaparecido.

Quase engasgo com o pão.

— Juro que a ideia não foi minha.

Christian ri.

— Relaxa. A gente pediu outro.

— Que bom que você não se importa — digo.

— Claro que não. Eu prefiro bolo de chocolate.

— Não, estou falando do fato de que trabalho na bilheteria.

Ele dá de ombros.

— E por que eu me importaria?

Abro um sorrisinho discreto. Talvez os boatos que Simon ouviu estejam errados. O garçom traz o restante da nossa comida, junto com uma garrafa de vinho. Não sou muito de beber, mas quero que Christian goste de mim, então deixo que me sirva uma taça. Dividimos tiramisu e crème brûlée de sobremesa. Encaro o rio e fico vendo um barco passar. Christian deve ter percebido, porque pergunta:

— Você já navegou alguma vez?

Penso na noite em que Haru e eu demos uma voltinha na água.

— Já andei de barco, mas nunca em algo daquele tipo.

Seus lábios se curvam em um sorriso.

— Quer ir?

Há um iate de dois andares atracado na doca a alguns quarteirões do hotel. Pertence a um amigo de Christian de Yale que, por acaso, está dando uma festinha hoje à noite. Alguém me oferece uma taça de champanhe enquanto subo os degraus da popa atrás de Christian. Antes que eu perceba, estamos navegando. O vento está um tanto forte. Ele deve ter me visto tremendo um pouquinho, porque coloca sua jaqueta sobre meus ombros.

— É da Valentino — diz.

O couro tem cheiro de baunilha e almíscar. Não tiro o casaco pelo resto da noite. Da água, a vista do Navy Pier é maravilhosa. Em dado momento, o amigo de Christian até me deixa segurar o leme.

Voltamos à doca algumas horas mais tarde. Assim que chegamos na calçada, Christian se vira para mim e pergunta:

— Quer ir lá pra casa?

— Você vai dar outra festa? — pergunto, o que lhe arranca um sorriso.

— Eu estava pensando em algo mais sossegado. Só nós dois.

— Ah…

Encaro a água enquanto penso a respeito. Muito embora eu tenha curtido o tempo que passamos juntos, não tenho certeza de que estou pronto para ir mais longe.

— Outra noite, quem sabe — sugiro. — Tenho que acordar cedo pra trabalhar amanhã.

Ainda bem que ele não força a barra.

— Claro — responde, gentil. E então pega o celular. — Deixa eu chamar um carro pra você.

— Não precisa… — começo a dizer.

Christian ergue a mão por um instante.

— Já está vindo — anuncia, e devolve o aparelho ao bolso. — Deve chegar daqui uns minutos.

— Ah, obrigado.

Ele me acompanha até onde o carro vai me buscar e espera comigo.

— Espero que tenha gostado da noite.

— Aham, eu me diverti muito — respondo.

— Que bom — diz Christian, e se inclina um pouquinho na minha direção. — Porque eu quero te ver de novo.

Abro um sorriso.

— Eu também.

Pouco depois, um carro preto chega. Christian abre a porta para mim.

— Me avisa quando chegar.

— Aviso.

A porta se fecha. Ele fica parado ali na calçada, me vendo partir. Me recosto no assento assim que saio de seu campo de visão. Ainda estou com aquele friozinho na barriga. Parece algo saído diretamente de um filme. Não consigo parar de sorrir enquanto olho pela janela. Em casa, tomo um banho e me ajeito para dormir. Não penso em mais ninguém pelo resto da noite. Caio no sono com tranquilidade, me perguntando quando irei vê-lo de novo.

QUINZE

Quando acordo, não há nada na minha mesa. Nenhuma estrela ou rosa de papel para mim. Faz alguns dias que não vejo Haru. Eu achava que ele já teria aparecido a essa altura. A gente ia ver um ver um filme juntos no parque, mas não havia ninguém me esperando quando saí do trabalho. Tomara que não esteja bravo comigo por eu ter ido embora naquele dia. Penso em como vou me redimir quando Haru voltar.

Estou meio ansioso esta manhã, e fico conferindo o celular a cada poucos minutos. Três dias se passaram desde meu encontro com Christian, mas não tive notícias dele desde então. Sua última mensagem foi às 23h14 daquela noite, perguntando se eu tinha chegado bem em casa. A jaqueta que me emprestou segue pendurada na minha cadeira. Ainda preciso devolvê-la. Mandei uma mensagem na manhã seguinte, dizendo que tinha me divertido muito. Mas não recebi nenhuma resposta até agora. Ele deve estar só ocupado. Quem sabe amanhã eu mande mais alguma coisa.

Não consegui me segurar e procurei ele na internet. Tem um monte de fotos dele aproveitando a praia no Instagram, a maioria em países diferentes. Quando pesquisei seu nome no Google, algumas matérias de sua escola apareceram. Christian fazia parte da equipe de natação antes de ir para Yale. Se formou com honras em ciências políticas e teatro ao mesmo tempo. Há algumas fotos com um outro nadador de Yale. Talvez esse seja o tipo dele. Alguém que frequentou uma universidade de prestígio e passa o verão na casa de campo da família em Poconos.

Sento à minha mesa e ligo o notebook. Faz um tempinho que não dou uma olhada nas minhas inscrições para a faculdade. O portal da Universidade de Illinois já está aberto. Me inscrever para lá de novo continua nos meus planos, mas decido acrescentar mais instituições à lista. Principalmente as que acho que impressionariam alguém como Christian. Lugares como Northwestern ou a Universidade de Chicago são muito estimados por aqui. Mesmo que as chances de me aceitarem sejam escassas. Minhas notas não são tão ruins, mas não tenho um currículo como o dele.

Ganhar a bolsa de cinema faria com que eu me destacasse, só que o prazo termina em poucas semanas, e ainda nem comecei o projeto. Tudo o que tenho são algumas filmagens aleatórias da cidade. Ainda não acredito que menti para Jasmine e falei que tinha passado para a próxima fase. Pelo menos é algo que vai me motivar a colocar as mãos na câmera de novo. Passo o restante da manhã pensando em ideias antes do trabalho.

Chego no teatro por volta do meio-dia. Alex está sentada na bancada, comendo um talo de aipo que pegou de uma bandeja de legumes ao lado de um prato de sanduíches. Largo minhas coisas e recolho um rabanete que caiu no chão.

— Da onde veio essa comida?

— Estava aqui quando a gente chegou.

Arqueio uma sobrancelha para ela.

— Simon achou no camarim.

— Mas a gente não pode entrar lá.

Alex joga o cabelo e diz:

— Tem tanta regra aqui. Como vamos nos lembrar de todas?

Ela mergulha o aipo em húmus antes de dar outra mordida.

Pego uma garrafa de vinho ao lado dela.

— Talvez seja uma boa a gente dar uma aliviada nesse negócio de pegar coisas de graça. Acho que estão começando a perceber.

— Da onde você tirou isso?

— Ficaram sabendo do bolo.

Alex ofega.

— *Mentira.*

— E não para por aí…

— Para!

Simon atravessa a porta segurando um copo de café. Ele joga as chaves na bancada e diz:

— O que as mocinhas estão fofocando?

Alex se vira para o amigo.

— Eles *sabem* — afirma, tensa.

Simon pisca, confuso. E então arregala os olhos com o que parece medo.

— Quê? Impossível. Não tinha mais ninguém lá naquela noite. E a gente queimou todas as provas!

— *Não estou falando disso!* — Alex joga o talo de aipo nele. — Sabem que a gente tá passando a mão nas coisas por aqui.

— Ah, é isso? — Simon faz um gesto de "deixa para lá", mandando as preocupações dela para longe. — Ninguém nem de longe suspeita de nós. Você sabe que eu comando esse lugar como se fosse um capitão da marinha.

— O Eric falou que descobriram do bolo.

Simon me encara.

— E como você sabe disso?

— O Christian me contou — respondo.

Alex pisca para mim.

— Christian Chan? Você viu ele de novo?

Eu estava em um dilema, pensando se contava ou não.

— Aham… Ele me chamou pra sair uma noite dessas.

— *E você não falou nada?* — ralha Simon. — Quem te disse que você pode guardar segredos da gente?

— Faz uns dias já — revelo. — Eu não sabia o que vocês iam achar. É que, assim, tem aquele *boato*. Aquele que vocês não me contaram, sabe?

Ele revira os olhos.

— Eu te falei que provavelmente nem é verdade. Ainda mais sabendo que ele *te* convidou pra um encontro.

— Como assim?

Simon meneia a cabeça.

— Eu já falei pra deixar pra lá.

Alex se inclina para a frente.

— Conta como foi o encontro.

— Não sei se foi um *encontro* — digo, dando de ombros. — Mas foi ótimo. O Christian me levou pra jantar em um restaurante perto da casa dele. Depois a gente deu uma volta pelo rio no barco de um amigo dele, o que foi bem legal.

Alex abre um sorriso.

— Um passeio de barco? Que romântico. Vocês vão se ver de novo?

— Tomara — respondo.

— Você mandou mensagem? — pergunta ela.

— Mandei, mas ele ainda não respondeu.

Alex comprime os lábios.

— Faz poucos dias. Daqui a pouco ele te chama.

— A não ser que ele tenha te deixado no vácuo — acrescenta Simon.

Alex pega uma cenoura e joga no braço dele.

— Ninguém precisa do seu pessimismo.

— Só estou sendo realista — retruca Simon, na defensiva. — E para de desperdiçar comida!

Alguém se aproxima da bilheteria. É um entregador, segurando uma bela caixa branca. O sujeito passa o scanner e diz:

— Com licença, tem algum…

— *Pode deixar comigo!* — exclama Simon, e pega o pacote das mãos do sujeito.

Depois, assina o próprio nome e se vira de novo para nós.

Alex e eu o encaramos.

Ele suspira.

— Tá bom, beleza, eu preciso me tratar. E não tenho medo de admitir. — Simon leva a caixa até o ouvido e a chacoalha com delicadeza. — Parece que tá vazia.

— Vamos abrir — sugere Alex, pegando a encomenda.

— *Alex* — repreendo.

— Desculpa, eu sou fraca.

Os dois colocam o pacote na bancada e rasgam a embalagem. Dentro, há uma única rosa vermelha. Simon revira os olhos.

— É só uma rosa idiota. Deve ser pra alguém do elenco.

— Está no nome de quem? — pergunta Alex.

Simon abre o cartão e arregala os olhos mais uma vez.

— *Eric Ly?* — Ele vira o papel para mim. — Você pediu uma rosa pra você mesmo?

Pisco, confuso.

— *Quê? Não.*

Alex pega o cartão.

— Alguém deve ter mandado pra ele — opina ela, virando o recado. — Mas não diz quem… a não ser que… — Ela para um instante para pensar, e então olha para mim. — Você devia dar uma conferida no celular.

— Hã… tá bom.

Pego meu telefone. Há uma notificação.

— O Christian acabou de me mandar mensagem.

Ofego de surpresa.

tomara que você goste do presente
me fala se estiver livre hoje à noite

— *O que ele falou?* — Simon tira meu braço do caminho e olha a tela. — Foi ele que mandou a rosa? Ele quer te ver hoje à noite? A coisa está ficando séria.

QUANDO HARU ESTAVA AQUI   187

— O que você vai responder? — pergunta Alex.

Encaro a caixa sobre a bancada. Ninguém nunca me deu flores antes.

— Não sei… Mas com certeza quero sair com ele de novo.

— Isso aqui é algo que você cem por cento manifestou pro universo — declara Alex, entrelaçando as mãos.

Pelos minutos seguintes, os dois me ajudam a elaborar uma resposta.

— A mensagem tem que ser simples, mas meio engraçadinha. Sem pontos de exclamação — instrui Simon. — Você não quer parecer desesperado.

Alex me aconselha a esperar meia hora antes de enviá-la.

a rosa é linda, foi muita gentileza sua
eu adoraria te ver de novo hoje à noite

Acabamos voltando ao trabalho, mas ficamos esperando a resposta. Christian me escreve uma hora depois, junto com um convite por link. Um de seus amigos será anfitrião da inauguração de uma galeria de arte. Meus colegas de trabalho insistem que eu vá embora mais cedo para arranjar outro *look* na loja de departamentos.

— Manda foto das opções pra gente — pede Alex.

— E é melhor contar tudo amanhã! — exclama Simon.

Levo a rosa comigo quando saio. Demoro mais do que o esperado, mas escolho uma camisa social azul que Alex aprova. Depois, pego o próximo trem rumo ao Hyde Park e faço a baldeação na metade do trajeto. Christian está me esperando do lado de fora do hotel, todo de branco, com o botão do colarinho aberto e o cabelo flutuando ao vento. Tão perfeito quanto as esculturas em sua cobertura.

— Como você está elegante hoje — comenta ele, e passa o braço em volta de mim.

Dou um sorriso.

— Olha quem fala.

Christian olha para a rosa na minha mão.

— Você trouxe o meu presente.

— Aham, vim direto do trabalho.

Ele estende a mão.

— Dá ela aqui pra mim.

Entrego a rosa, e ele arranca o caule, o que me assusta um pouco. Depois, pega a carteira e tira o que parece ser um alfinete dela.

— Você se importa? — pergunta. Meneio a cabeça e o permito prender a flor ao bolso da minha camisa. — Uma flor de lapela. Não ficou *perfeito*, mas…

— Que nada, eu amei — digo. — Obrigado.

Christian sorri para mim, e então gesticula para a entrada do hotel.

— Vamos?

Há uma lareira no saguão. Christian nos guia ao elevador e subimos para o terceiro andar. As portas se abrem para um salão onde a inauguração da galeria está acontecendo. As paredes estão repletas de pinturas, mas Christian passa direto pelos quadros como se já os tivesse visto. Pegamos drinques no bar e encontramos seus amigos. Um cara loiro em um grupinho de homens de terno acena para nós. Ele aperta o ombro de Christian, se vira para mim e fala:

— Você deve ser o Eric. Já ouvi *tudo* a seu respeito.

— Esse aqui é o meu amigo Nick — explica Christian, com um braço ao redor do sujeito. — A gente se conheceu em Yale. Ele que me mostrou Chicago quando eu cheguei aqui.

— *Fazer caridade é isso aí, né* — sussurra Nick para mim. — A gente dá a mão e já querem o braço inteiro.

— Seja gentil — diz Christian.

— Eu sempre sou. — Achando graça de si mesmo, Nick dá um gole no drinque. Depois se vira para mim mais uma vez e comenta: — Ouvi falar que você deu uma volta de barco um dia desses.

— Aham, com o Christian.

— Como foi?

— Bem legal. Eu nunca tinha entrado em um iate antes.

— Ah, mas que *fofura*.

Eu o encaro. O que será que esse cara quis dizer? Nick se volta para o restante do pessoal.

— Vamos pegar outra bebida. — Ele olha ao redor do recinto. — Cadê o garçom?

— Os funcionários estão lentos demais — comenta um dos outros.

Nick meneia a cabeça.

— Quem vê assim até pensa que são eles que fazem a comida. Ah, achei um…

Ele estala os dedos. Um jovem garçom do outro lado do salão vira a cabeça e vem a passos largos.

— Com licença, posso fazer alguma coisa pelo senhor? — pergunta o garoto, que parece ter a minha idade. Talvez um ou dois anos a mais.

— Mostrar serviço seria uma boa — sussurra Nick para nós, como se o rapaz não conseguisse ouvi-lo. — A gente quer dois negronis e um dry martini, meu querido. — Ele coloca uma nota de dinheiro no bolso do garçom. — E rapidinho, viu?

— Obrigado, senhor.

O garoto se vira e sai.

— Foi cinquenta dólares? — pergunta outro amigo.

— Vamos torcer pra dar uma aceleradinha no menino — diz Nick, como se não fosse nada de mais. — Deve ser o que ele vai ganhar pela noite inteira.

Todo mundo ri, inclusive Christian. O que será que essa gente diria se eu mencionasse que já fui garçom também? Era o que eu fazia pouco mais de um mês atrás. Fico na minha enquanto a conversa continua. A maioria ali trabalha no setor financeiro, alguns com alguma coisa envolvendo coleções de arte. Não levo muito tempo para me dar conta de como somos diferentes. Escuto atentamente e vou me esforçando ao máximo para contribuir com uma palavrinha aqui e ali. "Nossa, que interessante." "Uau." Mas, assim que começam a conversar sobre investimentos imobiliários, percebo que estou me tornando invisível. Fico assentindo e sorrindo de vez em quando. É como se estivessem falando em outro idioma, e a sensação é de que nem estou aqui de verdade.

Quando o garçom aparece com as bebidas, um sino toca em algum lugar no salão. Mas ninguém mais parece ter ouvido. Olho em volta e percebo o som distante de um piano. Há algo de familiar nessa música. Fecho os olhos por um segundo enquanto tento me lembrar onde já a ouvi. Quando acho que ninguém está prestando atenção, me afasto do papo e vagueio rumo à melodia.

Há um piano do outro lado da galeria. E então percebo quem o está tocando.

— *Haru?*

Eu não esperava vê-lo aqui. Ele está vestindo uma camisa social branca que lhe cai perfeitamente enquanto toca. Não fosse pelas outras pessoas no entorno, eu me jogaria em seus braços e o abraçaria apertado. Em vez disso, me aproximo casualmente e sento ao seu lado no banco. Haru não vira a cabeça. Está com os olhos focados nas teclas. Mas dá para perceber que sabe que sou eu. Por um momento, não há mais ninguém no salão além de nós.

— Eu não sabia que você tocava — digo.

Ele não fala nada.

— O que você está fazendo em uma galeria de arte?

Haru mantém a concentração nos acordes.

— Eu também gosto de arte. Te vi com os seus amigos antes, mas não quis interromper.

— São amigos do Christian. Acabei de conhecer aqueles caras.

— Não parecem muito amigáveis.

— Você nem conhece ninguém de lá.

Ele me encara pela primeira vez.

— Então estou errado?

Não respondo.

— Gostei da flor, aliás.

Olho para a rosa na minha camisa.

— O Christian me deu hoje mais cedo.

— Ele deve gostar mesmo de você.

Haru volta a se virar para o piano e continua a música.

Eu o escuto tocar por um instante.

— Ele está sendo muito legal comigo. Os amigos dele é que não são muito legais. Mas não são as piores pessoas do mundo.

— É por isso que você está sentado aqui comigo?

Não falo nada.

— Você sabe que não precisa ficar.

— Como assim?

Haru interrompe a canção e propõe:

— A gente pode sair agora mesmo. Nós dois. Aposto que ainda dá tempo de ver aquele filme no parque.

— Não dá pra só sair assim. O Christian vai achar que eu dei um pé na bunda dele.

— Você nem se incomodou de fazer isso comigo.

Olhamos um para o outro.

— É esse o problema, então? É por isso que você sumiu esses últimos dias? — Alguém passa atrás de mim, o que me faz abaixar o tom de voz. — A gente podia ter visto o filme ontem. Você sabia que eu estava te esperando. Mas escolheu aparecer *justo agora*? Quando eu estou com alguém?

— Então quer dizer que sou inconveniente.

— Não foi isso o que eu disse.

Nessa hora, meu celular vibra. É uma mensagem de Christian.

pra onde você foi?

Suspiro.

— O Christian está me procurando.

— Então é melhor ir atrás dele — diz Haru, antes de se virar para o piano.

Não me levanto de imediato porque odeio deixar as coisas assim. E talvez parte de mim queira ficar com Haru. Imagino a gente saindo pela porta dos fundos e correndo juntos pela escadaria. Mas de jeito nenhum que eu faria uma coisa dessas com Christian.

— E eu nem te culpo — continua Haru, meio de repente. — Ele pode te dar uma rosa de verdade enquanto eu só posso te dar uma de papel.

— Haru… — começo a falar, mas meu celular apita de novo. É outra mensagem me Christian, perguntando se estou bem. — Tenho que ir. Mas tomara que a gente se veja logo.

— Aproveita a noite.

E Haru volta a tocar. Sinto uma pontada de culpa enquanto me afasto. Não levo muito tempo para encontrar Christian, que está encarando uma escultura do outro lado da galeria.

— Olha quem apareceu! — exclama ele, sorrindo para mim. — Por um segundo achei que tivesse te perdido.

— Desculpa, fui no banheiro.

— O que você acha dessa obra?

Christian se vira para me mostrar. É uma escultura de uma mulher se banhando. Acho que deve ser feita de pedra.

— Pro seu apartamento?

— Possivelmente.

Esfrego o queixo.

— É interessante, mas não sei se faz muito o seu estilo.

Christian olha para mim.

— O que te faz pensar isso?

— Não é dourada.

— Você está me zoando.

— Só um pouquinho. — Nós dois sorrimos. Dou uma olhada pelo salão. — Pra onde todos os seus amigos foram?

— Não ficaram muito impressionados com a arte, então se realocaram no bar de outro andar. A gente pode ir pra lá também, se você achar melhor.

— Ah, assim... só se você quiser.

— Não estou tão a fim de ficar no meio de muita gente hoje.

— Eu também não, pra ser sincero — admito. — Só vim pra te ver.

Christian abre um sorriso.

— Então que tal a gente dar o fora daqui? Ir pra algum lugar menos movimentado.

— Pra onde você quer ir?

— A gente pode ir pra minha casa e decidir de lá.

Eu tinha a impressão de que ele iria sugerir isso. Ainda mais depois de ter me convidado na última vez em que nos vimos. Não posso de jeito nenhum dizer não de novo. Quero muito que esse cara goste de mim.

— Claro, vamos.

— Perfeito.

Christian termina de tomar o drinque, coloca o copo na mesa e então nos leva até o elevador. Quando chegamos na rua, há um carro esperando. O motorista nos deixa na entrada do prédio dele, onde um porteiro inclina o chapéu quando passamos.

— Boa noite, senhor Chan.

— Boa noite, Richard.

O elevador se abre sozinho. É estranho voltar aqui, ainda mais levando em consideração que entrei escondido da outra vez. O corredor é mais comprido do que eu me lembrava. Christian passa uma chave sobre a maçaneta e destranca a porta. As luzes se acendem automaticamente com nossa presença. Dou uma olhada pelo apartamento. De algum jeito, parece maior com apenas nós dois aqui. Como um museu depois do expediente. Nossos passos ecoam pelo chão de mármore.

Christian vai para trás do bar.

— Posso te fazer um drinque?

— Aham, eu adoraria.

— O que você quer?

— Hã, o mesmo que você for tomar.

Eu me sento no sofá branco arredondado. O tecido, que parece lã de ovelha, se modela ao meu redor. Fico passando a mão pela textura.

— É um sofá bouclé — explica Christian.

— Eu dormiria fácil aqui.

Ele sorri lá do bar e diz:

— Não me diz que está cansado.

Pouco depois, Christian aparece com dois drinques. Há um bloco de gelo imerso em um líquido cor de âmbar. Tomo um golinho de nada, mas que já queima minha garganta.

— O que é isso? — pergunto, tossindo.

— Bourbon. Fica melhor se esperar um pouco. Só deixa o gelo dar uma derretidinha.

Ele pega o celular e, em um segundo, o apartamento se enche de música. Uma melodia clássica.

Seguro a respiração e dou mais um gole.

— Quer um pouco de água?

— Não precisa — respondo, e pigarreio. Então, dou uma olhada em volta. — Esse lugar é tão grande pra uma pessoa só… Você precisa mesmo de tanto espaço?

Christian dá uma risadinha.

— Pior que é grande mesmo. Ainda mais comparando com a minha casa em Nova York. Acho que só me apaixonei pela vista.

— Pois é, é incrível — concordo, olhando para o terraço. — Dá pra ver a cidade inteira. Eu lembro da última que vim aqui.

— Você já viu o quarto?

— Não.

— Quer ver?

Antes que eu possa responder, ele se levanta do sofá. Tomo mais um gole, e sinto o álcool queimar minha garganta de novo.

Christian sorri e estende a mão para me ajudar a ficar de pé. Depois, me guia escada acima até a porta no fim do corredor. Nem se dá ao trabalho de acender a luz quando entramos. E nem precisa. O brilho das janelas, que vão do chão ao teto e exibem a cidade como se fosse uma obra de arte, ilumina todo o cômodo.

Vago até lá para ver melhor. O drinque gela meus dedos. Talvez seja efeito do uísque, mas comento:

— Não acredito que você vê isso aqui todo dia.

— A vista é melhor ainda da cama.

Travo. E então me viro devagar.

Christian está sentado na lateral da cama. Com as mangas dobradas e os braços à mostra, ele passa a mão pelos lençóis como se dissesse *"vem cá"*. Tomo mais um gole, na esperança de que a bebida me ajude com o nervosismo. Depois, caminho até lá e me sento ao seu lado. Christian me analisa por um instante. Ele roça lentamente um dedo sobre minha bochecha e vai fazendo movimentos circulares até minha mandíbula. A sensação de sua mão na minha pele é gostosa.

— Você é muito lindo, Eric.

Estremeço um pouquinho quando Christian se inclina para mais perto e, com a voz suave, sussurra:

— Posso te dar um beijo?

Engulo em seco.

— Pode.

Quando dou por mim, nossos lábios estão juntos. O gosto de Bourbon está marcante em sua boca. Ele tira o drinque da minha mão e coloca o copo na mesinha de cabeceira. O álcool me deixou meio dormente, e quase não sinto quando suas mãos me agarram. O linho de sua camisa arranha minha pele; seu peito faz força contra o meu. Passo as mãos por seu cabelo enquanto ele beija meu pescoço e, depois, vai até minha orelha e murmura:

— Sabe, eu não costumo trazer caras como você aqui pra casa...

— Como assim?

— Você entendeu — diz ele, vagamente.

E, com lábios quentes contra meu pescoço e meus ombros, Christian continua a me beijar. Mesmo que eu esteja gostando, não paro de pensar no que acabei de ouvir.

— Na verdade, não entendi, não.

Christian olha para mim.

— Acho que dá pra dizer que eu tenho um tipo. Alguém mais como o Nick, se é que me entende.

Penso na galeria. No loiro que ficava fazendo piada com os garçons.

— Loiro?

— Não necessariamente.

— Que trabalha com finanças?

Christian suspira.

— Você precisa mesmo que eu fale?

— Só fiquei curioso.

Ele leva um instante para responder.

— Caras asiáticos não são muito a minha praia. Você é o meu primeiro, na verdade.

Isso me pega desprevenido. Não sei o que dizer.

— Mas você é asiático.

Christian dá uma risadinha.

— Não vamos complicar as coisas. Só pensa que você é a exceção.

Um sorriso se abre em seus lábios, como se tivesse acabado de me elogiar.

Ele volta a me beijar, mas a sensação não é a mesma de poucos instantes atrás. Passo a mão por seus ombros enquanto Christian vai desabotoando minha camisa devagar. É aí que percebo que a camisa dele está aberta também. Acabo fechando os olhos e finjo que nunca perguntei nada. Que Christian é a mesma pessoa que eu achei que fosse antes de ele estragar o momento.

DEZESSEIS

Quando acordo, há uma chamada perdida de Jasmine. Ela deixou um recado na caixa postal:

"Oi… Pensei em te ligar. Acho que é meio cedo aí. Desculpa não ter telefonado antes. É que ando ocupada com a mudança e tal. Teve um problema com o meu passaporte. Estou torcendo pra conseguir comprar a passagem esta semana. Organizar tudo está sendo uma dor de cabeça que só, mas espero que esteja tudo certo aí em casa. Suas últimas mensagens me deixaram meio preocupada. O que você tem feito tão tarde assim da noite? E quem são esses novos amigos com que você anda saindo?

Me manda mensagem quando acordar, tá bom? Está tudo meio caótico, mas vou tentar te ver antes de ir. Prometo. Mas, enfim, daqui a pouco a gente se fala."

Fim do recado.

Passei a manhã inteira pensando em Jasmine. Às vezes, queria poder ir ao seu quarto e encontrá-la escrevendo à mesa ou tocando uma música no piano. Minha irmã sempre sabia que havia algo me incomodando antes mesmo de eu lhe contar. Tudo mudou quando ela foi embora. Hoje em dia, parece que vivemos vidas separadas. O que será que Jasmine diria a respeito de Christian? Faz mais de uma semana que estive na casa dele. Não nos vimos desde então. Ele vem demorando demais para responder. Penso em enviar outra mensagem, mas não quero ser irritante.

Leio as últimas coisas que mandei:

oi! o que você vai fazer nesse fim de semana?

ainda preciso devolver a sua jaqueta

me avisa se quiser sair pra jantar ou algo do tipo

Não recebi resposta ainda. Mas ele só deve estar ocupado. Simon me contou que é temporada de testes. Reflito sobre nossa última noite juntos. *"Só pensa que você é a exceção."* Sei que eu provavelmente deveria ficar desconfortável com esse comentário, mas é algo que tento não ficar remoendo. Espero que Christian me responda logo.

Saio da cama e dou uma olhada na minha mesa. Eu estava torcendo para encontrar uma rosa de papel de Haru. Não o vejo desde aquele dia na galeria de arte. Nunca passamos tanto tempo sem conversar. Ele não pode estar tão bravo assim comigo, certo? Queria que tivesse um jeito de pedir desculpas. Fico esperando do lado de fora depois do trabalho, mas ele ainda não apareceu. Talvez eu dê uma passadinha na cafeteria de novo.

Minha mãe torceu o tornozelo uns dias atrás e foi obrigada a fazer *home office,* então eu ando ajudando com as coisas aqui em casa. Em vez de seguir as ordens do médico e descansar, ela me manda ficar tirando os móveis do lugar para que possa passar o aspirador na sala de estar. De almoço, ela prepara ovos mexidos com melão de São Caetano, com um toque de óleo de cebolinha por cima. Puxo uma cadeira e me sento ao seu lado. Uma cortina separa a sala de jantar do hall de entrada. Mamãe pediu ajuda para pendurá-la ontem. Ao que parece, a mesa onde se come nunca deve ser vista da porta da frente.

— Để như vậy thì nhà sẽ được hên — me falou.

Isso impede que a boa sorte vá embora. Ela vive reorganizando o fluxo de energia da casa. Quando algo de ruim acontece por aqui, minha mãe culpa a mobília.

Ela dispõe uma toalha de mesa sobre o tampo antes de colocar a panela fumegante ali. Comemos em silêncio por um momento. Melão de São Caetano é algo de que se aprende a gostar, e eu não aprendi ainda. Mas mamãe diz que é bom para mim.

— Con có một lá thơ. Nữa nè của Jasmine gởi. — *Você recebeu correspondência ontem. A Jasmine te mandou alguma coisa.*

Só assinto.

— O aniversário dela está chegando — comenta minha mãe.

Sinto uma pontada de culpa no peito. Porque ela não sabe da minha irmã. Que Jasmine trancou a faculdade e está se mudando para o exterior. Mas eu é que não vou contar. Ainda mais levando em consideração que prometi guardar segredo.

— Con nên đến thăm chị. — *Você devia ir visitá-la.*

— Não dá... — respondo, meneando a cabeça. — Vou trabalhar muito essa semana.

Talvez tenha sido meio grosseiro da minha parte, mas não sei mais o que falar. Quando termino de comer, confiro a hora e me levanto.

— Agora tenho que ir. A senhora quer que eu traga alguma coisa quando voltar?

Minha mãe pega uma caneta e escreve uma lista de compras, que me entrega junto com a carta de Jasmine.

— Đừng đi chơi về khuya quá. — *Não volta tão tarde de novo.*

Levo a jaqueta de Christian para o trabalho. Mandei outra mensagem hoje de manhã avisando que eu a trouxe, caso ele passe pela bilheteria. Quem sabe a gente possa sair para jantar depois. Simon, que costuma se atrasar, já está lá quando chego, o que me surpreende um pouco. Solto minhas coisas e puxo uma cadeira. Estou com a cabeça cheia demais para manter uma conversa. Cruzo os braços sobre a bancada e descanso a cabeça por um momento.

— Nossa, mas como você está empolgado hoje — diz ele, guardando o celular. — Qual é o problema?

— Nenhum — respondo.

Com uma cara de sabe-tudo, Simon assente.

— Se incomodando com macho, já entendi. — Ele se inclina para a frente para dar uns tapinhas no meu joelho. — Me conta tudo...

Suspiro.

— Tá bom, é o Christian.

Simon puxa uma cadeira para mais perto e cruza as pernas.

— *Continua.*

— Ele me convidou pra ir na casa dele semana passada.

— *E...?*

— A gente transou, se é isso que você quer saber.

Simon fica chocado.

— Ai, meu deus. E como foi?

— Foi... legal.

— *Só legal?*

Penso em uma resposta.

— Não é que eu não tenha gostado. É só que... ele falou uma coisa que me tirou do clima. Não sei o que pensar a respeito.

— O que ele disse?

Hesito.

— Que ele não era muito a fim de caras asiáticos.

Há um longo momento de silêncio. Simon se reclina na cadeira e cruza os braços. Por algum motivo, ele não parece surpreso com a informação. Só suspira e declara:

— Bom, pelo visto os boatos são verdadeiros.

— Você sabia?

— Infelizmente — responde, meneando a cabeça. — Ele é conhecido por namorar exclusivamente homens brancos. Cabelo loiro e olhos azuis, sabe? O tipo de cara que tem um metro e oitenta. Não dá pra confiar em quem posta hashtag wasian no Instagram. Tipo "white", de branco, com "asian", de asiático.

Achei que ele tivesse amadurecido desde aquela época, mas eu claramente me enganei.

Me inclino para a frente.

— Ele me falou que eu era uma exceção.

Simon faz uma careta.

— Meu pai amado, que nojeira. Por favor, me diz que você nunca mais vai falar com ele.

Encaro o chão.

Simon chega mais perto.

— Eric… *não*. Você vai ver esse cara depois de uma coisa dessas?

— Na real, a gente nem se falou muito depois do que rolou — admito. — Imagino que ele esteja ocupado. Mas não sei o que pensar. Talvez não tenha sido bem isso o que ele quis dizer.

— O que mais ele poderia querer dizer, então?

Não falo nada.

Simon suspira e continua:

— Olha, Eric. Eu entendo, tá? Todo mundo já passou por isso. Essa história de conhecer um cara tóxico que a gente torce pra nos tratar diferente é batida. Se eu achasse que dá pra te convencer do contrário, eu tentaria. Mas sei que não adianta falar nada. Então, infelizmente, é uma lição que você precisa aprender sozinho.

Alex chega. Passamos o resto do dia sem mencionar Christian. Mas não consigo parar de pensar no que Simon disse. Sei que ele está certo, mas isso não muda o que sinto por Christian. Ainda quero vê-lo de novo.

O sol está se pondo atrás do teatro. Estou parado do lado de fora da marquise, olhando os carros passando na rua. *Haru*. Faz uma semana que não nos encontramos. Tenho esperado todo dia depois do trabalho, na esperança de que ele reapareça. Toco a rosa de papel no meu bolso e me lembro do que ele me disse. *"Ele pode te dar uma rosa de verdade enquanto eu só posso te dar uma de papel."* Queria poder contá-lo que a rosa de verdade já morreu. E se aquela tiver sido a última vez em que nos vimos? Afasto esse pensamento. Haru nunca me deixaria sem se despedir, né?

Para onde você foi agora? Ainda tem tanta coisa na cidade que eu quero te mostrar.

Uma lufada de vento sopra ao meu redor. Solto um suspiro quando percebo que ele não vem esta noite. Quando enfim me viro para ir embora, meu celular vibra. É uma mensagem de Christian.

> como você tá?
> tô indo pro terraço do hotel com uns amigos, caso queira vir
> traz a jaqueta

Quase tropeço na calçada. Christian quer me ver? Com cuidado, releio a mensagem para garantir que entendi direito. Faz uma semana que ele não fala comigo. E agora, do nada, quer sair para beber? Não custava ter avisado com umas horinhas de antecedência. Olho para minhas roupas do trabalho. De jeito nenhum que posso aparecer assim. É capaz de os amigos dele me confundirem com os garçons. Confiro a hora. Talvez dê para pegar uma camisa nova no caminho. A loja de departamento fica a poucos quarteirões daqui. Olho para os dois lados antes de atravessar a rua com pressa.

O restaurante está cheio hoje. Há uma fila de pessoas esperando para entrar. Estou vestindo um suéter cinza por cima da camisa do uniforme e passei umas borrifadas de perfume de tabaco com baunilha. Reconheci o frasco do banheiro de Christian, que me respondeu faz pouco tempo, avisando que pegou uma mesa. Vou até a recepcionista e dou o nome dele.

— Por aqui — diz ela na mesma hora.

Eu a sigo até o terraço. Ele está sentado com um grupo de caras, tranquilos em cadeiras de vime. Há uma garrafa de champanhe em um balde de gelo. Nick, o amigo loiro, está aqui também. Christian leva alguns segundos para notar minha presença antes de tomar um gole e se levantar.

— Que bom que você veio! — exclama ele, e coloca um braço em volta de mim.

— Obrigado pelo convite. Trouxe a sua jaqueta.

Christian abre um sorriso.

— Segura pra mim, fazendo o favor?

—Aham, claro.

Nick ergue a cabeça.

— Eric, meu consagrado! — grita ele, e dá uns tapinhas no assento vazio ao seu lado. — Deixa o Christian pra lá e senta aqui comigo.

Olho para Christian, que dá uma risadinha e fala:

— Não tem problema.

— Tá bom…

Eu estava esperando que fôssemos ficar juntos, mas não tem muito espaço perto dele. Então me acomodo perto de Nick, que empurra um copo na minha direção.

— Você tem que alcançar a gente, né não?

—Alcançar em que sentido?

Todos riem.

Nick aperta meus ombros.

— Ele não é uma gracinha? Vamos te arranjar um copinho, que tal? Eu tomo contigo… — Assim que o garçom se aproxima, ele ergue uma taça. — Outra rodada aqui, por favor!

Olho para Christian, que me dá uma piscadela do outro lado da mesa e levanta a própria bebida. Ele está sentado ao lado de alguém que não reconheço. Um cara de cabelo castanho, vestindo camiseta polo branca e calça jeans. De onde será que os dois se conhecem?

Nick passa um braço ao meu redor.

— Mas me conta, Eric. Como vai a vida desde a última vez em que eu te vi? Alguma história maluca da bilheteria? Quero saber tudo.

— Nada de mais. Só estou me inscrevendo pra faculdade, essas coisas.

— O Christian falou que você está tirando um ano sabático — comenta Nick, assentindo. — Espero que esteja aproveitando pra viajar. Eu estava em Portofino umas semanas atrás. Você já foi pra Itália?

— Nunca, mas já assisti *Luca*.

Nick ri.

— Você é hilário. Onde foi que o Christian te achou?

Um segundo depois, o garçom aparece com duas doses. Nick me entrega uma delas, pega a outra, ergue-a e diz:

— Um brinde à boa saúde.

Tilintamos os copinhos. Prendo a respiração quando a bebida desce. É como engolir gasolina. Fico com um gosto amargo na boca que me faz estremecer inteiro.

— Horroroso, né? — pergunta Nick.

— Que *troço* é esse?

— Gin. — Ele me dá um pouco d'água para aliviar. — O primeiro é sempre o pior.

— Acho que vai ser o primeiro e o último pra mim.

— É o que a gente sempre diz. — Nick ri. — Amei esse suéter, falando nisso.

Ele toca meu braço e passa os dedos pelo tecido.

— Valeu… Acho que é casimira.

— Ah, eu percebi. Você *tem* que me emprestar — diz, em um tom de provocação. E então seus olhos se iluminam, como se tivesse se lembrado de alguma coisa. Ele pega o cardápio.

— Meu deus, você deve estar morrendo de fome. Vamos pedir algo pra você comer. Você não é vegano, né?

— Não.

— Eu não te julgaria se fosse.

— Não sou.

O garçom volta. Nick pede uma porção de lula empanada, junto com alguns coquetéis. Um negroni sbagliato, que é seu favorito. Ainda bem que ninguém pede minha identidade. O rio está lindo hoje, mas não paro de olhar para Christian, que está todo todo com o outro cara. Como nunca vi esse homem antes? Nick deve ter percebido que eu estava encarando, porque se inclina para mim e sussurra:

— Aquele ali é o Zach, caso esteja se perguntando. Veio de Los Angeles passar uns dias aqui.

Afasto o olhar.

— Ah, eu não estava…

— Mas ele já vai embora nesse fim de semana — acrescenta ele.

— Os dois são… amigos?

— Dá pra dizer que sim.

Não sei que conclusão tirar disso, mas não pergunto mais nada. O garçom chega com nossos drinques. Nick me observa dar o primeiro gole. É amargo, mas levemente doce e com gosto de toranja. As bolhas fazem com que seja mais fácil de beber.

— Melhor do que o gin, né?

— Aham, não é nada mau — concordo.

Ele sorri.

— Que bom que gostou. Você tem que experimentar o de flor de sabugueiro depois.

Não sei o porquê de toda essa gentileza comigo, mas estou curtindo a atenção. A noite continua assim. Nick pede mais drinques para a gente e segue contando de suas últimas viagens enquanto toca em meus ombros. Enquanto isso, Christian nem falou comigo desde que cheguei. Para que me convidar se está mais interessado em outra pessoa? Fico olhando para ele, esperando que me chame para lá. Em certo momento, ele se levanta.

— Aonde você vai? — pergunto;

— Só vou no bar. Já volto.

— Ah, tá bom.

Ele me dá um tapinha nas costas antes de desaparecer no restaurante. Quando me viro de volta para a mesa, Nick passa um braço em volta de mim e sussurra:

— Não se preocupa com o Christian. A gente vai se divertir sem ele. Vamos pedir mais um drinque.

Uma hora se passa e Christian ainda não voltou. Fico olhando lá para dentro, me perguntando se ele continua no bar. Outra rodada de doses aparece na mesa. Nem me lembro de Nick ter feito o pedido. Deixando o juízo de lado, viro o shot com ele. Desce muito mais fácil dessa vez. O álcool deve ter adormecido minha língua. É neste momento que percebo as luzes rodopiando um pouco. Não costumo beber tanto assim. Fecho os olhos por um segundo.

Nick toca minhas costas.

— Tudo certo aí?

— Acho melhor eu dar um tempinho…

— Você devia ter contado que era fraquinho — diz ele.

Dou uma olhada na mesa. Somos os únicos sentados aqui. Para onde todo mundo foi? Me viro para Nick, que agora me encara.

— Já falei como você ficou gato nesse suéter? — pergunta, e passa a mão pelas minhas costas.

— Valeu — respondo, e sinto as bochechas corarem.

Não sei se por causa do contato físico ou da bebida.

— Que bom que convenci o Christian a te chamar hoje. Pisco para ele.

— Como assim?

— Eu queria te ver.

— Me ver? Por quê?

— Pra poder fazer isso…

Ele se inclina para a frente e toca os lábios nos meus. Meu cérebro leva alguns instantes para registrar o beijo. Me afasto imediatamente.

— O que você está fazendo?

QUANDO HARU ESTAVA AQUI **207**

— Te beijando.

— E se o Christian vir?

Nick arqueia a sobrancelha.

— Não sei se você percebeu, mas o Christian não vai voltar.

— Mas pra onde ele foi?

— Saiu com o Zach.

— Mas por que ele não se despediria?

Nick abre um sorriso.

— Porque eu e você estamos nos divertindo.

Ele se aproxima para me dar outro beijo.

Eu me viro para o lado oposto.

— Desculpa. — Fico de pé abruptamente. — Tenho que ir.

— Pra onde você vai?

Não respondo.

— *Eric…*

Então me lembro da jaqueta, que Christian esqueceu de pegar. Agarro-a rápido e saio ignorando os chamados de Nick. Estou tão tonto que nem sequer consigo ouvir o que ele diz. As luzes estão fortes demais no restaurante, o que ofusca um pouco a minha visão. Encontro o elevador e volto para a rua. As placas todas são um borrão. Nem sei para onde estou indo. *Em que direção o Christian foi? Preciso devolver a jaqueta.*

Talvez eu devesse telefonar. Pego o celular e procuro o contato dele. Chama algumas vezes, mas ninguém atende. Tento de novo, mas nada ainda. Guardo o aparelho e olho em volta. O prédio dele não fica muito longe daqui. Acho que posso só deixar a jaqueta lá. Quando viro a esquina, alguém aparece ao meu lado. *Nick deve ter me seguido aqui pra fora.* Quando o rosto entra em foco, percebo que é outra pessoa.

— Haru… *é você?*

Pisco algumas vezes para garantir que não estou vendo coisas. Aos tropeços, me aproximo.

Ele segura meu braço.

— Cuidado aí…

— O que você está fazendo aqui?

— Eu estava te procurando.

Faz uma semana que não nos vemos. Quero abraçá-lo apertado, mas é difícil ficar de pé. A calçada parece estar se mexendo debaixo de mim. Haru continua me segurando para me manter firme.

— Você andou bebendo — diz ele.

— Estou superbem.

— Que tal a gente te levar pra casa?

Haru passa um braço pelos meus ombros, mas me afasto.

— Estou indo no Christian. Preciso devolver a jaqueta dele.

— Uma hora dessas? Amanhã você devolve.

— E se ele precisar da jaqueta hoje à noite? Eu prometi que ia devolver. — Não sei direito se estou com a fala arrastada, então tento pronunciar as palavras mais devagar. — Tenho que ir lá.

— Ele sabe que você está indo?

Não respondo. Só fico encarando a jaqueta.

Um momento de silêncio se passa. Haru estende a mão.

— Vamos embora, tá? A gente pode até colocar um filme…

— Não quero ir embora. Preciso devolver a jaqueta.

Por que será que ele não entende isso?

Haru suspira.

— Eric, você está bêbado.

— Não estou, não.

Saio andando, mas Haru entra na minha frente e, com a voz mais séria, diz:

— Acho que está na hora de ir pra casa.

— Quem é você? Minha consciência? Já falei que eu *estou bem*.

— Eric… — ele começa a falar de novo.

Mas não quero ouvir. Sigo aos tropeços até o prédio de Christian aparecer. Haru me acompanha de perto, garantindo que eu não caia. Ainda bem que é o mesmo porteiro da última vez, que só inclina a cabeça enquanto continuo rumo ao elevador.

Aperto o botão e entro. Mas Haru não vem comigo. Ele coloca as duas mãos nas portas para mantê-las abertas e fala:

— Você não está pensando direito.

— Solta.

Haru dá um passo para trás.

— Se é o que você quer…

As portas se fecham entre nós. Quando dou por mim, estou andando pelo corredor até o apartamento de Christian. Toco a campainha e espero. Ninguém atende. Depois de esperar um pouco, começo a bater até alguém abrir.

— Eric? — Christian está parado olhando para mim. — O que você está fazendo aqui?

Seu tom mais seco do que o normal me deixa sóbrio na mesma hora.

— Hã… — Não sei como responder. Ergo a jaqueta. — Você deixou isso aqui no terraço.

Ele primeiro olha para a peça de roupa e depois para mim.

— Por que você só não me mandou uma mensagem?

— Eu mandei, mas você não respondeu…

— E aí você resolveu vir aqui mesmo assim?

Isso me faz calar a boca. Não sei bem o que eu esperava. Queria poder dar meia-volta e fingir que foi algum mal-entendido. Mas então escuto outra voz vindo lá de dentro. Inclino a cabeça para ver quem é. É Zach, o cara com quem Christian estava sentado lá no terraço.

— Não quis atrapalhar…

— Precisa de mais alguma coisa?

A dureza em sua voz é como uma facada. Não sei mais o que dizer.

— Desculpa. Eu só queria te ver, já que a gente não teve chance de…

Perco o fio da meada.

Christian passa a ponta dos dedos entre os olhos.

— Você não pode aparecer do nada desse jeito. A gente não está junto, Eric. Não sei como deixar isso mais claro.

— Eu sei que não. Só pensei que tivesse algo a mais rolando entre nós.

— Só porque a gente passou uma noite juntos? — Ele suspira. — Olha, Eric. A gente se divertiu. Vamos só deixar por isso mesmo, tá bom?

— O que você quer dizer? — pergunto.

— Que é melhor pararmos por aqui.

Há um instante de silêncio enquanto absorvo a resposta.

— Desculpa se eu…

— Não preciso que você peça desculpas. — Christian me interrompe. — Preciso é que você vá embora. Pode ficar com a jaqueta. E boa noite.

E então ele fecha a porta.

Fico parado mais um pouco no corredor. Depois, sigo para o elevador e volto lá para baixo. Saio do prédio e vou tropeçando pela calçada. Nem sei direito para onde estou indo. Jogo a jaqueta em um arbusto quando viro a esquina.

Haru aparece de novo. Esqueci que ele estava aqui fora. Mas nem me dou ao trabalho de parar. Só continuo caminhando.

— O trem fica pro outro lado — diz ele.

— Não estou indo pra casa.

Mal consigo vê-lo na minha frente. As lágrimas se formando nos meus olhos fazem com que seja difícil andar reto. O mundo não passa de um borrão cinzento. Queria que Haru parasse de me seguir. Não quero que me veja assim. Quando saio da calçada, ele aparece no caminho e coloca as mãos nos meus ombros.

— Você vai acabar se machucando.

— Não vou, não.

— Você pelo menos sabe pra onde está indo?

Tento contorná-lo, mas Haru me impede de novo. Então, coloca a mão no meu bolso e tira alguma coisa de lá.

— O que é isso? — questiono.

— Estou pegando seu celular…

— *Me devolve…*

Uma leve disputa acontece entre nós. Depois de um tempinho, ele me devolve o aparelho. Com a visão turva, eu olho para a tela.

— Espera aí… O que você fez?

— Mandei sua localização pro Kevin.

— Pro *Kevin?* Por quê?

— Pra ele vir te buscar.

— Não quero que ele venha me buscar — retruco, tentando cancelar a mensagem. — Não acredito que você fez isso!

— Estou tentando te ajudar.

— Até parece que você se importa comigo.

— Claro que me importo.

— Então onde é que você estava a semana inteira? — Eu o encaro. — Te esperei todo santo dia e você nunca apareceu.

Haru não fala nada.

— Foi porque eu saí com o Christian aquela única vez? Foi esse o seu jeito de se vingar de mim? E agora você veio só porque eu estou bêbado?

Ele suspira.

— Eu só queria garantir que você estava bem.

— Não preciso disso!

De repente, meu telefone vibra. Semicerro os olhos para a tela. Kevin está me ligando. Penso em mandar para a caixa postal, mas não quero que ele ache que há algo de errado. É capaz de acabar ligando para os meus pais. Então respiro fundo e atendo.

— Alô?

Ouço a voz de Kevin.

— Eric? Está tudo bem?

— Sim, sim, tudo certo. — A sensação das palavras na minha boca é engraçada. — E aí, qual é a boa?

— Você está… bêbado?

— Não, estou cem por cento bem. Nem um pouquinho bêbado.

Haru se inclina para mim.

— É mentira.

Afasto o telefone.

— Fica quieto, Haru!

— Quem é Haru? Tem alguém aí contigo?

— Não. Só eu e mais ninguém!

— Onde é que você está?

Dou uma olhada ao redor. Ainda é difícil ver com clareza.

— Não tenho certeza.

— Recebi a sua localização. Já chego aí pra te buscar.

— Não, não precisa! Eu estou *bem,* Kevin. Juro.

Mas ele me ignora.

— Estou saindo nesse momento. Promete que vai ficar aí.

— Sério, Kev… — começo a dizer.

— Por favor, não sai daí.

— *Tá.*

Haru se aproxima de novo.

— Ele não vai arredar o pé daqui.

Eu o afasto.

— Dá pra parar?

Ouço a voz de Kevin de novo.

— Parar com o quê? Com quem você está falando?

— Com *ninguém!* Beleza, tchau…

Desligo a chamada e me viro para Haru.

— Não acredito no que você fez! Agora o Kevin está vindo aqui!

— E de que outro jeito você voltaria pra casa?

— Eu te falei que não preciso da ajuda de ninguém.

— Você mal consegue ficar de pé — retruca ele, e coloca as mãos nos meus ombros, como se quisesse me segurar.

Eu o empurro para longe mais uma vez.

— Quer saber de uma coisa, Haru? Você não pode ficar nessa de simplesmente aparecer quando quiser e me dizer o que fazer, entendeu? Eu passei a *semana inteira* te esperando.

Estou sempre te esperando por aí, e você só aparece quando dá vontade.

— Não é verdade.

— Então onde você estava? — Pressiono o dedo no peito dele. — Onde é que você estava ontem? E antes de ontem? Você sabia o quanto eu queria te ver.

Haru suspira e diz:

— Você acha que eu não passaria todo dia contigo se pudesse? Talvez você é que não devesse desperdiçar o seu tempo me esperando.

Não dá para acreditar no que estou escutando. Ainda mais depois de ele ter sumido.

— Não sou obrigado a ficar aqui ouvindo isso.

Enxugo uma lágrima do meu rosto e me viro para ir embora.

— O Kevin te falou pra esperar.

— Não estou nem aí.

— Eric.

Haru agarra minha mão, mas me afasto de novo.

— *Me deixa em paz!*

Minha voz ecoa pelo ar da noite. Não percebo a dureza das minhas palavras até senti-las queimando a garganta. Haru me encara em silêncio. Meu estômago começa a embrulhar de culpa enquanto saio andando outra vez. *Eu não devia ter gritado daquele jeito*. Mas, quando me viro para voltar atrás, ele sumiu. A rua está completamente vazia.

— Haru? Pra onde você foi?

Não recebo resposta. Estou sozinho aqui.

— Não foi isso o que eu quis dizer, tá?

Nada além do silêncio. Eu olho em volta.

— Eu pedi desculpa. Haru?

Fico chamando seu nome por bastante tempo, mas Haru nunca responde. Me sento na calçada, torcendo para que ele volte para mim.

DEZESSETE

Estou quase dormindo quando faróis aparecem no fim da rua. Alguém sai do carro e se aproxima. É a voz de Kevin que me acorda quando ele me ajuda a levantar. A sensação é de que minhas pernas estão afundando no chão. Tirando a hora em que Kevin me passa uma garrafa de água enquanto o rádio toca baixinho, nem lembro do trajeto de carro. Precisamos subir cinco lances de escada. Tropeço a cada degrau e mal consigo me segurar no corrimão. Devo ter desistido em algum momento, porque ele me levanta e me carrega pelo restante do caminho.

— Estamos quase lá.

Está escuro dentro do apartamento. Kevin liga a luz da cozinha, e a claridade queima meus olhos. Vago até o sofá e me deito um pouco. O cômodo fica girando, e minha vontade é de vomitar.

Ele me dá um pouco de água. Só percebo que estava morrendo de sede quando tomo até a última gota e Kevin me traz outro copo, que coloca sobre a mesa antes de se sentar na ponta do sofá.

— Precisa que eu te leve pra casa?

— *Não, eu estou bem* — respondo em um resmungo. A última coisa que quero é meus pais fazendo escândalo por causa disso. Já me sinto humilhado o bastante por Kevin ter cuidado de mim. Volto a ficar tonto. — Só preciso deitar e fechar os olhos um minutinho.

Ele me cobre com um edredom, pega mais água e deixa a luz da cozinha acesa antes de desaparecer no quarto.

Fico de lado, me cubro até a cabeça e deixo o resto do mundo esmaecer aos poucos.

* * *

Ainda está escuro quando acordo de novo. Por um segundo, não tenho a menor lembrança do que aconteceu ou de onde estou. Com a garganta seca, estico o braço para pegar o copo d'água. Ainda está escuro demais para ver qualquer coisa. Um único ponto de luz azul cintila debaixo de uma televisão. Com a visão borrada, faço força para me levantar e dou uma olhada pelo apartamento. Eu me lembro da última vez em que estive aqui. Jasmine e eu tínhamos vindo assistir a séries coreanas e comemos comida chinesa no chão. Parece errado estar aqui sem ela agora que os dois terminaram.

Que horas são? Acho que eu deveria dar o fora daqui. Me levanto do sofá e ignoro a dor de cabeça latejante. As paredes ficam se mexendo em volta de mim. Estou tentando sair discretamente quando, sem querer, derrubo alguma coisa da mesinha de centro. Kevin deve ter escutado, porque sai do quarto enquanto estou colocando o sapato. Na penumbra, consigo ver apenas sua silhueta na sala de estar.

— Você já vai?

— Tenho que ir embora.

— Deixa que eu te levo de carro.

— Não, não precisa.

— Espera aí…

Mas já virei a maçaneta e saí. Desço a escadaria quase tropeçando com ele no encalço, chamando meu nome. Mas não respondo. Me apresso para a rua e respiro o ar gelado. Para qual direção estou indo mesmo? Um segundo depois, a porta se abre de novo e Kevin aparece atrás de mim.

— Eric, espera aí. Deixa eu te levar pra casa.

— *Eu não vou pra casa.*

— Vai pra onde, então?

Por que será que ele não cai na real? Me viro para encará-lo.

— Não precisa ficar me seguindo.

— Só quero ter certeza de que…

— Eu sei me cuidar sozinho. Para de se preocupar comigo. Você nem faz parte da minha família.

Me arrependo das palavras na mesma hora, mas não quero pensar nisso agora. Me afasto e saio correndo. Kevin tenta me alcançar, mas viro em outra esquina e desapareço pela rua.

A cidade está escura e vazia. Não sei que horas são ou para onde estou indo. Só cruzo os braços e continuo caminhando. Mal consigo discernir o que há na minha frente. Enquanto vago por aí, meu telefone toca no bolso. Semicerro os olhos para a tela. *Por que a Jasmine está me ligando?* Pensei que agora ela fosse uma pessoa ocupada demais para falar comigo. Aposto que o Kevin falou com ela depois de eu ter fugido. Minha irmã provavelmente sabe o que falei para ele. Não quero atender e ter que me explicar agora. Mas há uma outra parte de mim com saudade de ouvir sua voz. Então aceito a chamada.

— *Alô?*

— Eric. — Ela parece calma. — Cadê você?

Olho em volta.

— Não sei.

— Como assim não sabe? Você está sozinho?

— Sim.

— Sabe como voltar pra casa?

— Não quero ir pra casa.

— O que está acontecendo?

Não respondo.

Há um breve instante de silêncio. Então Jasmine suspira.

— Tá bom, mas dá pra pelo menos me dizer o que você está vendo?

Olho em volta de novo. As ruas continuam turvas, mas consigo identificar uma coisa ou outra. Há algumas luzes acesas mais ao longe. Aquilo ali piscando em cima da vitrine é uma rosquinha gigante? É então que me dou conta.

— Acho que dá pra ver a Lucy's Donuts daqui.

— Beleza, já serve — diz Jasmine. — Você já foi lá. Lembra da lanchonete do outro lado da rua? Costuma ficar aberta até tarde.

— Aham, acho que lembro.

— Quero que você me espere lá, entendeu?

— Que eu te *espere?* Como assim?

— Estou a menos de uma hora daí. Vou te encontrar lá. Só me espera, tá bom?

— Tá...

— Promete que vai ficar lá.

— Prometo.

— Estou saindo agora mesmo. Não sai de lá.

Desligo o telefone. Enquanto fico ali parado, a calçada começa a se mexer de novo, e a sensação é de que estou prestes a cair. Tentando encontrar algo em que me segurar, cambaleio rumo ao restaurante.

As lâmpadas fluorescentes me deixam quase cego. Estou sentado em um sofá no canto, encarando meu copo d'água. Tirando um velho do outro lado do salão, o lugar está praticamente vazio. Uma garçonete me traz um pouco de café que nem pedi.

— Por conta da casa, meu amor.

Tomo um gole e descanso por um instante. Devo ter caído no sono em algum momento, porque alguém dá um tapinha no meu ombro para me acordar. O rosto de Jasmine entra em foco quando ela senta na minha frente. Está de novo com aquela mesma jaqueta que eu a deixei pegar emprestada. As luzes que refletem na janela fazem com que tudo a nossa volta fique nebuloso.

— Tudo certo aí? — pergunta minha irmã.

Não respondo. Mas sinto a cabeça latejando.

— Parece que você teve uma noite daquelas.

— O que você veio fazer aqui, afinal de contas?

Olhamos um para o outro. Sei que eu deveria estar feliz em vê-la, mas lembro que ela ainda vai partir.

— Meu voo é amanhã — conta Jasmine. — A gente vai decolar de Rockferd, então vou dormir na casa de uma amiga hoje.

— Que empolgante.

O silêncio preenche nossa mesa. Minha irmã respira fundo e solta o ar.

— Se você tem alguma coisa pra me dizer, acho que devia falar logo.

— Não tenho nada a dizer.

— Então o que está rolando? E por que você fugiu do Kevin?

— Não sei do que você está falando.

Jasmine se apoia na mesa.

— Estou preocupada contigo, Eric. Dá pra me falar qual é o problema de uma vez?

Não sei direito o que ela quer que eu diga. Talvez nem eu saiba qual é o problema. E então as palavras saem de mim.

— Não quero que você vá.

— Eric…

— Só acho que você devia ficar.

— Você sabe que não dá.

Bato na mesa.

— Então me perguntou pra quê? Por que você veio até aqui? Só pra me contar que está indo embora?

— Não faz assim — pede Jasmine, meio tensa. — Parece até que eu estou te deixando sozinho. Tem um monte de gente que se preocupa com você.

— Não preciso da preocupação de ninguém. Não tem nada de errado comigo.

— Não falei que tinha algo de errado com você, mas não dá pra continuar afastando todo mundo.

Ela estica o braço para pegar minha mão, mas eu me afasto.

Nesse momento, percebo algo estranho. Do outro lado da janela, há pétalas brancas caindo como neve do céu. Esfrego os olhos. Será que é coisa da minha imaginação? Então uma música de piano começa a tocar e preenche a lanchonete. Mas não dá para identificar de onde o som está vindo. *Tem mais alguém ouvindo isso?* Parece que estou ficando maluco.

— O que foi?

A voz da minha irmã me traz de volta à mesa. Mas não sei ao certo o que falar para ela. Me limito a menear a cabeça e dizer:

— Não foi nada.

Ela aperta meu braço.

— Talvez esteja na hora de ir pra casa.

Mas, a essa altura, não estou mais ouvindo nada. Mal consigo pensar direito. Está tudo girando de novo. Por algum motivo, o piano continua a tocar. De onde essa desgraça está vindo? Juro que essa melodia está me seguindo. Eu me levanto abruptamente.

— Desculpa, tenho que ir...

— Quê... *Pra onde você está indo?*

Só que não respondo. Em vez disso, saio correndo para a rua, torcendo para que Jasmine não me siga. Assim que empurro a porta, a lanchonete some dos arredores e, quando me dou conta, estou em um trem em movimento. É como se eu tivesse entrado em um sonho ou algo do tipo. O chão chacoalha sob meus pés enquanto olho em volta. O que será que está acontecendo?

Uma porta se fecha atrás de mim. Me viro bem a tempo de ver alguém entrando no vagão ao lado. É pelo cabelo escuro e todo bagunçado que o reconheço de imediato.

— *Haru?*

Não sei ao certo se estou tendo uma alucinação, mas o sigo mesmo assim e abro a porta, na esperança de conseguir alcançá-lo antes que seja tarde demais. Só que, assim que chego ao outro lado, ele já foi para outro vagão.

— *Haru, espera aí!*

Por que ele não desacelera o passo por mim? Não importa quantas vezes eu chame seu nome, Haru nunca olha para trás. Mas continuo correndo atrás dele, indo de um vagão para outro. Esse trem parece não ter fim. Só vai e vai e vai. Estou com medo de nunca conseguir chegar até Haru. Ele está longe demais, esvanecendo como neblina diante dos meus olhos.

— *Volta!*

E então entramos em um túnel, que engole tudo em escuridão. É a última coisa de que me lembro.

DEZOITO

Acordo na manhã seguinte no quarto de Jasmine. A luz que vem da janela me faz semicerrar os olhos. Toco minha têmpora esquerda e sinto uma dor por causa da noite passada. Quanto tempo será que passei deitado? E cadê meu celular? Me sento no colchão e dou uma olhada pelo quarto. Devo ter vindo parar aqui sem querer. Há algo dobrado na ponta da cama: é a jaqueta que emprestei para minha irmã. Encaro-a por um momento. Jasmine deve ter devolvido depois de me trazer para casa ontem.

Não lembro do que aconteceu quando saí da lanchonete. O lado esquerdo do meu corpo arde um pouco, e é difícil ficar sentado. Pode ser que eu tenha caído e apagado. Não seria a primeira vez. Penso na minha conversa com Jasmine. O voo não era hoje? Talvez ela já tenha partido. Passo a mão na jaqueta e dou uma olhada no quarto. Uma faixa de luz do sol ilumina o piano dela. Se eu fechar os olhos, consigo vê-la sentada ali, tocando uma de suas músicas. Mas sou a única pessoa aqui.

A casa está vazia. A televisão está desligada na sala, e não há ninguém lavando a louça na cozinha. É então que lembro do meu sonho com Haru. *Talvez ele tenha deixado alguma coisa para mim.* Mas não tem nada à minha espera na escrivaninha do meu quarto. Queria não o ter tratado daquele jeito ontem à noite. Ainda mais quando ele só estava tentando me ajudar.

Encaro a estrela de papel na janela, o origami que Haru fez para mim um tempinho atrás. Há tantas coisas que eu queria poder falar. Tomara que a gente se veja de novo em breve. Mas ele não aparece à noite. E não vem no dia seguinte também. Nem no outro. Mas continuo esperando.

As semanas seguintes passam devagar. Vou do teatro para casa e aí repito tudo. Tento me manter ocupado com as inscrições para a faculdade e assistindo a filmes no celular até cair no sono. Tem chovido muito ultimamente. Depois do trabalho, sempre olho para o outro lado da rua para ver se Haru está me esperando, mas ele nunca está. Não há nenhum papel dobrado me esperando na escrivaninha do quarto quando chego. Vou para a cama sozinho e acordo sem ninguém ao meu lado.

Às vezes, saio para procurá-lo. Vou até o Millennium Park e caminho em volta do Feijão à noite. Quando está chovendo muito, levo um guarda-chuva e torço para encontrá-lo sentado em um dos bancos. Talvez, se eu esperar por tempo suficiente, ele apareça de novo. A gente poderia até comprar pizza de borda alta no Lou Malnati's. Mas as semanas vão passando sem nenhum sinal de Haru. A cada dois ou três dias, eu passo na mesma cafeteria e me acomodo na mesma mesa em que ele me encontrou aquela primeira vez. Mas Haru nunca entra pela porta. Não importa quantas horas eu fique por lá.

E se eu nunca mais o vir? Penso na inauguração da galeria, em quando nos sentamos juntos no banco do piano. Eu não devia tê-lo deixado lá. Se soubesse que nosso tempo seria tão curto, eu teria passado cada segundo com Haru, memorizando os vincos ao redor de sua boca quando ele sorria, ou o jeito como seu cabelo caía na frente dos olhos quando ele tocava piano.

Bloqueei o número de Christian alguns dias atrás. Não que eu esperasse receber alguma mensagem de novo. Finalmente devolvi as roupas que comprei para impressioná-lo. Não sei o que eu estava pensando com essa história de fingir ser outra pessoa. Não importa o quanto eu tente ser um deles, nunca vou deixar de ser um peixe fora d'água ali.

Tudo parecia mais fácil com Haru. Eu não precisava mudar quem eu sou perto dele. Olho para baixo, para a pulseira vermelha que compramos juntos no Japão e que ainda uso todo dia. Haru nunca sumia por tanto tempo assim. Parte de mim se pergunta se ele realmente esteve aqui em algum momento. Então toco a flor de papel que guardo comigo, e lembro que tudo foi real. Eu só achava que teríamos mais tempo juntos. *Pra onde você foi agora? Será que vou te ver de novo algum dia?*

Há uma papelaria perto do teatro que acabei encontrando sem querer quando estava indo embora essa semana. Está sempre fechada quando saio do trabalho. De vez em quando, gosto de parar e olhar a vitrine. Tudo lá dentro me faz pensar em Haru. *"Minha família tem uma loja de papel em Osaka"*, ele me disse certa vez. *"Sempre faço questão de comprar alguma coisa, mesmo que seja só um pedaço de papel."*

Mais uma lembrança me vem à tona. *Haru estende a mão na estação de trem; o pedaço de papel tremula entre seus dedos.*

— Eu estava esperando pra te dar isso aqui — explica ele rápido. — É o meu número, pra gente manter contato.

E então a brisa fica mais forte e joga o papel no ar enquanto as portas se fecham entre nós.

Onde será que eu estaria agora se aquela folha nunca tivesse escapado das minhas mãos? Pode ser que o papelzinho ainda esteja voando por aí, esperando que eu o pegue. Enquanto divago a respeito do que poderia estar escrito lá, tenho uma ideia. Não sei por que nunca pensei nisso antes. Na manhã seguinte, volto à papelaria antes do trabalho e compro papel. No almoço, arranjo uma caneta e me sento na bancada. Talvez seja minha vez de deixar um recado.

Mas o que eu deveria falar para ele?

Querido Haru,
      me desculpa, de verdade. Eu nunca devia ter te deixado sozinho naquela noite. Já revivi aquela cena um milhão de vezes na minha cabeça, sempre imaginando

finais diferentes. Espero que você consiga achar um jeito de me perdoar. Até lá, vou passar todo dia te esperando. Tomara que você mantenha a sua promessa.

Com carinho,

Eric

Dobro o papel ao meio e guardo no bolso. Mais tarde naquela mesma noite, assisto a alguns tutoriais ensinando a fazer uma rosa de origami. Depois a deixo na minha escrivaninha com o bilhete dentro. Sei que não é tão bonita quanto as flores que Haru faz para mim, mas espero que ele a encontre mesmo assim. Adormeço sonhando com ele.

Está garoando na manhã seguinte. Chego um tanto encharcado no teatro. Alex ficou doente e não veio, então somos apenas eu e Simon na bilheteria. É uma tarde típica, que passo entregando ingressos comprados na internet enquanto Simon faz fofoca a respeito dos atores do espetáculo. Ele conta que há um novo bafafá rolando com o elenco.

— A *Maria está grávida* — revela, com uma pausa dramática. — Pelo menos é que o todo mundo acha. Por que outro motivo ela perderia o restante da temporada?

— Quem é essa mesmo?

— A *substituta* da Camille. — Ele joga um pacote de amêndoas cobertas de chocolate em mim. — Quantas vezes vou ter que falar?

Dou uma olhada no doce.

— Da onde veio isso?

— Não se preocupa com essas coisas. Tem carne seca, caso você queira um pouco. — Simon senta na bancada e toma um gole de seu café gelado. — Mas enfim, voltando pra história. O negócio é o seguinte, não fui eu que te contei, mas a gente acha que o Philip pode ser o pai.

— Pensei que o Philip era noivo da Camille…

Ele assente.

— *Pois é.*

Absorvo a informação.

— Como você sabe tudo isso?

— Como assim? Eu não sei de nada — fala Simon, enquanto dá uma olhada pelo saguão para garantir que não há ninguém ouvindo. — Eu também não sei que o carro do Philip passou o fim de semana inteiro estacionado na frente do prédio da Maria. E não esquece que tudo isso aconteceu depois dos boatos de que os dois fizeram check-in no Waldorf juntos umas semanas atrás. Só que nem chegou a pior parte ainda. — Ele se inclina para a frente e, com a voz baixinha, continua: — Acharam nozes na salada de frango da Camille um dia desses, e todo mundo sabe que ela tem uma alergia *mortal* a nozes. Ouvi falar que a polícia está investigando e tudo.

Dou uma arfada, chocado.

— Meu deus do céu.

— Estou te falando, Eric. Nem em livro acontece o que rola por aqui. — Simon toma outro gole e cruza as pernas. — Inclusive, quais as novidades entre você e o Christian?

Solto um suspiro.

— Eu te contei que bloqueei o número dele.

— Só pra confirmar mesmo — diz Simon, mexendo o canudo. — Ainda não acredito que você se desfez daquela jaqueta. A gente podia ter vendido pra um daqueles revendedores. — Ele meneia a cabeça e suspira também. — Também ouvi falar que ele está passando o rodo no elenco todo, se é que você me entende.

Não é fácil ficar sabendo disso, mesmo que a gente nunca tenha ficado sério.

— Simon… estou tentando não pensar no Christian, lembra?

Ele assente.

— Verdade, o Christian morreu pra gente. Não vamos mais mencionar esse nome. A não ser que ele morra de verdade ou algo assim.

— Agradecido.

— Quem é o outro cara que não sai da sua cabeça?

Eu o encaro.

— Como assim?

— Você está claramente pensando em alguém. Pelo jeito como você fica andando sem rumo pra lá e pra cá por aqui, imagino que seja outro garoto. Você vive olhando todo ansioso lá pra fora. Parece até que te deram o cano. Também te vi escrevendo uma cartinha de amor ontem.

A rosa de papel para Haru, que continuava na minha mesa quando saí hoje de manhã.

— Não era uma carta de amor.

— Então era pra quem?

Não sei ao certo o que responder.

— Estou sendo intrometido de novo?

— Não, não, está tudo bem — digo, dando de ombros. — É só um amigo meu. Do verão passado. A gente conversa de vez em quando. Mas faz um tempo que não vejo ele.

— Por que você só não manda uma mensagem?

Bem que eu queria que fosse simples assim. A sensação é de que Haru desapareceu, de que foi para outro universo ao qual não tenho acesso. Mas não posso contar nada disso para Simon.

— É complicado. — Suspiro. — A gente não encerrou as coisas da melhor forma.

— Você acha que vão se ver de novo?

Encaro o chão.

— Não sei, pra falar a verdade.

Simon não faz mais perguntas, mas pula da bancada e me dá um apertãozinho no ombro.

— Sinto muito que você esteja passando por isso. Acontece com todo mundo. Mas você vai encontrar outra pessoa.

Não falo mais nada. Porque não quero outra pessoa. Quero encontrar Haru de novo. Um momento depois, o telefone toca. Deixo Simon atender e me acomodo na bancada. O restante do turno é bem quieto. Olho para as portas de vez em quando, torcendo para ver algum rosto familiar.

O sol está se pondo quando saio do teatro. Simon me convidou para sair com os amigos dele, mas falei que já tinha planos. A verdade é que estou aqui fora esperando por Haru de novo. E se ele aparecer desta vez e eu não estiver aqui? A calçada reluz enquanto o vento sopra folhas por todo canto. Fico debaixo da marquise, vendo o semáforo piscar. Sei que há formas melhores de usar meu tempo. Mas a possibilidade de me desencontrar de Haru faz com que eu me sinta ainda mais sozinho.

As horas passam em um piscar de olhos. Às vezes, a sensação é de que estou preso aqui enquanto o resto do mundo se move ao meu redor. Parece que choveu de novo. Talvez ele não volte hoje à noite também. Quando enfim resolvo ir embora, ouço uma sineta ecoando pelo ar. *Será que...*

Me viro quando uma bicicleta passa zunindo por mim e esparrama água da chuva nos meus sapatos. Olho em volta em busca de Haru, mas não o vejo. Claro que não era ele. Eu deveria parar de ficar criando esperanças. Já estou caminhando quando alguém chama meu nome.

— *Eric.*

Congelo na calçada. Por um segundo, acho que imaginei a voz. Não seria a primeira vez que escuto coisas. Mas, quando me viro, meu coração para. Haru está do outro lado da rua, com uma das mãos no bolso.

Nos encaramos enquanto os carros passam entre nós. No momento em que o sinal abre, corro imediatamente para lá.

— *Haru!* — Jogo os braços ao redor dele, e quase faço a gente cair. Nem me importo se tiver alguém nos vendo. — *É você mesmo.*

— Sentiu saudade? — pergunta ele, me puxando para mais perto.

QUANDO HARU ESTAVA AQUI 227

Mais do que você imagina.

— Claro que senti — respondo, ofegante. Sinto uma onda de alívio quando o abraço. Não acredito que Haru voltou. Fecho os olhos por um segundo e deixo o resto do mundo desviar de nós. — Te procurei por toda parte. Onde foi que você se meteu?

— Você me procurou? Pensei que talvez nem fosse perceber que eu tinha sumido.

— Por que você pensaria uma coisa dessas?

— Você me falou pra te deixar em paz, lembra?

Eu o encaro. Minha vontade é de retirar tudo o que eu disse naquela noite.

— Você sabe que foi só da boca pra fora…

— Tá tudo bem — responde ele, e logo bagunça meu cabelo. — Eu sei que não foi por maldade.

— Obrigado por ter voltado.

Haru olha para baixo e franze os lábios.

— Olha, Eric…

— Espera aí…

É a minha chance de mostrar o quanto quero me redimir.

— Escrevi uma lista de coisas pra gente fazer! — exclamo enquanto vasculho os bolsos. — Está aqui em algum lugar. Eu estava pensando em te levar a um festival de música que vai rolar no parque. Ah, e tem um museu com uma exposição de papel que eu sei que você vai adorar.

Onde foi que enfiei a lista?

— Não vai dar.

— Claro que vai — digo. Este vai ser um recomeço para nós. Dessa vez, vou fazer questão de sempre colocá-lo em primeiro lugar. — Sei que está chuviscando, mas acho que daqui a pouco vai começar um filme lá no parque. Vamos…

Pego a mão de Haru e me viro para partirmos, mas seus dedos escorregam dos meus. Olho para ele.

— Tem algo de errado?

— Não posso ir.

— Por quê?

— Porque eu só vim me despedir.

Gotas de chuva caem na minha pele.

— Se despedir? Você acabou de chegar.

— Eu sei — fala Haru, então suspira. — Mas não posso ficar muito tempo aqui.

— Então a gente faz outra coisa — sugiro. — Não precisamos ver filme se você não quiser. Podemos fazer isso quando você voltar.

— Eu não vou voltar.

Fico quieto por um momento, sem saber direito que história é essa.

— Do que você está falando?

— Eu falei que não vou voltar.

Sinto um calafrio. Espero uma explicação melhor, mas não recebo nada.

— Você está me assustando. É por causa do Christian? Porque eu nem converso mais com ele. Prometo que não…

— Não tem nada a ver com o Christian.

— Então tem a ver com o quê? Por que você está indo embora?

Haru não responde, o que me causa um embrulho no estômago. A chuva continua a cair ao nosso redor. Ele tira as mechas de cabelo da frente do meu rosto e explica:

— Não estou bravo contigo, tá? Mas você sabe que isso aqui não tinha como durar pra sempre. Não quero atrapalhar a sua vida.

— Mas você é uma parte dela. O que está tentando dizer?

Haru suspira.

— Você sabe que a gente não tem como ficar juntos. Que, uma hora ou outra, eu teria que partir. Percebi que tem coisas que eu nunca vou ser capaz de fazer por você. Vou sempre ser uma rosa de papel na sua vida, e você merece uma flor de verdade.

Será que ele não entende que eu amo aquelas flores de origami?

Solto a mão de Haru.

— Não fala assim. Não quero que você vá. Não preciso de mais nada além disso. Será que você não se importa comigo?

Haru pega meu rosto entre as mãos. As gotas de chuva ricocheteiam em sua pele.

— Em uma outra realidade, eu passaria cada segundo com você. Mas quero que você viva aqui, no presente, e não que passe a vida inteira me esperando.

Sinto uma pontada no peito. Pensei que fôssemos ter uma chance de consertar os erros. Ele passou semanas sumido e agora volta só para me dar tchau? Engulo em seco e digo:

— Beleza, então. Se é isso o que você acha mesmo, então pode ir.

— Não quero que as coisas terminem assim entre a gente.

Haru tenta pegar minha mão, mas me afasto.

— Quem está colocando um ponto final nas coisas é você. Mas acho que eu nem devia me surpreender com mais alguém me deixando para trás.

Só nunca pensei que seria você.

— Me desculpa.

Encaramos um ao outro. A essa altura, sou grato pela chuva. Porque ela impede que Haru veja minhas lágrimas.

— Não faz diferença. Vai logo.

Os postes se acendem e iluminam as árvores que ladeiam o caminho. Quando acho que não há nada mais a ser dito, dou meia volta e saio dali. Talvez uma parte de mim ache que Haru vai me impedir. Mas nenhuma mão me segura pelo ombro e nenhuma voz chama meu nome enquanto caminho para longe. Nem me dou ao trabalho de me virar para conferir se ele continua parado lá. Afinal, não há nada que eu possa fazer para convencê-lo a ficar.

Só queria que você tivesse me falado antes. Porque, no fim das contas, eu não precisava ter ficado te esperando.

DEZENOVE

As semanas seguintes são pálidas e deprimentes. Desperdiço os dias dentro de casa, olhando para as paredes e assistindo a filmes no quarto. Longas sonecas à tarde são uma ótima maneira de passar o tempo. Não que eu ainda nutra alguma esperança, mas Haru não apareceu desde que nos despedimos. Às vezes, quando dou por mim, percebo que continuo esperando por ele. É difícil parar de pensar em quem ocupa tanto espaço na nossa cabeça. Ando tentando esquecê-lo. Pego todas as coisas que ele fez para mim, coloco em uma caixa e jogo no fundo do guarda-roupa.

Ando focando mais em mim. Voltei a me concentrar nas inscrições para a faculdade e já enviei alguns formulários. Até me inscrevi para algumas instituições fora de Illinois, como uma que fica em Nova York, por exemplo. Não sei o que vou fazer se me aceitarem. Mas, de qualquer forma, só vou precisar me decidir daqui a alguns meses. Ando pensando bastante na bolsa de estudos na área de cinema. Aquela de que contei para Jasmine. O prazo era alguns dias atrás, e nunca cheguei a mandar nada. Mas acabaram de enviar um e-mail estendendo a data final até semana que vem, o que me dá outra chance de produzir alguma coisa. Muito embora não vá dar tempo de sair por aí para filmar, tenho pastas de vídeos não utilizados que talvez eu possa unir e transformar em algo interessante. Só preciso ter uma ideia. Passo mais alguns dias focando exclusivamente na bolsa de estudo.

* * *

Está frio quando chego ao teatro. Vejo minha respiração no ar enquanto empurro as portas. Ando fazendo hora extra na bilheteria, o que tem sido a coisa mais consistente para me tirar de casa. Gosto da monotonia de atender o telefone, entregar ingressos e ver as pessoas entrando e saindo do saguão. Também é o único momento em que vejo Simon e Alex, minha dose necessária de interação social da semana.

O recinto fica silencioso quando o espetáculo começa. Estou sentado à bancada, encarando as portas da frente. Às vezes, percebo que estou procurando por ele. Queria poder tirá-lo da cabeça. Sei que Haru não vai mais aparecer…

— Ainda está procurando aquele cara?

A voz de Simon me traz de volta à realidade.

Me viro para o outro lado.

— Não sei de quem você está falando.

— Do cara que você está sempre esperando — explica ele, se recostando na bancada. Seu esmalte azul cintila sob as lâmpadas fluorescentes. — Deduzi que fosse o mesmo. Ele ainda está te deixando no vácuo?

— Não tem nada de *vácuo*.

— Então cadê esse menino misterioso?

Solto um suspiro.

— Ele não vai mais vir.

— Vocês terminaram?

— Não, é… difícil de explicar.

— Bom, eu tenho bastante tempo. — Simon se acomoda ao meu lado. — Começa do início.

— Lamento te desapontar — digo, me reclinando na cadeira. — Mas não tem história nenhuma. Sendo bem sincero, a gente nunca teve nada sério.

— Você estava apaixonado por ele?

A pergunta me pega de surpresa. Talvez porque eu mesmo nunca tenha me questionado isso. Encaro minhas mãos enquanto penso a respeito.

— Talvez. Nós passamos muito tempo juntos. Ele me fazia esquecer qualquer outra coisa, sabe? Vivia sumindo, mas estava sempre lá quando eu precisava. Ele era tipo um melhor amigo pra mim também. É difícil encontrar alguém com quem a gente se conecta desse jeito. — Fico em silêncio por um momento. — Estou começando a achar que foi tudo coisa da minha imaginação.

Simon assente, pensativo.

— As pessoas entram e saem das nossas vidas, sabe? Às vezes é melhor assim, mas tem vezes em que a gente queria que tivesse sido diferente. As coisas são assim mesmo.

— E como você lida com isso?

— Só aceito a derrota — responde Simon, dando de ombros. — Sigo pro próximo garoto que provavelmente também vai me decepcionar. É o ciclo da vida. Tipo, quanto tempo mais você vai ficar chorando pelo mesmo cara? Joga esse peixe morto de volta no mar.

Não falo nada.

— E, no fim das contas, é pra isso que servem os amigos — acrescenta ele, e dá um tapinha de brincadeira no meu ombro.

Abro um sorriso discreto.

Simon se levanta da cadeira e diz:

— Você tem que pelo menos parar de ficar se lamentando por aqui. Está acabando com a vibe. — Ele pega o celular de cima da bancada. — Eu e a Alex vamos a uma festa hoje à noite. É lá no Hyde Park, no apartamento de um dos caras da equipe de apoio. Você devia vir.

— Não sei se estou no clima — respondo.

Simon meneia a cabeça.

— Não vai ser que nem da última vez. Meu amigo, o Scottie, estuda na Universidade de Chicago, então não vai ser só gente do teatro. Não precisa ir todo emperiquitado. A não ser que você queira, claro. Mas não vai ter ninguém do tipinho do Christian lá. Até onde sei, pelo menos. Por que o que mais você tem pra fazer? Passar a noite inteira olhando melancolicamente pela janela?

Suspiro de novo. Eu estava planejando ir embora e assistir a outro filme, talvez trabalhar um pouco no meu projeto para a bolsa de estudos. Mas Simon já me convidou para sair algumas vezes. Não quero continuar negando, ainda mais levando em consideração que ele está fazendo o esforço de passar tempo comigo. Talvez distrair a cabeça por algumas horas seja uma boa ideia.

— Tá bom, eu vou. Mas provavelmente não vou ficar até muito tarde.

Simon sorri.

— Perfeito. A gente pode rachar o Uber.

Saímos do trabalho algumas horas depois. Troco de camisa e encontro Simon na esquina, onde há um carro nos esperando. Alex mandou mensagem alguns minutos atrás, avisando que já está a caminho. Ainda faz frio na rua, mas decido não levar minha jaqueta. Sempre acabo a esquecendo nesse tipo de festa. O veículo nos deixa em frente a um edifício que poderia muito bem passar por casa de fraternidade. Trepadeiras sobem e descem pelas pareces de tijolinhos vermelhos. Nunca vim para este lado do Hyde Park. Entramos e seguimos para o segundo andar. Tem mais gente do que eu esperava. A iluminação do espaço, com fitas de luz azul penduradas ao longo das paredes, é difusa. Pelo menos a música não está muito alta. Simon abraça algumas pessoas e me apresenta para todo mundo.

— Esse é o Eric, que trabalha comigo lá na bilheteria.

Fico olhando em volta, procurando Christian. Ainda bem que não o vejo em nenhum canto. Nem consigo imaginá-lo em um lugar assim. Deve estar em algum bar chique, bebendo com aquele outro cara. Me forço a parar de pensar nele. Um momento depois, Alex nos encontra perto da mesa de pingue-pongue que faz as vezes de segundo bar. Ela solta o drinque, passa um braço pelos meus ombros e pergunta:

— Quando foi que vocês chegaram?

— Faz uns minutos — responde Simon.

Alex me dá uma olhada.

— O que foi, Eric?

— Um rapaz aí deu vácuo nele — sussurra Simon.

— *De novo?*

— *Para de contar isso pros outros* — digo.

Simon e Alex se olham. Então ela pega minha mão, me leva para o outro lado do cômodo e anuncia:

— Quero te apresentar pra uma pessoa.

— Tá bom…

Há uma cara de cabelo escuro e camisa verde oliva parado perto da televisão. Alex agarra o ombro dele e o vira para deixá-lo de frente para mim.

— Esse é o meu amigo Jacob. Ele estuda cinema aqui, não é?

— História da arte.

— Dá no mesmo.

O sujeito me oferece a mão.

— Qual é o seu nome?

— Eric.

Conversamos por alguns minutos. Jacob está no segundo ano da faculdade na Universidade de Chicago. Alex sai para pegar uma bebida, e nós dois continuamos conversando a respeito dos últimos filmes a que assistimos. Ele tem uma Canon 5D e seu filme favorito é *Interestelar*. Sendo bem sincero, não é um papo lá muito fascinante. Jacob parece um cara legal, mas não há nenhuma química entre nós. Somos como dois navios atracados em portos diferentes. Ele deve ficar com a mesma impressão, porque, em determinado momento, confere o celular e me diz que precisa encontrar um amigo.

Vago pela festa para ver se conheço alguém. Na cozinha, há um bar com opções para cada um fazer o próprio drinque, mas não estou muito a fim de beber. Encontro Simon no canto de outro cômodo, sentado bem perto e sussurrando no pescoço de outro cara. Eu o deixo sozinho e vou atrás de Alex. Há tantos quartos nesse prédio. Parece que não consigo encontrá-la em lugar nenhum.

Outra música lenta começa. Paro no batente de uma porta e fico vendo as pessoas formarem pares conforme o clima do recinto vai mudando. Sei que não faz muito tempo que cheguei, mas talvez eu consiga escapar sem que ninguém perceba. Simon parece bem distraído. Até Jacob, que está se agarrando com um rapaz aleatório no sofá, parece ter encontrado uma nova companhia. Passo mais alguns minutos parado, fingindo usar o celular. E então decido que é hora de ir embora.

No segundo em que saio do apartamento, alguém chama meu nome. Mas a voz não é familiar. Me viro e vejo alguém vindo na minha direção. Fico completamente imóvel assim que o reconheço.

Leighton sai do apartamento e deixa a porta fechar atrás de si. Sob a luz do corredor, seu cabelo loiro parece quase amarelo. Não lembro quando foi a última vez em que nos vimos. Deve ter sido na semana seguinte à morte de Daniel. Por um instante, contemplo a possibilidade de seguir pela escada e fingir que não o ouvi. Mas é tarde demais.

— E aí, cara. Que surpresa te ver aqui.

— Pois é, digo o mesmo.

Não nos cumprimentamos nem nada assim. Mesmo que nós dois tenhamos conhecido Daniel, só nos encontramos algumas vezes.

— Como vão as coisas? — pergunta ele.

— Tudo certo — respondo.

A porta se abre de novo quando outro rapaz, um sujeito de cabelo ruivo curtinho e com um moletom cinza de gola redonda, vem logo atrás. Os dois devem se conhecer, porque Leighton caminha até ele, passa o braço em seus ombros e diz:

— Esse é o Max, meu namorado. Ele está no segundo ano da faculdade aqui.

Olho para o rapaz.

— Namorado?

— Aham, ele mora aqui.

Leighton aponta para o apartamento.

Dentre tantas festas às quais eu poderia ter ido. O universo é mesmo muito engraçado.

— Faz quanto tempo que vocês estão juntos?

— Quase um ano já.

— Um ano?

Levo um momento para absorver a informação, porque não faz sentido. Daniel morreu um ano atrás. A menos que Leighton tenha começado a namorar esse cara logo depois do acidente. Mas como se supera alguém assim tão rápido? Ainda mais alguém como Daniel. Quando me dou conta, sinto um embrulho no estômago.

— Boa noite pra vocês — falo abruptamente.

Sigo escada abaixo e abro a porta com força. A temperatura deve ter caído, porque está congelando aqui fora. Não acredito que não trouxe uma jaqueta. Meu corpo treme de frio. A estação de trem fica a sete quadras daqui. Cruzo os braços conforme sigo pela rua. Pensar em Leighton me deixa morrendo de raiva. Como ele foi capaz de esquecer Daniel rápido assim? Ele basicamente pulou fora no dia seguinte. Enquanto isso, eu mal consigo passar um segundo sem pensar no meu melhor amigo. Ainda olho suas fotos quando estou sozinho. Isso só deixa claro que Leighton nunca se importou com Daniel como eu. Mas acho que nada disso importa mais. Porque, no fim das contas, foi ele quem Daniel escolheu.

Um ônibus enorme encosta na calçada, mas não do tipo que se espera em uma parada. Então, a porta se abre e escuto música vindo lá de dentro. Vejo pessoas descendo em pares, todas vestidas para o que parece ser um evento formal. Estou prestes a seguir meu caminho quando dois caras saem de mãos dadas e me fazem parar de novo. Um deles, o de cabelo castanho e fino, é tão parecido com Daniel que, por um segundo, penso que é ele. Fico completamente imóvel enquanto o sujeito passa por mim, rumo às portas do prédio, e imagino que sou eu andando ao seu lado.

Quando os dois entram, acabo sozinho de novo. A rua está quieta, e um sentimento de solidão me atravessa. Me viro para a calçada, e a vontade é de sumir. De ir para outra dimensão, uma realidade em que Daniel continua vivo.

Meu celular apita no bolso. Há uma nova mensagem. De um número que não reconheço.

> Adivinha quem é
> Vou te dar uma dica
> É o seu amigão da vizinhança
> Nick

Encaro as mensagens. Nick, o amigo de Christian? Não tive notícias desse cara desde aquela noite no bar do terraço. Como ele conseguiu meu número? Christian deve ter dado. Sei que eu provavelmente deveria bloqueá-lo também, mas, por algum motivo, não o faço.

Sem ter certeza do porquê, eu respondo.

> e aí!
> o que anda fazendo?

Nick responde quase na mesma hora.

> tô só esperando pela chance de te ver de novo
> vamos beber alguma coisa hoje

Hesito, e então digito:

onde você pensou em ir?

Nick manda outra mensagem, junto com uma localização. Ele quer me encontrar em um restaurante chamado Charles Tuesday, no Lincoln Park. Por um momento, penso em Haru, que reprovaria a decisão que estou prestes a tomar. Mas ele não está mais aqui, então não importa. Abro o endereço e sigo para a estação de trem.

VINTE

Há alguém tocando a Sonata nº 11 no piano quando entro no restaurante. Parece o tipo de lugar que sediaria um *after* do Met Gala. Os lustres pendurados no teto abobadado iluminam os móveis de veludo pelo salão. Uma mulher de vestido de festa me leva mais para os fundos, onde Nick já está sentado no bar. Ele acena para mim enquanto se levanta para puxar minha cadeira e me dá um beijo em cada bochecha.

— Senta aqui — diz, e dá um apertãozinho afetuoso no meu ombro. — Imagino que você queira algo chique pra beber.

Abro um sorriso.

— Parece uma boa.

O bartender nem pede minha identidade. Algo que percebi nas vezes em que saí com Christian é que quem tem pedigree se safa de muita coisa. Nick é outro exemplo disso. Ele dá um sorriso caloroso e toma um gole da própria bebida. Seu cabelo loiro penteado para o lado tem cachinhos discretos nas pontas.

— Você precisa experimentar esse aqui.

— O que é?

— Um martíni francês. Meu drinque favorito nos últimos tempos.

Dou um golinho e sinto notas de framboesa.

— Nossa, é bem bom.

— Vindo de *você*, um "bem bom" é praticamente uma estrela Michelin — sussurra Nick, antes de assentir para o bartender e pedir mais um.

Um garçom traz uma bandeja de aperitivos. Tartar de atum e pedacinhos de pepino.

— Pedi só pra você — fala Nick, enquanto descansa um braço no balcão do bar. — Você gosta de frutos do mar, né? Lembro que me contou.

— Aham, eu gosto.

Ele abre outro sorriso e dá mais um gole no drinque.

— Mas me fala, o que você tem feito? Quero saber cada detalhe, começando pela sua vida amorosa.

Meneio a cabeça.

— Não tem vida amorosa nenhuma.

— Com um rostinho desse, acho difícil de acreditar.

Não consigo evitar e acabo sorrindo. O bartender volta e entrega meu drinque. Nick ergue o próprio martíni e diz:

— Um brinde ao nosso reencontro.

Tilintamos as taças. Minha bebida tem um gosto meio defumado, mas as notas de morango fazem com que fique mais palatável.

— O que tem nisso mesmo?

— É mezcal.

— Nem dá pra saber se tem álcool ou não.

— É aí que a gente sabe que é bom — conclui Nick, sorrindo. Com a taça, ele indica o homem atrás do bar. — Seria difícil encontrar um bartender melhor do que o Arthur por aqui.

— Então você vem bastante aqui?

— É o meu bar favorito de Chicago. — Nick se inclina na minha direção. — Faço o que posso pra não ficar falando desse lugar pros outros, então vamos guardar segredo entre a gente. — Ele dá uma piscadela para mim. — Gostei dessa camisa. De que evento você está vindo?

— Era só uma festa no Hyde Park, mas não fiquei por muito tempo.

— Que bom que acabou aqui.

— Pois é. Fiquei feliz com a sua mensagem.

Ele ergue a taça de novo.

— Um brinde a nós.

Conversamos um pouco enquanto aproveitamos nossos drinques. Nick faz intermináveis perguntas a meu respeito. As faculdades para as quais estou me inscrevendo, os cursos em que estou interessado, onde me vejo daqui a dez anos.

— Trabalhar na Goldman Sachs seria um sonho — digo o mais sério que consigo, o que o faz morrer de rir.

Me divirto com a história de quando ele perdeu o celular durante sua viagem anual para esquiar em Aspen em novembro. Sempre que chego na metade de um copo, Nick já pede outro. É boa a sensação de receber atenção, ainda mais de alguém como ele. A noite está sendo ótima, para ser sincero. Mesmo que eu esteja ficando meio tonto das ideias. Nick nunca tira os olhos de mim, e não para de perguntar se preciso de mais alguma coisa. Talvez eu tenha sido injusto pela forma como o julguei na última vez. Em sua companhia, me sinto mais especial do que com Christian.

Mais ou menos uma hora depois, ele pede a conta. O bartender traz um macaron rosa e informa que é por conta da casa. Nick me oferece a primeira mordida, e então enfia o restante na boca. Confiro o horário no celular. São quase 23h30. O restaurante parece estar quase fechando.

— Que tal a gente ir lá pra casa? — sugere Nick.

— Você mora por perto?

— A uma quadra daqui.

—Ah, que conveniente — comento. Quase até como se ele tivesse planejado.

Eu não estava esperando ficar tanto tempo assim. Seria melhor pegar o próximo trem para casa, ainda mais levando em consideração que a bateria do meu celular está quase acabando. Mas, por outro lado, não quero que a noite chegue ao fim. Talvez eu possa ficar mais uma horinha. Só percebo como estou tonto quando me levanto da cadeira. Ainda bem que Nick está aqui para me levar até a porta. Assim que chegamos na rua, percebo algo estranho no ar.

— *Está nevando* — digo.

— É melhor a gente acelerar o passo pra se abrigar lá em casa.

Nick mora em um condomínio na rua Burling. Eu o sigo pelos degraus e ele destranca a porta com uma senha. Sua casa é belamente decorada com móveis modernos. Não chega nem perto do tamanho do apartamento de Christian, mas com certeza seria possível dar uma festona aqui. Principalmente com as caixas de som embutidas na parede. Nick desaparece na cozinha enquanto me sento no sofá da sala de estar. Um instante depois, ele volta com duas taças de vinho.

— Uma pra você.

— Não sou muito de vinho.

— É um Malbec. Desse você vai gostar.

Vou contra o bom senso e pego a taça. Nick coloca música e se senta ao meu lado. Dá para ver a neve caindo lá fora pela janela. É bom ter saído do frio. Com um toque no celular de Nick, a lareira elétrica é ligada. Conversamos um pouco, e vamos acrescendo músicas à playlist que Nick cria para mim. Ele me fala de suas obras de arte, cuja maioria ganhou de presente, e aponta para a pintura atrás de nós.

— Aquela ali é de um artista que conheci em Verona uns verões atrás.

— Ele simplesmente te deu o quadro?

— Talvez eu tenha pagado de outras maneiras — responde, com um sorrisinho malandro.

Nós dois rimos. Nick descansa o braço atrás do sofá, e vai se aproximando aos poucos de mim. O vinho deixou meu rosto quente. Acho que está na hora de eu parar de beber. Coloco a taça sobre a mesinha de centro. Quando me recosto, sinto o braço dele ao redor dos meus ombros. Olhamos um para o outro. Não dá para negar que ele é um gato, ainda mais com esses olhões azuis. Nick passa a mão pelo meu pescoço e sussurra:

— Eu amo o quanto a sua pele é macia.

— Valeu... — respondo, suspirando.

Um sorriso se espalha por seu rosto e, então, ele se inclina para me beijar. Seus lábios têm o gosto doce do vinho. Fecho os olhos por um momento, e deixo as mãos dele me puxarem para perto. Sinto o calor do corpo de Nick, o sangue pulsando em minhas veias. E então ele vai descendo e começa a levantar minha camisa devagar... mas eu o interrompo.

Ele olha para mim.

— O que foi?

— Eu não estava esperando que...

Nick me beija de novo. Eu desvio o rosto.

— Acho que é melhor não.

— Ah, qual é — resmunga ele, e se aproxima de novo.

Agora o empurro de leve.

— Desculpa. Não sei se hoje à noite eu tô a fim.

— Está falando sério?

Ele me encara fixamente. Talvez esteja esperando que eu mude de ideia, mas não digo mais nada. Então Nick suspira e ajeita a postura. Depois pega o celular e desliga a música.

— Por que você não vai embora, então?

— Hã... quê? — pergunto, gaguejando.

— Eu falei pra você sair daqui.

Não sei o que dizer. Continua nevando lá fora. Não parei para pensar em como iria para casa.

— Desculpa se eu...

— Só pega as suas coisas.

O tom caloroso sumiu de sua voz. Parece que estou diante de outra pessoa.

— Desculpa — repito.

Zonzo, eu me levanto do sofá. A sala está girando um pouco, e é difícil ficar de pé. Queria não ter bebido aquela última taça de vinho. Eu deveria era não ter bebido nada. Pego meu celular já sem bateria e procuro meus sapatos. Nick abre a porta, mas ainda estou atrapalhado com os cadarços. Então saio para o frio.

— Obrigado pelo convite…

Ele fecha a porta na minha cara.

Fico ali parado por um instante. Então me viro na direção do vento gelado e sigo adiante. A neve cai na minha cabeça e nos meus ombros. Não acredito que Nick me jogou na rua sem uma jaqueta. Eu deveria só ter ido embora em vez de ter vindo aqui. Queria nunca nem ter respondido aquela mensagem.

As ruas estão cobertas de neve. Não sei direito para onde fica minha casa. Meu telefone está sem bateria, então não tenho como pesquisar a estação de trem mais próxima. Nunca estive nesse lado do Lincoln Park. Mal dá para ler as placas. As lágrimas que derramo deixam minha visão turva. Não sei se estou indo para a direção certa. Me sinto completamente perdido. Só queria que alguém viesse me encontrar.

Meu corpo agora está tremendo. Não sei quanto já andei, mas a sensação é de que estou prestes a cair. O mundo rodopia ao meu redor, e está difícil manter os olhos abertos. Tropeço em um banco vazio no meio do parque. Quando dou por mim, estou deitado e ignorando a neve. Afinal, não há nada que eu possa fazer. Pelo menos o álcool me deixou insensível ao frio. Não sinto nada além do vazio dentro de mim.

Pra onde você foi, Haru? Queria poder te ver mais uma vez.

As luzes dos postes giram em um redemoinho lá em cima. Respiro fundo e finalmente fecho os olhos. A neve continua a cair, e se assenta sobre mim como uma fina coberta. Sinto meu corpo se desligando aos poucos. Não estou nem aí para o que vai me acontecer esta noite. Tudo o que quero é cair no sono e sumir do mundo. Cansei de ficar esperando por gente que nunca vem. Quando minha mente começa a lentamente se dispersar, tudo em torno de mim esmaece até se transformar em nada.

* * *

Acordo com o som de passos. Por um segundo, penso que estou sonhando. Talvez tenha caído um galho de uma das árvores. Ou quem sabe seja Haru, vindo me encontrar. Abro os olhos devagar. Há alguém parado ao lado do banco. A visibilidade está ruim demais para que eu consiga discernir o rosto. Mas então minha visão fica mais límpida, e consigo identificar as feições dela perfeitamente. Esfrego os olhos. O que será que minha irmã está fazendo aqui? O cabelo de Jasmine emana um leve brilho por causa da luz que reflete na neve. Ela está mais magra do que me lembro, com a pele pálida. A princípio, não fala nada. Me encara por um momento. Depois, tira a neve do banco e diz:

— Posso me sentar aqui contigo?

Faço força para erguer o corpo e abro espaço ao meu lado. Há um instante de silêncio enquanto a neve segue caindo gentilmente ao nosso redor. Não sei direito como ela me encontrou. Meu celular continua desligado. Para começo de conversa, como ela saberia que me perdi? Não era para Jasmine estar do outro lado do mundo agora?

— O que você está fazendo aqui? — pergunto.

— Vim te ver.

— Como você me achou?

— Não foi tão difícil assim. — Jasmine me dá um sorriso e coloca o cabelo atrás da orelha. — O que você está fazendo dormindo em um banco?

— Eu me perdi.

— Faz quanto tempo que você está aqui?

— Sei lá. Um tempinho.

— Precisa que eu te mostre o caminho pra casa?

Quando não respondo, ela apoia as costas e respira fundo. Há um longo momento de silêncio antes de minha irmã declarar:

— Acho que está na hora de conversarmos de uma vez por todas. Você não pode fugir pra sempre.

Não digo nada.

— Por que você só não fala logo?

Não quero ter essa conversa, mas talvez ela esteja certa. Talvez evitar só esteja piorando a situação.

— Porque eu não estou pronto pra acreditar — admito.

— Acreditar no quê?

— Que você também se foi.

As palavras ecoam através de mim. Nunca pensei que fosse dizer isso em voz alta. Jasmine me encara por um instante, antes de se inclinar na minha direção e responder:

— Eu estou bem aqui…

— Não está, não. — Meneio a cabeça. — Não está mesmo. Você partiu, igualzinho ao Daniel. — Há uma dor na minha garganta que faz com que seja difícil falar. — Por que você teve que me deixar? Eu não tenho mais ninguém.

Minha irmã pega minha mão e diz:

— Me desculpa mesmo, Eric. Por ter te deixado desse jeito. Você sabe que essa era a última coisa que eu queria. Que você passasse por tudo isso sozinho. Não consigo nem imaginar toda a dor que você está enfrentando. Sei que perder as pessoas que você ama, que me perder, parece injusto. — Jasmine enxuga uma lágrima na minha bochecha. — Mas você precisa lembrar que não perdeu tudo. Pode ser difícil enxergar isso agora, mas o mundo ainda tem tanto pra te oferecer. Ainda tem tantas coisas pelas quais viver. Todo mundo que te ama. Você só precisa abrir um espacinho pra essas pessoas. Você tem a vida inteira pela frente. Mesmo que eu não vá fazer parte dela.

— Mas eu não quero que você vá — digo.

Jasmine pega minhas mãos e as segura apertado.

— Você tem todo o direito de enfrentar isso do seu jeito. Mesmo que seja vivendo dentro da sua própria cabeça, fingindo que está tudo bem. Mas não dá pra ignorar os fatos pra sempre.

Chega uma hora em que não adianta mais; você vai ter que olhar em volta e encarar a realidade. E eu acho que essa hora é agora.

Absorvo as palavras que minha irmã falou.

— É que fingir é mais fácil…

— Eu sei que é. Foi por isso que te deixei todas aquelas cartas. Pra gente poder sempre manter contato. Por que você ainda não as leu?

— Porque estou com medo.

— Do quê?

— De que ler faça com que tudo fique mais real — consigo dizer.

Jasmine passa um braço pelos meus ombros e enxuga outra lágrima do meu rosto.

— Eu entendo. Mas acho que já está na hora.

Engulo em seco.

— Me promete?

Há lágrimas brotando dos meus olhos.

— Prometo.

— Agora quero que você faça mais uma coisa pra mim.

— O quê?

Jasmine se recosta e pega meu rosto nas mãos de novo. Com a voz estranhamente calma, ela diz:

— Preciso que você acorde e vá pra casa…

A princípio, não sei do que ela está falando. Antes que eu possa responder, a noite de repente se dissolve ao meu redor, turvando minha visão. Tudo o que escuto é a voz da minha irmã preenchendo as lacunas na minha cabeça enquanto tudo escurece de novo.

Preciso que você acorde e vá pra casa…

Abro os olhos e percebo que estou sozinho. Ainda está escuro. Minhas mãos estão geladas quando, devagar e reprimindo um calafrio, faço força para me sentar. Olho para o outro lado do banco. A camada de neve está imaculada, como se ninguém tivesse se sentado ali. Minha respiração vira névoa diante de mim. Por quanto tempo dormi aqui fora? Encaro o assento por um longo instante. Depois me levanto e lentamente sigo para a estação de trem.

Vou direto para meu quarto quando chego em casa. Está tudo exatamente como deixei de manhã. Lembro da conversa com Jasmine. Acho que está na hora de cumprir minha promessa. Acendo uma única luminária de mesa e abro uma das gavetas. As cartas estão todas ali, dobradas dentro de envelopes brancos com uma flor em alto-relevo no canto superior. Em cada uma, há meu nome e a data escritos com a caligrafia da minha irmã. Lamento ter adiado isso por tanto tempo. Mas, como sempre, antes tarde do que nunca. Enfim pronto para lê-las, eu me sento na cama.

Querido Eric,

Se estiver lendo isso, acho que pelo visto não conseguimos nosso milagre. Desculpa já começar assim. É que eu queria mesmo estar aí, sentada do seu lado. Às vezes a vida tem dessas de nos meter em batalhas que acabamos perdendo. Não importa o quanto a gente tente lutar. E prometo que eu dei tudo de mim, viu? Só que essa carta não é para falar de arrependimentos ou de coisas que poderiam ter acontecido e não aconteceram. A última coisa que quero é que você fique triste quando ler isso. Não é por esse motivo que estou te escrevendo. Quero deixar para trás algo que te traga um pouco de alegria. Algo pelo qual você possa criar expectativa, principalmente nos momentos em que não estiver muito animado. Pense nestas cartas como um jeito que achei de dar um pulinho no mundo só pra te dar um oi. Porque assim eu não vou ter partido por completo, tá?

Sei que isso aqui não vai resolver tudo. Eu poderia te escrever um milhão de cartas e mesmo assim as coisas não seriam como antes. Eu sei. Também sei que a vida não vai ser sempre fácil para você, e eu queria estar aí para te proteger de tudo isso. De cada vez que seu coração se partir e você se sentir sozinho no mundo. De cada rejeição e garoto que não te merece. De cada dificuldade que todos passamos na vida e que, na hora, podem parecer muito piores do que são de verdade. Eu te faria lembrar de como você é incrível, de nunca deixar ninguém te diminuir ou dizer que você não merece ser amado. Sinto muito que você vá perder uma irmã mais velha que faria qualquer coisa para te proteger. Foi por isso que pedi pro Kevin cuidar de você quando eu for embora. Pensa nele como um irmão mais velho, tá? Você é muito importante pra ele, e espero que saiba disso. Espero que vocês ainda passem tempo juntos quando eu não estiver mais aqui. Pode ser que ele precise de você também. Então não se afasta do Kevin.

E, não importa o que aconteça, quero que você mantenha contato com o pai e a mãe. Sei que às vezes os dois são difíceis de conversa, mas é que eles expressam amor de outras formas. Esse é o único favor que te peço aqui. Senta pra jantar com eles de vez em quando, tá? Não deixa que esqueçam do quanto você os ama. Não quero que os dois achem que te perderam também.

Essa não é a última carta que você vai receber de mim. Não se preocupa com como ou quando elas vão chegar. Só saiba que você ainda vai ter notícias minhas, tá bom? Eu te amo muito, Eric. Queria ter te dito isso com mais frequência. Você é o melhor irmão que eu poderia pedir, e eu sou muito sortuda por ter você na minha vida.

Tem mais uma coisa que quero te dar. Está no meu quarto. Preciso que você entre lá e ligue o teclado. Há uma série de botões, do um ao sete. A ordem não importa, é só apertar play.

Te amo pra sempre,
Jasmine

Levo a carta para o quarto da minha irmã. É estranho estar aqui de novo. Ligo uma luminária e me sento ao teclado. Leio a carta mais uma vez e sigo as instruções para apertar o play. Um segundo depois, a voz dela surge.

— *Oi... é a Jasmine. Por essa você não esperava, hein? Quer dizer que recebeu minha carta. Ou talvez tenha encontrado isso aqui sem querer enquanto tocava no meu quarto. De qualquer jeito, vou deixar essa surpresa pra você.* — Há uma pausa. — *Sei que não está sendo fácil agora. Então pensei em algo que eu pudesse te dar pra fazer parecer que ainda estou aí. Qual pedaço de mim eu poderia deixar pra trás? Foi aí que lembrei da música que eu tocava pra você. Aquela que você inspirou. Você não sabe, Eric, mas você foi a inspiração pra várias músicas minhas. Nunca tive a chance de te mostrar todas, então queria tocar agora. Vai saber... Talvez elas te inspirem assim como você me inspirou.*

Outra pausa.

— *Enfim, essa é pra você. Espero que goste...*

Sentado ali, sinto as lágrimas brotando nos olhos enquanto o som do piano vai, aos poucos, preenchendo o cômodo. É uma canção familiar, como aquela que anda me seguindo para todo canto. Só que, dessa vez, não está na minha cabeça. É real. Dá para sentir a melodia se movendo dentro de mim. Fecho os olhos e imagino os dedos de Jasmine dançando pelas teclas. Por um momento, é como se ela estivesse aqui comigo.

Estou tão perdido em lembranças que não ouço meus pais entrando. Devem ter escutado a música do próprio quarto e ficado curiosos a respeito da origem do som. Quando foi a última vez que qualquer um de nós acordou e ouviu Jasmine tocando? Eles não precisam perguntar o que estou ouvindo, ou como a encontrei. Sabem que música estamos ouvindo assim como reconhecem a voz da própria filha. Mamãe e papai se sentam ao meu lado. Meu pai coloca a mão no meu ombro e minha mãe descansa a cabeça na minha. Não precisamos dizer nada enquanto ficamos ali, ouvindo a gravação de Jasmine e chorando juntos pela primeira vez.

Na manhã, me sento à minha escrivaninha.

Querida Jaz,

Estou com saudade. Penso em você todo dia. Ainda acordo e preciso de um momento para me dar conta de que você não está mais aqui. Que não foi apenas um sonho. Que não posso te ligar e perguntar o que você está fazendo. Que nunca mais vou te ver.

Sei que já faz sete meses, mas ainda não me acostumei a um mundo sem você. É difícil aceitar a realidade de que você se foi mesmo. Ainda te mando mensagem de vez em quando. Chego até a imaginar o que você responderia. Às vezes vou ao Palácio do Tio Wong e finjo que você está lá. Sentada bem do meu lado. Sempre peço o arroz frito com abacaxi porque sei que é o seu prato favorito. Faz com que eu me sinta menos sozinho quando falo com você, mesmo que não tenha ninguém lá.

Você não sabe, mas passei um tempinho bravo contigo. Por ter me deixado quando eu mais precisava de você. Eu já tinha perdido o Daniel do nada. Por que você tinha que partir de repente também? Parecia que tinham me tirado todo mundo que era importante pra mim e não havia nada que eu pudesse fazer a respeito. Sei que você não tem culpa, mas tem dias em que é mais fácil simplesmente fingir que nada disso aconteceu. Cheguei até a inventar uma história em que você foi atrás dos seus sonhos na música. Eu preferia a realidade alternativa em que você ainda existia, mesmo que a gente não pudesse se ver. Mas sei que não dá pra ficar nessa para sempre. Sei que você quer que eu continue vivendo minha vida. Que eu seja feliz. Mesmo que pareça impossível agora.

Obrigado por escrever todas aquelas cartas. Você nem imagina o quanto elas significam pra mim. Desculpa ter demorado tanto pra ler. Mas acho que, a essa altura, você já deve entender os meus motivos. Eu só queria fingir mais um pouquinho. É por isso que estou respondendo só agora. Eu precisava de mais um tempinho. Obrigado por me trazer de volta à realidade. Pelo visto, você continua aqui comigo, mesmo que eu não consiga te ver.

É muita sorte minha ter tido você na minha vida também. Você foi mais do que uma irmã pra mim. Foi a minha melhor amiga. A saudade vai durar pra sempre.

Com amor,
Eric

Querido Kevin,
Sei que faz um tempinho que não nos falamos. Espero que não tenha problema te escrever em vez de ligar. Desculpa pelo que aconteceu algumas semanas atrás. Por ter saído correndo quando você só estava tentando ajudar. Desculpa também pelas coisas que falei. Você não merecia nada daquilo. Espero mesmo que você possa me perdoar.

Minha intenção era falar disso pessoalmente, mas achei que seria mais fácil colocar tudo no papel primeiro.

O porquê de eu ter te evitado nos últimos meses. De ter ignorado todas as suas mensagens. A forma como tenho te tratado... A verdade é que te ver sem a minha irmã por perto só me fazia lembrar de que ela partiu. E, sendo bem sincero, isso é algo que ainda não consigo aceitar direito. Achei que seria mais fácil fugir dessa realidade se eu fugisse de você também. Porque eu nunca conheci um Kevin sem Jasmine. Foi injusto tentar te apagar da minha vida. Acho que esqueci que não fui a única pessoa que a perdeu. E que talvez você precisasse de mim também.

Quando ela morreu, eu não sabia muito bem se iria te ver algum dia de novo. Então foi uma surpresa quando você continuou me procurando. Você sempre se dispôs a ser um ombro amigo, mesmo quando eu não era capaz de retribuir o apoio. É por isso que estou te escrevendo agora. Para pedir desculpas. Só espero que não seja tarde demais. Espero que a gente tenha a chance de conversar de novo. E que você me perdoe.

Enfim, sou muito grato por você ter feito parte da vida da Jaz. Sei que ela te amava de verdade. Obrigado por fazer parte da nossa família.

Com amor,
Eric

Querido Daniel,

Sei que você nunca vai ler esta carta, mas quis te escrever mesmo assim. Faz mais de um ano que você morreu. Seu aniversário foi há alguns meses. Foi o primeiro que tive que comemorar sem você. Não vai achando que eu te esqueci, tá? Comprei seu cupcake favorito na Lily's e levei lá pro telhado, como a gente sempre faz. Comprei até um presente pra você. Aquela camiseta do show da Crying Fish.

Mas é uma pena saber que você nunca vai usá-la. Ainda é difícil acreditar que você não está aqui. Que não vamos pra faculdade juntos, como planejamos. Juro por deus que, sempre que vejo um cara com um cabelo parecido com o seu, ou com o mesmo moletom vermelho, minha vontade de que ele seja você é tanta que, por um segundo, esqueço que você partiu. Nunca tivemos chance de nos despedir. E tem um monte de coisas que eu nunca tive chance de te dizer. Então pensei em talvez escrever algumas delas aqui.

Desculpa pela forma como as coisas acabaram entre a gente. Por aquelas últimas semanas que passamos sem nos falar. Como eu ia saber que aquela seria a última vez que nos veríamos? Todo santo dia eu me arrependo. De ter ficado emburrado com coisa pouca, de ter esperado que você viesse atrás de mim primeiro. Já não deve ser surpresa nenhuma que eu estava apaixonado por você. Nunca consegui esconder meus sentimentos direito. E que fiquei magoado por você ter encontrado um outro alguém e não ter me contado. Sei que foi egoísta da minha parte. Eu devia era ter ficado feliz por você, e não ter deixado que isso mudasse nada entre a gente. Devia ter valorizado nossa amizade do jeito que valorizo agora. Do jeito que você sempre valorizou, mesmo quando eu não te merecia, porque, no fim das contas, você sempre estava lá por mim. Aparecendo sem avisar de vez em quando. Me convidando de última hora pro baile. É um traço seu que deixou saudade. Fico triste que nunca tenhamos tido nossa primeira dança. Mas sou grato de verdade por todas as outras coisas que vivemos. Você sempre vai ser meu melhor amigo. E eu nunca vou te esquecer, tá? Tomara que você não me esqueça também.

Com amor,
Eric

VINTE E UM

FEVEREIRO
TRÊS MESES DEPOIS

A casa está repleta de flores Mai amarelas. É manhã de Ano-
-Novo. As janelas estão todas abertas para que entre ar fresco.
Estou parado nos degraus da varanda com meus pais. Passamos
a noite inteira de ontem faxinando, varrendo o chão e cuidando
para tirar todo o lixo, porque, pelos próximos três dias, não se
deve jogar nada fora para não correr o risco de descartar a boa
sorte. O Ano-Novo Lunar é cheio de tradições. É por isso que eu
trouxe todo mundo aqui para fora. Não conseguimos fazer isso
ano passado. Eu queria dar uma segunda chance à minha família.

Tết é uma celebração de novos começos. Reentrar em casa
simboliza um recomeço. Acredita-se que a primeira pessoa a
entrar influencia o restante do ano. Meus pais decidiram que
deveria ser eu. Muito embora eu não seja o mais supersticioso,
sempre respeito as tradições. Fiz questão de cortar o cabelo
alguns dias atrás, para me livrar de toda a energia negativa que
estava carregando comigo. Espero trazer um pouco de sorte
para minha família este ano.

Mamãe me dá um tapinha no ombro e diz:

— Con đi vô nhà trước đi rồi ba mẹ vô sau. — *Você vai
primeiro e depois a gente.*

Assinto e respondo:

— Tá bom.

A luz do sol inunda a casa quando entramos. A mesa de
jantar está repleta de rolinhos primavera fritos e tigelas de fruta

que ajudei minha mãe a preparar ontem à noite. Ela acende um incenso e o coloca em outra mesa. A cornija está cheia de fotos das pessoas que perdemos ao longo dos anos. Como forma de demonstrar respeito, o costume é que ofereçamos comida a eles primeiro. Caminho até lá, pego um incenso e olho para a foto de Jasmine na parede. Ainda não me acostumei a vê-la ali em cima. Faz quase um ano que minha irmã morreu, e ainda há dias em que pensar nisso me afoga em tristeza. É nesses momentos que toco algumas de suas músicas, e aí parece que ela está aqui de novo.

Em honra ao Tết, fiz questão de preparar todas as comidas de que Jasmine mais gostava para hoje. Pesquisei a receita de arroz frito com abacaxi e até cortei a fruta no meio para fazer uma cumbuca igualzinha à do restaurante. Recebi outra carta esta manhã, que guardei para ler mais tarde. Tenho o pressentimento de que é para me desejar feliz Ano-Novo.

— Feliz Ano-Novo pra você também — sussurro.

Algum tempo depois, alguém bate à porta. Meu pai se levanta e recebe Kevin na sala de estar. De acordo com minha mãe, a primeira visita do ano tem que ser importante para a família. Ninguém deve aparecer sem ser convidado. Foi minha ideia chamá-lo hoje. Ele esteve aqui algumas vezes ao longo dos últimos meses. É bom tê-lo por perto, como mais um membro da família, de novo. Nosso vínculo tem se fortalecido bastante ultimamente. Kevin me ajudou muito com as inscrições para a faculdade.

Ele traz flores e as coloca sobre a mesa. Minha mãe aparece e nos entrega envelopinhos vermelhos com dinheiro.

Levo a mão ao meu bolso traseiro.

—Ah, tenho um pra você também, Kevin.

Ele sorri enquanto recebe o presente.

— O jantar é por sua conta, então.

— Não vai se animando muito, não.

Rimos e nos sentamos juntos à mesa. A comida é tanta que provavelmente vai durar mais de uma semana. Todos fazem questão de experimentar o arroz frito com abacaxi. Kevin comenta que ficou quase tão gostoso quanto o do Palácio do Tio Wong.

— *Quase?* — retruco.

Mamãe traz arroz e bolinhos de feijão-mungo para a gente. Passamos o restante do dia assistindo a TV na sala de estar. Pela primeira vez em um bom tempo, a casa não parece vazia. Às vezes, precisamos parar e olhar para as pessoas que caminham conosco. Estou feliz por este recomeço.

Cada carta de Jasmine pede algum tipo de favor. Pequenas promessas que ela me leva a fazer para trazer mais alegria à minha vida. Alguns são coisas pequenas, como preparar o jantar com mamãe e papai, lembrar de ligar para nossa avó e dar uma caminhada por nosso parque favorito.

Outros exigem mais esforço, como focar nas inscrições para a universidade, definir novas metas ou me desafiar a ter novas ideias para filmes. No começo, eu só fazia por Jasmine, mas, aos poucos, os favores começaram a se tornar uma parte integral da minha vida. A maioria das instituições já respondeu, e consegui ser aprovado para algumas faculdades da região. O programa de bolsa de estudos para o qual me inscrevi um tempinho atrás acabou de anunciar que sou finalista, o que deixou meus pais muitíssimo empolgados. Desde então, comecei um novo projeto inspirado nas gravações que Jasmine me deixou. Acho que pode ser o melhor filme que já fiz. Há algumas semanas, recebi um e-mail do Reels Fest, um festival independente de Chicago. Escolheram minha produção para a categoria de curtas, junto com outros três candidatos da minha faixa etária.

A exibição é hoje à noite, no Teatro Music Box. Estou sentado tomando um café enquanto dou uma olhada no cronograma. Meu nome aparece na quarta página, debaixo do título do meu filme. *Hoa Nhài*. O evento só começa daqui a algumas horas, então parei na cafeteria antes. Estou tentando não pensar nas pessoas assistindo ao meu projeto pela primeira vez. Relembro a mim mesmo que arte é uma coisa subjetiva; que o importante é mostrar meu ponto de vista para o mundo. Se foi escolhido pelo festival, então não pode estar tão ruim assim, né? Espero que pelo menos uma pessoa se emocione com meu filme.

Há outro motivo para eu ter vindo nesta cafeteira. Foi onde encontrei Haru quando ele reapareceu na minha vida. Passo aqui de vez em quando e me sento no mesmo lugar. Olhar para a cadeira vazia me deixa melancólico. Faz muitos meses que não nos vemos. Ainda penso nele o tempo todo. É estranho como tem gente que entra e sai da nossa vida. Nos faz questionar se realmente estiveram aqui. Penso na tarefa mais recente de Jasmine. *Entre em contato com um amigo.* Pego o pedaço de papel no meu bolso e o coloco sobre a mesa. Dobrei a folha no formato de uma estrela, igual à que Haru fez para mim no passado. Levei um tempinho para aprender. Ali dentro está um recado de só algumas palavras.

Você sempre foi real.

Deixo-o ali antes de sair. Visto o casaco e sigo para a estação de trem.

A marquise do teatro pisca em um vermelho néon. Chego alguns minutos mais cedo para encontrar meu lugar. Cortinas de veludo revestem as paredes do auditório. As primeiras fileiras são reservadas para diretores de cinema e voluntários do festival. Fico olhando em volta, me perguntando quantas pessoas virão. A palma das minhas mãos está meio suada. Tirando os membros do comitê, não mostrei meu filme para ninguém. Estou nervoso pensando em como o público irá reagir ao meu projeto.

Meus joelhos balançam para cima e para baixo conforme a plateia vai entrando. Fico varrendo o ambiente com o olhar para ver quem está aqui. Enviei poucos convites, até porque nem conheço muita gente. Enquanto observo as portas, meus pais entram e se sentam no meio. Saio da fileira reservada e vou dar um beijo na bochecha de cada um. Kevin chega alguns minutos depois e vai para o lado deles. A exibição está prestes a começar. Enquanto volto ao meu lugar, Simon e Alex me chamam do outro lado do auditório e mandam beijos para mim. Respiro um tanto aliviado por saber que meus amigos chegaram a tempo. Aceno antes de me sentar perto dos outros diretores.

As luzes escurecem, avisando que está na hora. Respiro fundo algumas vezes, ciente de que o meu filme é o primeiro. Quando meu nome aparece na tela, aperto o apoio de braço enquanto tudo ao meu redor esmaece...

Começa com um painel preto, acompanhado pelo som de uma única nota de piano. Enquanto a mesma nota se repete de novo e de novo feito um metrônomo, uma voz infantil começa a falar por cima. Devagar, a nota vira uma música quando o filme corta para uma garotinha de nove anos abrindo presentes de aniversário. É uma filmagem caseira de Jasmine que encontrei. A qualidade é meio granulada. Ela está rindo enquanto brinca com seu teclado de brinquedo pela primeira vez. Dá para ouvir a voz do meu pai do outro lado da câmera. A música continua ao fundo quando passamos para a próxima cena.

Jasmine aos onze anos, fazendo um mini show na sala de estar. Seus dedos são pequenos sobre as teclas do piano. Mamãe está sentada no chão comigo no colo. Ficamos vendo minha irmã tocar até a próxima cena. A qualidade da imagem melhora. Jasmine agora tem catorze anos e está tocando seu primeiro recital. Estamos na sala de estar da casa de seu professor de piano. Dá para perceber que está nervosa pelos errinhos que vai cometendo. Agora sou que estou gravando, porque meu pai precisou trabalhar. Por algum motivo, fico virando a câmera para o gato que dorme na escadaria. Mamãe me cutuca e murmura algo ininteligível, o que arranca algumas risadas do público. A cena muda de novo. Jasmine aos dezessete anos, no recital de música do ensino médio. O auditório está cheio de outros alunos e suas respectivas famílias. Ela toca muito bem; está em seu melhor momento. Quando termina de se apresentar, todos os presentes no recital se levantam e aplaudem de pé conforme o take vai chegando ao fim. A tela fica preta por um instante. A melodia vai se dissolvendo até voltar a ser uma única nota de piano.

Quando a próxima cena começa, o clima muda. Jasmine está sentada em uma maca de hospital, olhando distraída pela janela. Mamãe está filmando pelo celular quando meu pai entra. Ele surpreende minha irmã com seu teclado, para ajudá-la a se sentir mais em casa. Depois coloca o instrumento sobre a cama e pede à filha que toque alguma coisa. Ele está falando em vietnamita, como costuma fazer. As legendas dizem *"Toca uma música pra gente." "De novo." "Sua mãe quer ouvir."* Jasmine abre um sorrisinho ao passar os dedos pelas teclas. Dá para ouvir mamãe segurando as lágrimas por trás da câmera. Quando a canção termina, Jasmine manda um beijo para o telefone e tudo escurece de novo. A melodia para por completo. Há um longo instante de silêncio até que um áudio começa a tocar. É a gravação que minha irmã deixou para mim. A voz dela ressoa por cima da tela preta.

É a Jasmine... Sei que você ainda deve estar triste com tudo isso. Então pensei em algo que eu pudesse te dar pra fazer parecer que ainda estou aí. Qual pedaço de mim eu poderia deixar pra trás? Foi aí que lembrei da música que eu tocava pra você. Aquela que você inspirou. Você não sabe, mas foi a inspiração pra várias músicas minhas. Nunca tive a chance de te mostrar todas, então queria tocar agora. Vai saber... Talvez elas te inspirem assim como você me inspirou.

Enfim, essa é pra você. Espero que goste...

QUANDO HARU ESTAVA AQUI 261

Quando a música começa, um conjunto de cenas que filmei passa pela tela. Flores desabrochando nos jardins botânicos... o horizonte arrebatador visto do topo da Willis Tower... a água batendo contra as rochas na trilha à beira do lago... multidões passando sob a marquise do Teatro de Chicago... pétalas de cerejeira caindo das árvores no Jackson Park... um pôr do sol que filmei da janela do quarto dela... imagens de uma cidade em que crescemos juntos.

A canção termina e a tela fica preta de novo.

Um áudio com a voz de Jasmine toca uma última vez.

Quero que me prometa uma coisa, tá bom? Que vai viver a vida ao máximo e que vai compartilhar as suas histórias, porque elas são partes suas que o mundo precisa ver. E mesmo que você mesmo não acredite nisso, quero te dizer o seguinte: eu sou a sua maior fã, e sempre vou torcer por você.

O filme acaba.

Quando as luzes voltam a se acender, metade do auditório está em prantos. Meu coração continua acelerado enquanto encaro a tela. Os aplausos são mais altos do que eu esperava, e algumas pessoas até se levantam das poltronas. É esquisito ver uma reação ao vivo a algo que eu mesmo fiz. A um pedaço de mim que está à mostra. Por fim, olho para trás e vejo que meus pais estão chorando também. Dou um sorriso e olho em volta, à procura dos outros, mas é difícil ver além da multidão. Lá estão Simon e Alex na coxia, segurando rosas e comemorando por mim.

O teatro está lotado, tirando o assento ao lado do meu, que foi reservado para alguém que não pôde vir. Alguém que sempre vai ter um lugar especial no meu coração. Fecho os olhos e penso em Daniel. Prometi que guardaria a poltrona ao meu lado da minha na minha "grande estreia", como ele dizia. *Sei que você teria vindo se pudesse. Seu lugarzinho está aqui.*

Me viro e, quando vislumbro o fundo do auditório, o ar fica imóvel por um momento. Jasmine está sentada na penúltima fileira, e sorri quando olhamos um para o outro. Depois, alguém passa na frente dela e ela some. Simples assim. Fico encarando o assento vazio por um segundo, ciente do quanto minha irmã estaria orgulhosa. Depois me viro de volta e dou um sorrisinho discreto. Parte dela sempre vai estar por aí, esvoaçando no ar como o papel dos desejos.

Encaro a tela pela última vez enquanto penso na minha irmã.

Você sempre vai fazer parte da minha vida. Esta história é pra você.

EPÍLOGO

DOIS ANOS DEPOIS

Minha caneta se move pelo papel, assinando o contrato para um novo apartamento. Empilho as caixas no meio da sala enquanto a luz do céu entra por uma única janela. Vagões de metrô passam para lá e para cá feito linhas costurando pela cidade. É o começo do verão. Comecei um estágio em Nova York como assistente da equipe de marketing de uma pequena empresa de comunicação. Não é exatamente o emprego que eu estava procurando, mas às vezes a gente aprende a seguir o fluxo da vida.

Faz dois meses que moro aqui. Meus dias consistem em mandar e-mails e editar vídeos para nossas campanhas. Eu os considero uma outra forma de contar histórias, direcionada a um público diferente, um desafio para me tirar da minha zona de conforto. E também há dias em que estou carregando seis cafés gelados e um pacote de bagels de gergelim para cima e para baixo na Quinta Avenida, tentando chegar em uma reunião que transferiram para outro edifício.

Ainda bem que tenho bastante tempo livre aos fins de semana. Passo as tardes explorando a cidade, experimentando comidas de diferentes *food trucks* e caminhando pelas trilhas do Central Park. Levo a câmera comigo e faço registros aleatórios que depois decido como vou usar. Este se tornou meu processo criativo. Montar uma história a partir do dia a dia, encontrar o coração pulsante sob a vida cotidiana.

É na primeira semana de julho que acontece. Essa época do ano sempre me faz pensar no Festival das Estrelas. Alguém já me contou a história de Orihime e Hikoboshi, que foram separados depois de se apaixonarem perdidamente e só podiam se ver uma vez por ano. O festival foi criado para celebrar o amor e o reencontro dos dois. Papeizinhos de desejos tremulam dentro da minha cabeça enquanto continuo seguindo a rua.

Esqueci o celular no escritório hoje de manhã e, carregando algumas correspondências na mão, estou voltando para buscá-lo. O metrô está cheio nesta tarde, e as pessoas parecem sardinhas enlatadas de tão apertadas. Como sempre, a linha Q atrasou um pouco. Fico encarando o chão, distraído. Outro trem se aproxima da plataforma e, quando levanto a cabeça, eu o vejo imediatamente.

O tempo congela por um momento.

Haru está no vagão, parado a poucos metros de mim. Seu cabelo está mais comprido do que eu me lembrava. Ele está olhando para o celular, sem fazer a menor ideia de que estou do outro lado, encarando-o. Por um segundo, juro que é coisa da minha imaginação. Não pode ser ele mesmo, né?

E então o trem começa a se mover.

Suspiro quando o perco de vista. Olho pela plataforma, tentando entender para onde Haru está indo. Meu coração está a mil. Essa é a linha R, que vai para a área nobre da cidade. Qual é mesmo a próxima parada? Se eu apertar bem o passo, consigo alcançá-lo. Não dá tempo de pesquisar. Eu me viro e saio correndo do metrô.

As ruas estão lotadas. Meu corpo começa a suar. A próxima parada fica a sete quarteirões daqui. Corto caminho pelo trânsito e me meto em meio aos carros. Preciso chegar lá antes que ele se vá mais uma vez. Tomara que haja algum atraso. É então que vejo a entrada do metrô. Sigo rápido lá para baixo e chego na plataforma bem quando o trem aparece. As portas se abrem, e eu procuro em todo canto. Em qual vagão será que ele está? Será que vai descer nesta parada? Meio tonto e prestes a embarcar, tiro um segundinho para recuperar o fôlego.

É então que o vejo de novo.

Haru está parado na plataforma, olhando direto para mim. Por um momento, o resto do mundo se distancia de nós. Um longo instante de silêncio se passa enquanto absorvo o que estou vendo e tento entender se é verdade mesmo ou se é tudo coisa da minha cabeça de novo. Então não digo nada. Haru olha para baixo, percebe alguma coisa e se abaixa para pegar.

— Você deixou cair — diz ele, estendendo o que pegou para mim.

É uma das cartas de Jasmine. Deve ter escorregado das minhas mãos. Quando estico o braço para pegá-la, nossos dedos se tocam ligeiramente. Por algum motivo, ele não solta o papel, mas me observa com atenção e fala:

— Não sei se você lembra… mas a gente já se viu antes…

Engulo em seco.

— Pois é… eu lembro.

Haru abre um sorriso.

— Faz tempo.

— Tempo demais — digo.

Ele dá uma olhada no envelope e o inclina um pouquinho, como se tivesse percebido os detalhes.

— Você voltou pro Japão depois que a gente se conheceu?

Meneio a cabeça.

— Não.

Haru vira o envelope para me mostrar uma coisa.

— Isso aqui veio da loja de papel da minha família em Osaka. É a mesma washi que a gente usa. A flor no canto é nosso símbolo.

Ele solta o envelope para que eu possa ver melhor.

— É da minha irmã. Ela mandou pra mim — explico.

— Mas faz muito tempo que ela foi pra lá. Um verão antes de mim.

— Ela deve ter passado na loja — comenta Haru, colocando as mãos nos bolsos. — E, se foi durante o verão, pode ser que a gente tenha se cruzado.

Nunca considerei a possibilidade de os dois terem se conhecido muito antes. Encaro a carta e volto a olhar para Haru. Talvez eu tenha recebido outra chance. Será que ele está pensando o mesmo?

— Você quer, hã... tomar um café ou algo do tipo?

Haru abre outro sorriso.

— Eu adoraria.

Não dá para acreditar.

Olha você aqui, bem na minha frente.

De algum jeito, consigo manter a compostura e dizer:

— Tem um lugar não muito longe daqui. A gente podia comer alguma coisa também. Quando tempo você vai passar em Nova York?

— O verão todo — responde Haru. — E você?

— Também.

O metrô ruge atrás de mim e sopra uma lufada de ar que bagunça meu cabelo. As portas se abrem, mas nenhum de nós entra. Ficamos ali parados, do mesmo lado da plataforma, olhando um para o outro. Eu seguro a carta com firmeza. Minha mente volta ao começo de tudo.

Acho que meu pedido finalmente se realizou.

AGRADECIMENTOS

Se você está lendo isso, significa que este livro finalmente chegou ao mundo. Que jornada. Dizem que o segundo livro é sempre o mais difícil, e é verdade. Tenho as cicatrizes aqui para provar. Mas que orgulho da versão final que você está segurando agora. A gente sabe que mergulhou de cabeça no trabalho quando as cenas que criamos mais parecem lembranças. Queria poder dizer que esta é uma história que eu quis escrever por muito tempo, mas seria papo furado. *Quando Haru estava aqui* veio a mim de um jeito muito diferente do meu primeiro romance, já que as circunstâncias foram diferentes. Com *Você ligou para o Sam,* eu tive a liberdade de escrever como se não houvesse ninguém me observando. Éramos apenas eu e minha imaginação, encarando o teto de um quarto e sonhando em contar histórias algum dia.

Já para este livro, tive algumas *limitações.* Um segundo livro normalmente tem que ser do mesmo gênero e explorar temas similares ao primeiro. E agora eu tinha prazos, que vivi perdendo. Também havia a expectativa dos leitores. Das pessoas que amaram Sam e queriam ficar de coração partido de novo. Sei que vocês querem sentir aquela tristeza arrebatadora da qual falam nas minhas DMs, quando me pedem para pagar a terapia de vocês. Mas a verdade é que, quando assinei o contrato de dois livros lá em 2019, eu não fazia ideia do que falaria neste segundo livro.

Quando chegou a hora de começar um rascunho, descartei uma ideia atrás da outra, até que uma fez sentido. Foi algo tipo "o cara perfeito entra em uma cafeteria e se senta ao seu lado, mas ninguém mais consegue vê-lo além de você". Eu não sabia nada além de que esses dois jamais poderiam ficar juntos. Havia algo de solitário nessa ideia, mas também com o qual era fácil de se identificar. Me fez pensar nas fantasias que temos todo dia. Aquelas que não contamos para ninguém. Era uma história que eu não sabia que precisava escrever até chegar ao fim dela.

Este livro foi desafiador, e perdi a conta de quantas vezes o reescrevi. Mas isso serve para reafirmar algo que sempre acreditei ser verdade: alguns de nossos melhores trabalhos são frutos de limitações. *Quando Haru estava aqui* é uma história pela qual tenho muito carinho, e espero que signifique tanto para você quanto significa para mim.

Mas enfim, vamos aos agradecimentos. Como sempre, a primeira pessoa que quero agradecer é minha irmã, Vivian. Como você arrumou tempo para me ajudar com esse livro enquanto trabalhava no setor jurídico de uma multinacional? Você deixa a *Legalmente Loira* no chinelo. Lembra de quando a gente era criança e ficava conversando sobre as histórias que eu tirava da minha cabeça? Agora você está me ajudando a colocá-las no mundo. Acho que você foi uma editora famosa na vida passada. Você não é apenas a melhor parceira de críticas, como também é minha advogada e minha maior fã. Não tenho nem palavras para te agradecer por tudo o que fez.

Obrigado, pai e mãe, pelo amor e apoio durante a vida. Vocês acreditaram em mim desde o começo, e sou muito grato por tê-los como pais. Obrigado ao meu irmão, Alvin, por sempre me motivar a ser minha melhor versão. E à minha vovó, pelos sacrifícios que fez por todos nós.

Obrigado a Thao Le, da SDLA. A Andrea Cavallaro, por levar essa história para o outro lado do oceano. E a Jennifer Kim também. Obrigado à minha editora, Eileen Rothschild, por ajudar e apoiar histórias LGBTQIAP+ como esta aqui. Você me permite escrever de um ponto de vista a partir do qual normalmente não temos muitas chances de enxergar o mundo. Um agradecimento especial à equipe da Wednesday: Alexis Neuville, Brant Janeway, Meghan Harrington e Lisa Bonvissuto. A Kerri Resnick por sempre oferecer as melhores ideias de capa. E a Zipcy, por ilustrá-las.

Sou muito sortudo por ter tantos amigos escritores. Obrigado a Julia Winters, que me apoia desde o começo. Você leu *Sam* antes de todo mundo, e *Haru* também. Por favor, se mude para cá pra gente poder sair juntos o tempo inteiro. Obrigado a Adam Silvera por me aconselhar tanto. Claro, obrigado às minhas *besties* Chloe Cong e Alex Aster por todo o apoio, cafés, flores e incontáveis happy hours. Obrigado a Roshani Chokshi por sempre atender o telefone, você é uma verdadeira salva-vidas, e eu devo muito a você. Obrigado a Jack Edwards por ter se mudado para cá e virado meu melhor amigo. E obrigado a Jolie Christine e a Ariella Goldberg por terem me ajudado pelo caminho.

E, acima de tudo, obrigado a vocês, leitores. Aqueles que amaram *Sam* primeiro. Vocês mudaram a trajetória da minha vida. Espero que saibam que este livro é para vocês.

Este livro, composto na fonte Fairfield,
foi impresso em papel Ivory Slim 65g/m² na gráfica Grafilar.
São Paulo, Brasil, novembro de 2024.